에윌란의 모험
vol.3 운명의 섬

LA QUÊTE D'EWILAN
Volume 3: L' ÎLE DU DESTIN

by PIERRE BOTTERO

Copyright©RAGEOT EDITEUR, Paris, 2003
International Rights Management: SUSANNA LEA ASSOCIATES
Korean Translation Copyright©SODAM PUBLISHING CO., 2009
All rights reserved.

This Korean edition was published by arrangement with RAGEOT EDITEUR C/O SUSANNA LEA ASSOCIATES(Paris) through Bestun Korea Agency Co., Seoul.

이 책의 한국어판 저작권은 베스툰 코리아 에이전시를 통해 저작권자와 독점계약으로 (도서출판) 소담에 있습니다. 저작권법에 의해 한국 내에서 보호를 받는 저작물이므로 무단전재와 무단복제를 금합니다.

에윌란의 모험

vol.3 운명의 섬

피에르 보테로 지음 ▨ 이원희 옮김

소담출판사

vol.3 운명의 섬

펴 낸 날 | 2009년 3월 16일 초판 1쇄
2011년 4월 25일 초판 3쇄

지 은 이 | 피에르 보테로
옮 긴 이 | 이원희
펴 낸 이 | 이태권
펴 낸 곳 | 소담출판사
　　　　　서울시 성북구 성북동 178-2 (우)136-020
　　　　　전화 | 745-8566~7　팩스 | 747-3238
　　　　　e-mail | sodam@dreamsodam.co.kr
　　　　　등록번호 | 제2-42호(1979년 11월 14일)
　　　　　홈페이지 | www.dreamsodam.co.kr

ISBN 978-89-7381-965-2　03860
ISBN 978-89-7381-966-9 (세트)

● 책값은 뒤표지에 있습니다.
● 잘못된 책은 구입하신 곳에서 교환해드립니다.

● **일러두기**
이 책의 본문에 표시된 * 부분은 뒤페이지의 '언아더월드의 용어 해설 및 등장인물'
에 자세히 설명해두었습니다.

궨달라비르의 해방과 역사

"젊은이들이여……."

도움 필 바티스가 주름이 자글자글한 두 손을 대리석 교탁 위에 올려놨다. 시작부터 분위기가 심상치 않았다.

"젊은이들이여, 모두 자리에 앉고 조용히 해주겠는가?"

그러나 계단식 강당에서 왁자지껄하게 떠들어대는 소리는 계속되고 있었다. 학생 중 누구도 노인에게 관심을 보이지 않았다.

"모두 앉아서 입을 다물기 바란다……."

수염이 덥수룩한 도움 필 바티스의 얼굴빛이 갑자기 벌겋게 달아올랐다.

"빌어먹을! 모두 앉아서 입 다물라니까!"

쾅! 주먹으로 대리석 교탁을 내리치는 소리가 마치 벼락 치는 것처럼 강당에 울려 퍼졌다. 죽음 같은 침묵이 흐르자 노인이 고개를 끄덕였다.

"이제야 됐군." 노인은 일제히 자신을 쳐다보는 학생들을 쏘아보면서 이야기를 시작했다. "나는 제국의 연대기 작가 도움 필 바티스다. 예의를 갖추지 않으면 자네들이 자랑하는 알폴 최고의 아카데미를 허섭스레기들의 전당으로 격하하겠다. 모두 알아들었는가?"

질문으로 생각하고 혹시라도 대답하는 사람이 있을까 봐 도움 필 바티스가 얼른 손을 들면서 말을 이었다.

"해마다 그랬듯이 나는 에윌란 질 사이얀에 관한 강론으로 시작할 것이다. 에윌란의 눈에 퀜달라비르 제국이 어떻게 비쳤을지 상상해보지도 않고, 에윌란의 운명을 좌우하는 세 가지 이유를 논의해보지도 않고 이 전설적인 인물을 이해하길 바란다는 것은 시간 낭비일 뿐이다. 내가 말하는 세 가지 이유란 낯섦과 전쟁, 데생 기술이다. 첫째, 낯섦이라고 한 이유는 에윌란이 다른 세상에서 왔으며, 우리가 사는 세상에 대해서는 존재조차 모르고 있었기 때문이다. 에윌란은 퀜달라비르에서 태어났지만 그 사실을 몰랐다. 어린 시절에 대한 기억이 전혀 없을 뿐만 아니라 교통사고를 피하려다 우연히 이 땅으로 이동하게 된 날까지 양부모 밑에서 카미유 뒤시엘이라는 이름으로 살고 있었다."

연대기 작가는 학생들의 마음을 사로잡았는지 확인하려는 듯 이야기를 잠시 중단했다. 강론 때마다 늘 그랬듯이 연대기 작가는 학생들의 진지해진 분위기를 보고서야 흡족한 얼굴로 말을 이었다.

"둘째, 전쟁이라고 한 이유는 궨달라비르 제국은 인간이 아닌 사악한 슬리쉬 종족의 조종을 받는 라이족과 싸워야 하는 어려운 상황에 직면해 있었기 때문이다. 이 전쟁의 판도를 뒤집을 수 있는 능력을 지닌 것은 파수병들인데 그중 한 명인 엘레아 릴 모리엔발이 배신하는 바람에 모든 파수병이 슬리쉬들에게 억류되어 있었다. 게다가 라이족의 침략으로 궨달라비르 제국의 군대마저 궤멸되고 있는 때에 에윌란이 도착하였다. 하필이면 절망적인 때에……."

"그럼 세 번째 이유는 무엇입니까?"

호리호리한 여학생이 질문을 했는데 눈빛이 날카롭고 머리털은 새빨갰다. 도움 필 바티스는 기분 나쁜 내색을 하지 않았다.

"지금 이야기하려던 참이다. 셋째, 데생 기술은 에윌란을 전설적 인물이라고 하는 이유 중 핵심이 되기 때문이다. 따라서 오늘 우리가 공부할 내용이 바로 데생 기술이다. 다른 세상에서는 이 기술이 알려져 있지 않기 때문에 에윌란은 의지만으로 자신이 상상하는 것을 현실로 만드는 능력과 순간적인 공간이동, 즉 이 세상에서 다른 세상으로 순간이동하는 능력, 우리가 축지술이라고 부르는 능력이 있다는 걸 우연히 알게 되었다. 모두 알아들었는가?"

빨간 머리 여학생이 정중하게 고개를 끄덕이자 연대기 작가는 미소를 지었다. 모두 기본적인 교양을 갖춘 젊은이들이었다.

"에윌란에 대한 본격적인 이야기로 들어가기에 앞서 좀 전에 언급했던 엘레아 릴 모리엔발이란 인물부터 시작하겠다. 엘레아는 에윌란의 부모와 마찬가지로 열두 명의 파수병 중 한 사람이었다. 파수병들의 임무는 데시나퇴르들이 상상하는 것을 실재로 만들 수 있는 영역인 이미지네이션과 그 상상 세계를 돌아다니는 길을 뜻하는 스파이럴을 지키는 것이다. 그런데 엘레아 릴 모리엔발은 야심에 차 있고, 도덕 불감증이 심각한 여자였다. 그녀는 권력을 탈취할 계획이었기 때문에 츨리쉬 종족 외에도 사악한 인간 무리인 카오스 용병대와 손을 잡았던 것이다. 알탄과 엘리시아 질 사이얀은……."

"하지만 용병대는 유명한……."

이번에는 남학생이 끼어들었는데 태도가 건방지기 이를 데 없었다. 도움 필 바티스가 대뜸 역정을 냈다.

"한마디만 더 하면 내쫓아버리겠다! 내가 수년간 연구해온 역사적 사실에 대해 감히 나에게 설교할 생각인가? 시건방진 바퀴벌레 같은 놈!"

연대기 작가를 격노하게 만든 남학생이 몸을 움츠리자 주변의 학생들이 슬금슬금 물러앉았다. 노인이 심호흡을 했다.

"알탄과 엘리시아 질 사이얀 부부는 유일하게 엘레아 릴 모리엔발에게 반기를 든 파수병들이었다. 그러나 부부는 모리엔발에게 패했고, 얼마 후 행방불명되었다. 다행히 부부는 사전에 에윌란과 아키로를 다른 세상으로 안전하게 피신시켜놓고 아이들의 기억을 지워버렸다. 패했을 경우를 대비한 것이라고 봐야겠지. 그런데 엘레아의 상황도 좋지 않았다. 이번에는 그녀가 츨리쉬들에게 배신당했고, 다른 파수병 아홉 명과 함께 제국의 북부지방, 메르윈이 만든 전설적인 도시 알폴에 억류된 것이다. 그곳은 정체불명의 가공할 간수가 아무도 접근하지 못하게 막고 있었다. 이어서 츨리쉬들은 스파이럴에 빗장을 거는 것으로 이미지네이션의 통로를 막은 다음 라이족을 조종하여 제국을 공격했다. 따라서 데시나퇴르의 힘을 사용할 수 없는 퀜달라비르는 간신히 버티고 있는 상황이었다. 알겠는가?"

 연대기 작가는 학생들의 무반응에 눈살을 찌푸렸다. 해가 갈수록 학생들은 소심해지고, 전통이 사라지고 있었다. 그가 분통을 억누르면서 말을 이었다.

 "이상이 에윌란과 소녀의 친구 살림이 도착했을 때의 상황이다. 에윌란은 대번에 아귀다툼의 소용돌이에 빠져들었다. 에윌란은 그 어떤 데시나퇴르보다 탁월한 능력을 지니고 있었다. 그걸 알아차린 츨리쉬들이 에윌란을 죽이려고 혈안이 되었고, 에윌란과 접촉하는 데 성공한 엘레아 릴 모리엔발은 식물인간 상태로 억류되어 있는 파수병들을 구하기 위해 오빠 아키로를 찾아오라고 했다. 그런데 데시나퇴르들을 식물인간으로 만들어버린 츨리쉬의 데생 기술은 아주 복잡한 것이다. 따라서 식물인간들을 깨우려면 비범한 능력이 필요한 것임을 잊지 마라. 다행히 제국의 군대 사령관이자 전설적인 전사 에드윈 틸 일란, 지금은 늙었지만 그 유명한 분석가 두옴 닐 에르그, 충성심이 강한 기사 비욘, 거인 병사 마니엘이 곁에서 에월란을 도와주고 있어서······."

빨간 머리 여학생이 손을 들자 연대기 작가가 말을 중단했다.

"뭔가?"

"선생님께서 말씀하신 에드윈 틸 일란이 최초로 츨리쉬를 죽인 분인가요?"

"바로 그 사람이다. 자네의 총명함에 찬사를 보낸다."

"선생님의 혜안에 경의를 표합니다." 여학생이 영악하게 말했다.

여학생의 말에 여기저기서 킥킥거리는 소리가 났지만, 연대기 작가는 못 들은 체했다.

"얼마 후, 반항적인 것으로 이름난 그림자걸음 엘라나 칼딘이 에월란 일행에 합류했다. 그들은 많은 위험을 무릅쓰면서 우리 제국의 수도 알제이트로 향했다. 두옴 닐 에르그 분석가는 엘레아 릴 모리엔발이 반역자이지만 그녀가 제안한 말에 동의했다. 에월란의 오빠 아키로가 식물인간들을 깨울 수 있는 적임자라고 생각했기 때문이다. 그래서 그들은 아키로를 찾으러 갈 수 있을 때까지 에윌란을 안전하게 지켜야 했다. 제국의 운명이 소녀의 손에 달려 있기 때문에."

불안해하는 속삭임이 들리자 연대기 작가는 헛기침을 하는 것으로 웅성거림을 그치게 했다.

"그러던 중 함정에 걸려든 에윌란의 목숨을 구하려다 엘라나 칼딘이 중상을 입는 사고가 일어났다. 얼마 후 축지술을 할 수 있다는 자신감이 생긴 에윌란은 더 이상 시간을 끌 필요 없이 친구 살림을 데리고 오빠를 찾아 나서기로 결정했다. 오빠를 설득해서 궨달라비르 제국을 구하기로 결심한 것이다. 불행히도 남매의 만남은 헛수고로 끝났다. 아키로는 모험할 생각이 없으며, 무엇보다도 사람들이 기대하는 임무를 수행할 만한 능력이 없는 듯 보였다. 에윌란과 살림은 아키로 없이 제국으로 돌아가기로 했다. 그런데 뜻밖에도 한 가닥 희망이 생겼다. 에윌란의 친어머니 엘리시아 질 사이얀이 딸과 접촉하는 데 성공한 것이다. 그녀가 살아 있었던 것이다."

연대기 작가가 입을 다물었다. 거의 경건한 침묵이 흐르는 가운데 학생들은 강연이 계속되기를 기다리면서 도움 필 바티스의 입술에서 눈을 떼지 않고 있었다. 연대기 작가는 물 한 잔을 꿀꺽꿀꺽 마시는 여유를 부리고 나서 손등으로 입을 닦았다. 그러고는 노련한 이야기꾼답게 미소를 머금은 얼굴로 이야기의 2부로 넘어갔다.

"이때부터 식물인간이 된 파수병들을 깨어나게 해서 궨달라비르 제국을 해방시키는 임무가 에윌란의 몫이 되었다. 에윌란을 호위하는 원정대는 궨달라비르의 수도를 향해 길을 나섰다. 옹디안 수도원의 명상 치료사 아르티스 발피에르의 치료술 덕분에 원정대는 여러 번 위험한 고비를 넘길 수 있었다. 파수병들이 깨어나면 스파이럴의 빗장이 풀리고 전쟁의 판도가 뒤집힌다고 판단한 츨리쉬들은 에윌란을 제거하는 것이 급선무였다. 그래서 츨리쉬들이 축지술을 이용하여 급파한 라이족이 원정대와 전투를 벌였다. 마지막으로 접전을 벌이고 있을 때 바라일 숲 너머에 사는 파엘족 전사들의 도움으로 위기를 모면했고, 그 과정에서 파엘족인 키암 비트가 원정대에 합류하게 되었다. 수도 알제이트에 이른 원정대는 궨달라비르 제국의 황제 실 아피안을 만난 뒤 파수병들이 억류되어 있는 도시 알폴로 가기 위해 배를 타고 폴리마즈 강을 따라 셴 호수까지 올라갔다. 거기서 에윌란은 신비한 능력을 지닌 자이언트 고래 담므를 만나는데 고래는 이유를 설명하지 않은 채 자기가 필요하게 될 거라고 에윌란에게 알려주었다. 나중에 흡혈귀의 공격을 받았을 때 에윌란은 담므의 도움으로 목숨을 구하게 되었다."

연대기 작가가 비밀을 말할 때처럼 목소리를 낮췄다.

"행방불명된 부모님이 살아 있다는 확신을 갖게 된 에윌란은 가능한 한 빨리 그들을 찾겠다고 다짐했다. 그렇게 하려면 엘레아 릴 모리엔발을 만나서 부모님이 억류되어 있는 장소를 알아내는 것이 우선이었다."

학생들이 손을 들고 도움 필 바티스에게 좀 더 자세히 말해달라고 청했다. 연대기 작가는 다시 목소리를 높였다.

"원정대는 마침내 알폴에 당도했다. 파수병들을 감시하는 간수는 츨리쉬들의 함정에 빠져 붙잡혀 있는 드래곤이었다. 에윌란은 드래곤이 담므의 영웅이며, 담므가 드래곤을 구해주길 기다리고 있다는 걸 알아차렸다. 에윌란은 드래곤을 풀어준 다음 파수병들을 구출했다. 한편 에윌란 덕분에 자유로워진 드래곤은 마침 라이 족의 습격을 받고 위기에 처한 비욘과 마니엘, 키암 비트를 구해주는 것으로 소녀에게 고마움을 표했다. 풀려난 파수병들은 제국의 군대에 협력하기 위해 국경지대 요새로 출발했다. 에윌란은 엘레아 릴 모리엔발에게 부모님에 대해 물어볼 시간이 없었지만 요새에 가면 엘레아를 만날 수 있다는 걸 알았다. 자유의 몸이 된 파수병들이 다시 이미지네이션으로 들어갈 수 있게 되었기 때문에 전쟁에 이기는 것은 시간문제였다. 에윌란이 궨달라비르를 구한 것이다!"

빨간 머리 여학생이 벌떡 일어났다.

"에윌란의 모험은 그것으로 끝나지 않은 걸로 아는데요……."

연대기 작가가 진정하라는 손짓으로 입을 다물게 했다.

"물론 그것으로 끝난 것이 아니지! 에윌란은 파수병들을 구출함으로써 제국을 살리는 임무를 완수했지만 모험은 시작에 불과했다. 엘레아 릴 모리엔발을 찾아서 싸워야 하니까. 에윌란은 엘레아와의 대결에 자신감을 갖고 있었지만, 엘라나가 그림자걸음이 되겠다고 맹세한 살림을 데리고 떠나겠다고 선언했기 때문에 우울했다. 엘라나의 단호한 결심을 아무도 바꿀 수 없었고, 친구 살림과 작별한 에윌란은 무거운 마음으로 국경지대 요새를 향해 출발했다."

국경지대 요새

1

북방 늑대: 아주 영리하고 힘이 강한 포유동물로 무리를 지어 사냥한다. 식인귀나 흡혈귀 못지않게 위험하며, 다행히 인간들에게 별로 관심을 보이지 않는다. 굶주려 있을 때를 제외하고……

지식과 힘의 백과사전

"비욘, 여름에 눈이 오는 게 정상이에요?"

수염을 기르는 중인 비욘은 털이 듬성듬성한 턱을 문지르면서 대답했다.

"글쎄, 나도 모르겠어. 여기는 북쪽 국경지역이야. 이 지방에 관해 많은 전설이 전해지지만 확실한 건 여느 도시와는 아주 다르다는 점이지."

카미유가 숨을 내쉬는 순간 구름 같은 입김이 만들어지다가 산에서 불어오는 바람에 흩어졌다. 카미유는 두꺼운 양털 망토로 몸을 감싸고 털 두건을 푹 뒤집어쓰고 있는데도 추위가 뼛속까지 파고들어서 작은 충격에도 언 손가락이 부러질 것 같았다.

점점 눈이 쌓이면서 풀과 나무 색깔이 흐릿해졌다. 잔뜩 찌푸린 하늘이 시커멓고, 해는 먹구름에 완전히 가려 있었다. 점심시간이 지난 뒤부터 펑펑 내리기 시작한 눈이 제 기분대로 풍경을 바꿔놓았다.

카미유는 벌써 몇 번째 멀어져 가던 살림의 뒷모습을 떠올렸고, 벌써 몇 번째 소리를 지르지 않으려고 이를 악물었다.

엘라나와 살림이 이별의 아픔을 줄이려는 듯 서둘러 작별 인사를 하고 훌쩍 떠난 뒤 그들도 곧바로 출발했다. 비욘은 덩치에 어울리지 않게 연거푸 눈물을 뚝뚝 흘렸다.

살림은 평소와 달리 거의 아무 말도 하지 않았다. 마치 견디기 힘든 현실을 의식적으로 피하려는 듯 멍한 얼굴로 카미유와 눈도 마주치지 않던 살림은 특별한 감정 표현을 하지 않은 채 배낭을 지고 몇 걸음을 가다가 외쳤다.

"딱 3년이야, 하루도 넘기지 않을 거야. 맹세해, 카미유!"

그리고 나서 살림이 엘라나를 돌아보면서 말했다.

"뭐 하고 있어요? 빨리 떠나지 않고!"

그림자걸음 엘라나가 심호흡을 했다. 엘라나 역시 가슴이 미어지게 아프다는 표시였다. 그녀의 눈길이 살림에서 카미유로, 카미유에서 살림으로 옮겨지다가 자기를 뚫어져라 쳐다보는 에드윈에게 이따금 머물렀다.

엘라나가 무슨 말을 하려는 듯 입을 벌리다가 생각을 바꿨는지 말의 고삐를 움켜쥐었다.

"가자." 그녀는 자신 없는 목소리로 내뱉었다.

뮈르뮈르를 잡아끌면서 엘라나와 살림이 뒤도 돌아보지 않고 남쪽으로 멀어져 가는 뒷모습을 보며 카미유는 가슴이 종잇장처럼 구겨지는 느낌이었다.

비욘과 마니엘은 제국의 군대에 합류하기 위해 국경지대 요새에 가기로 결정했지만, 이번에는 아르티스 발피에르와 키암 비트가 작별을 고했다.

"여기서 헤어져야겠습니다." 파엘족 키암 비트가 말했다. "날이 어둡기 전에 아스타리울 고원을 통과하려면 서둘러 떠나야겠습니다."

"조심해야 합니다." 에드윈이 말했다. "아스타리울 고원에서 흡혈귀가 가장 위험한 것으로 알려졌지만 흡혈귀만 있는 건 아니니까."

키암이 별 걱정을 다 한다는 얼굴로 어깨를 으쓱하는 사이에 명상 치료사 아르티스가 카미유에게 다가왔다.

"다시 만나요, 아가씨. 내 마음은 계속 아가씨와 동행할 겁니다. 부모님을 만나게 될 거라고 확신해요."

카미유가 느닷없이 양 볼에 입맞춤을 하는 바람에 아르티스는 얼굴을 붉혔다.

그렇게 헤어진 지 사흘이 지났지만 나머지 일행의 기분은 무겁게 가라앉아 있었다. 파수병들이 깨어났으니 제국이 위기를 벗어났는데도 카미유와 에드윈은 침울한 얼굴이고, 수레를 모는 두옴 선생님도 입을 닫아버렸다. 분위기를 바꿔보려고 애쓰는 비욘과 마니엘의 너스레도 아무런 효과가 없었다.

카미유는 부모님을 찾고 싶은 마음에도 불구하고 살림의 모습이 머리에서 떠나지 않았다. 둘은 많은 일을 함께했다. 살림이 곁에 없으니까 몸의 한 부분이 떨어져 나간 것처럼 허전했다. 카미유는 살림을 붙잡지 못한 것이 계속 후회가 되었다. 모두를 즐겁게 해주는 유머, 활기 넘치는 행동, 카미유는 살림이 그리웠다. 우울한 생각에 빠져 있던 카미유는 말의 이상한 행동 때문에 정신이 번쩍 들었다. 카미유는 예민해져 있는 흰색과 회색 점박이 말을 토닥이면서 달래주었다.

"왜 그래, 아쿠아렐? 진정해."

이번에는 비욘과 마니엘의 말들이 앞발로 땅을 걷어찼고, 수레를 끄는 코코트와 부리숑도 마구를 흔들어댔다. 수레에 묶인 상태로 따라오는 오르티까지 날카로운 울음소리를 내질렀다.

알제이트를 출발할 때, 에드윈이 만일의 경우를 대비해 데려가기로 결정한 말이 오르티였다. 살림은 말을 탈 줄 모르지만, 마니엘이나 비욘은 체중이 너무 무거워서 교대로 갈아탈 말이 필요하기 때문이었다. 엘라나는 때가 되면 살림이 타기에 적합한 말을 구해줄 거라고 딱 잘라 말했었다.

아직 훈련이 덜 된 탓에 금세 겁을 집어먹는 오르티는 부리기가 쉽지 않은 말이기 때문에 에드윈도 더는 주장하지 않았다. 걱정했던 대로 오르티가 불안에 떨고 있어서 다른 말들까지 동요한 것이었다.

"얘들이 왜 이러는 거죠?" 카미유가 물었다.

"우리가 모르는 뭔가를 느끼고 겁을 먹은 것 같아." 마니엘이 설명했다. "우리는 감지할 수 없는 뭔가를……."

비욘이 풀이 무성한 작은 언덕을 가리켰다.

"저기, 에드윈 대장님이 오네. 이유를 알게 되겠지."

순종하는 데 익숙한 말들은 진정이 되었지만, 오르티가 갑자기 뒷발로 일어서서 난리를 치는 바람에 수레에 묶여 있던 줄이 끊어졌다. 그러자 오르티가 남쪽을 향해 전속력으로 달아났다. 마니엘이 쫓아가려는 순간 황급히 달려온 에드윈이 소리쳤다.

"그냥 나둬!"

에드윈이 급브레이크를 밟듯 수레 옆에 말을 정지시켰다. 에드윈이 심상치 않은 얼굴로 숨도 돌리지 않고 말했다.

"북방 늑대들이 나타났다! 울음소리로 보아 많이 굶주린 모양인데…… 아마 가차 없이 공격할 것이다. 아주 위험한 상황이다."

에드윈이 주위를 살펴보다가 몇 백 미터쯤 떨어진 전나무 숲 기슭을 가리켰다.

"저쪽으로 피해야겠다. 빨리 움직여!"

카미유는 말을 달리면서 계속 뒤돌아봤지만 펑펑 쏟아지는 눈이 시야를 가렸다. 그들이 숲에 이르자, 에드윈이 말에서 뛰어내렸다.

"올라가!" 에드윈이 전나무를 가리키면서 카미유에게 명했다.

"하지만……."

"말 들어! 북방 늑대는 식인귀만큼 위험해. 우선 피하고 봐야지!"

카미유는 잠자코 굵은 나뭇가지를 잡았다. 그러고는 충분하다고 생각되는 높이까지 나무를 타고 올라가서 줄기가 여러 갈래로 갈라진 안전한 데에 자리를 잡았다. 카미유가 에드윈이 던져주는 배낭 세 개를 받는 사이에 두옴 선생님이 옆에 있는 나무를 힘겹게 기어올라갔다.

에드윈의 명령에 따라 비욘과 마니엘이 수레를 끄는 코코트와 부리숑을 풀어주었다.

"말들이 도망치게 내버려둬." 에드윈이 다급한 어조로 말했다.

"우리는 여기서 기다리다가 늑대들을 자극해서 공격하게 만들고 말들이 도망칠 시간을 벌어야 한다. 내가 신호를 하면 나무를 타고 올라간다. 늑대와 맞서봐야 승산이 없기 때문에 시간을 끄는 것이 중요하다. 알았나?"

에드윈이 그렇게 말하면서 자신의 말 엉덩이를 손바닥으로 때렸다. 점점 더 예민해진 말이 울음소리를 내면서 전속력으로 달리자 마니엘과 비욘의 말들도 질주했다. 아쿠아렐이 같이 가자는 것처럼 카미유를 향해 머리를 들었다.

"빨리 가, 아쿠아렐, 도망치라니까!" 카미유가 외쳤다. "늑대들이 오고 있잖아!"

에드윈까지 합세해서 엉덩이를 때리자 그제야 아쿠아렐이 다른 말들의 뒤를 쫓아 전속력으로 내달렸다.

때가 되었다.

첫 번째 울부짖는 소리가 들리자 카미유는 가슴이 오그라드는 것 같았다. 야생짐승들의 울음소리에 두려움이 되살아나면서 카미유는 숨고 싶은 마음이 들었다. 고통스러운 비명소리가 울리더니 차츰 희미해지다 멈췄다.

비욘과 마니엘이 나무 밑에 서서 잔뜩 긴장한 얼굴로 무기를 움켜잡았고, 에드윈은 펑펑 내리는 눈 때문에 뿌연 공기 속을 꿰뚫어 보려고 애를 쓰고 있었다.

갑자기 그들을 향해 질주하는 말 발굽소리에 이어 늑대 울음소리가 들렸다.

나무에 올라앉은 카미유가 볼 수 있는 거리는 300미터를 넘지 못했다. 그러나 그들을 향해 돌진하는 말을 제일 먼저 알아본 것은 카미유였다. 말 한 마리에 두 사람이 타고 있었다.

그 뒤로 한 무리의 시커먼 형체가 어찌나 빠르게 달려오는지 카미유는 그 정체를 금방 알아볼 수 없었다. 저건…… 늑대 떼잖아! 카미유는 어릴 적 동물원에서 늑대를 본 기억밖에 없기 때문에 반쯤 조는 굶주린 개의 모습을 떠올렸다. 무리의 대장인 것 같은 새까만 늑대 한 마리가 바짝 쫓아오고 있었다. 그 날카로운 송곳니로 말의 뒷다리를 물기 직전이었다.

카미유는 눈을 찡그리면서 말을 탄 사람들을 알아보려고 애를 썼다. 마침내 알아본 카미유는 너무 놀란 나머지 나무에서 떨어질 뻔했다. 카미유는 아슬아슬하게 나무에 매달리면서 외쳤다.

"살림! 살림과 엘라나예요!"

2

데생 기술로 원격 통신이 가능할까? 이 점에 대해서는 의견이 분분하다. 수준이 높은 데시나퇴르만 가능하며, 일단 접촉이 되면 누구에게든 메시지를 전달할 수 있다는 것에는 의문의 여지가 없다.

엘리스 밀 트루이프, 알제이트 아카데미의 데시나퇴르 교수

에드윈이 땅바닥에 검을 꽂아놓고, 활을 들었다. 그는 시위를 메우고 화살의 깃이 뺨에 닿을 정도로 잡아당긴 채 기다렸다.

카미유가 외치는 소리를 알아들은 엘라나와 살림이 질주해왔다. 살림까지 태운 엘라나의 말과 대장 늑대와의 거리는 불과 1미터에 불과했다. 그 순간 갑자기 앞으로 튀어나오는 늑대를 향해 에드윈이 화살을 쏘았다.

에드윈은 명사수였고, 그의 활은 가공할 무기였다. 화살이 거의 보이지 않는 속도로 날아갔지만, 늑대는 마치 초감각으로 위험을 인지한 것처럼 갑자기 몸을 홱 돌리는 것으로 화살을 피했다. 화살은 숲 속으로 사라졌다.

그러나 덕분에 두 도망자는 간발의 차이로 위기를 모면할 수 있

었다. 엘라나와 살림은 수레 앞에 이르자 말에서 뛰어내렸다.

"말을 묶어요!" 에드윈이 명령조로 말했다. "지금 달아났다가는 말이 죽게 되니까!"

일행과 헤어져서 떠났던 사람들이 맞나? 엘라나와 살림은 마치 아무 일도 없던 것처럼 말을 묶었다. 엘라나가 살림에게 말했다.

"너도 나무 위로 올라가."

살림은 잠시 머뭇거리다 카미유와 가장 가까운 나무를 타고 올라갔다.

미친 듯이 뒤쫓아오던 늑대들이 멈추더니 갑자기 아무런 관심이 없는 체했다. 물론 관심이 없는 것이 아니었다. 늑대들은 마치 노련한 계략을 쓰는 것처럼 흩어지는 듯싶더니 재빠르게 에드윈 일행을 에워쌌다. 늑대 무리를 이끄는 수컷이 마주 보고 있는데 이글거리는 눈빛으로 에드윈 일행을 응시했다.

에드윈이 다시 활시위를 메우고 화살을 날렸다. 늑대가 이번에도 어렵지 않게 화살을 피하자 에드윈이 이맛살을 찌푸렸다.

"아무래도 위험해서 우리도 나무 위로 피신해야겠다."

"나는 뮈르뮈르를 저 짐승들에게 넘겨줄 수 없어요!" 엘라나가 외쳤다. "덩치 큰 들개일 뿐이라고요."

"잘못 생각했소. 들개가 아니라 북방 늑대란 말이오. 내가 잘 아는데 우리가 이길 승산이 없어요."

전나무에 올라앉은 카미유가 살림에게 말을 걸려는 순간 두옴 선생님이 데생을 그리는 걸 느꼈다. 적절한 때를 잡지 못하고 있던 카미유도 즉시 이미지네이션으로 들어갔다.

그러나 단박에 이미지네이션에서 빠져나왔다.

이상한 느낌이었다. 이 느낌을 뭐라고 설명해야 할까. 미끄러지는 것 같다고 할까? 카미유가 한 번 더 시도했지만 마치 살얼음판에서 미끄러지는 것처럼 또다시 이미지네이션에서 밀려 나왔다.

두옴 선생님이 안절부절못했다.

"히아투! 정말 설상가상이로군!"

"어떻게 된 거죠?" 카미유가 불안한 얼굴로 물었다. "데생을 그릴 수가 없어요."

"이 국경지역은 정말 사람 미치게 한단 말이야!" 두옴 선생님이 분통을 터뜨렸다. "이 지역에서만 히아투 현상이 일어난다니까! 고전적인 데생 법칙이 지켜지지 않는 곳들이지! 여기서는 데생 기술이 강력해지기도 하고, 지금처럼 무용지물이 되기도 하지."

"왜 그렇죠?"

"이 현상은 메르윈이 국경지대 출신이기 때문이라고 하는데 앞으로 내가 좀 더 연구를 해봐야겠어."

나무 밑에서 비욘이 위험을 알리려는 듯 기합소리를 냈다. 갈색 털의 늑대 한 마리가 비욘을 향해 돌진해왔다. 비욘이 아슬아슬하게 늑대를 피하면서 후퇴하자 옆에서 다른 늑대가 달려들었다. 가까스로 비욘이 늑대에게 도끼를 휘둘렀지만 털끝도 스치지 않았다. 또다시 늑대들이 날쌔게 인간들에게서 멀리 떨어졌다. 보통 영리한 놈들이 아니었다.

카미유는 한 번 더 스파이럴로 들어가봤다. 스파이럴에 이르지는 못했지만 카미유는 일행이 피신해 있는 숲으로 퍼지는 힘을 느꼈다. 쿵쾅쿵쾅, 점점 더 세게 뛰는 심장박동 소리가 울렸다. 살림이 몸을 심하게 움직였다.

"카미유……."

입을 악물며 파르르 떨던 살림의 발 하나가 나무줄기에서 미끄러졌다. 살림의 이마에 굵은 땀방울이 맺혔다. 카미유가 비명을 질렀지만 누구도 신경 써줄 겨를이 없었다.

늑대들이 다시 공격해왔다. 나무 밑에서는 겁먹은 뮈르뮈르 옆에서 네 명이 등을 맞댄 자세로 늑대들을 속이는 양동작전을 펼치고 있었다. 슝, 슝, 허공을 가르는 칼 소리가 들리지만, 멀쩡한 늑대들이 송곳니를 번뜩이면서 물러났.

"이제는 우리도 나무 위로 올라가야겠다." 에드윈이 결정했다. "늑대들이 다시 공격해올 때는 누군가 죽게 될 거야. 말이 공격을 받아도 우린 아무것도 해줄 수가 없다."

에드윈은 그렇게 말하고서 말을 묶고 있는 줄을 향해 손을 내밀었다. 엘라나는 가슴 아픈 얼굴로 잠자코 쳐다보고만 있었다.

그때였다. 살림이 고함을 지르며 나무에서 뛰어내렸다. 날렵하게 착지한 살림이 몸을 굴려서 새까만 수컷 늑대의 코앞에서 웅크렸다.

늑대가 처진 주둥이를 들썩거리면서 무시무시한 송곳니를 드러냈고, 귀까지 쭈뼛 세웠다. 늑대가 공격하려는 순간 살림이 으르렁거리기 시작했다. 활시위를 당기고 있던 에드윈이 그대로 멈췄다.

가까이 다가온 늑대들이 주위를 살피면서 대장 늑대와 살림을 에워쌌다. 새까만 수컷 늑대의 태도가 훨씬 공격적이 되면서 털을 곤두세웠다. 살림은 더 크게 으르렁거리며 천천히 옆으로 움직이기 시작했다. 늑대도 그 동작을 따라 움직였고, 마침내 살림이 카미유 일행을 마주 보게 되었다.

카미유는 비명을 간신히 억눌렀다. 거리가 떨어져 있는데도 친구의 눈에서 번뜩이는 사나운 빛이 보였다. 맙소사, 노란 눈빛?

살림이 갑자기 힘이 나는 것처럼 늑대를 향해 전진했다. 늑대는 더 이상 으르렁거리지 않았다. 늑대가 귀를 머리에 바짝 붙이더니 갑자기 땅바닥에 납작 엎드렸다. 그러자 늑대 무리가 술렁거리는 것 같더니 몇 마리가 이빨을 드러내면서 흥분하는 것이 역력했다. 살림이 으르렁거리자 늑대들이 순식간에 조용해졌다. 살림이 여전히 엎드려 있는 수컷의 머리에 손을 얹고 얼굴을 들이댔다. 카미유는 숨을 죽였다.

살림이 번개같이 달려들어 새까만 늑대의 귀를 깨물었을 때 카미유는 아연실색했다. 잠시 정적이 흘렀다.

이윽고 마치 그렇게 귀를 물렸다는 것만으로도 패배를 인정한다는 듯 새까만 늑대가 등을 쭉 펴면서 몸을 흔들었다. 그 순간 다른 늑대 한 마리가 까만 늑대에게 덤벼들었다. 그러나 새까만 늑대는 달려드는 늑대를 가볍게 넘어뜨리고 목을 덥석 물었다. 한순간에 제압된 늑대가 항복했다는 확신이 들었는지 새까만 늑대가 목을 놓아주었다.

새까만 늑대는 그렇게 무리에게 자신의 건재를 과시한 다음 휙 돌아서서 멀어져 갔다. 다른 늑대들도 인간들에게 눈길 한 번 주지 않고 대장 늑대를 따라갔다.

에드윈과 엘라나가 살림을 향해 달려갔고, 나무에서 급히 내려온 카미유도 친구에게 뛰어갔다.

"어떻게 된……."

카미유는 그렇게 말하다가 어이없는 얼굴로 눈이 동그래졌다.

살림은 깊이 잠들어 있었다.

3

이미 언급한 적이 있는 메르윈 릴 아발론의 비밀에 대해 말해주기를 바랍니까? 지금으로부터 수십 년 전에 머릿속에 스쳤던 의혹이 이제는 확신이 되어버렸지요. 메르윈은 비범한 데시나퇴르로 그치는 것이 아니라 그 이상의 무한한 능력을 지니고 있다는 겁니다.

두옴 닐 에르그 분석가, 분석가들의 길드 345회 개회 강연

밤이었다. 숲 기슭에서 가까운 빈터에 모닥불이 타오르고 있었다. 그들은 몸을 녹여보려고 불가에 모여 앉았다. 눈은 그쳤지만 추위는 여전히 매섭고, 얼음장 같은 바람이 옷 속을 파고들었다.

비욘과 마니엘은 수레 짐칸에서 떼어낸 가로장을 사용해서 나무 위에 잠자리를 만들었다.

"늑대들이 다시 올 거라고 생각하지는 않지만 만일을 대비해서 오늘 밤은 나무 위에서 잡시다."

에드윈이 말했다.

살림은 여전히 깊은 잠에 빠져 있어서 깨울 수가 없었다. 그들은 살림을 불가에 눕히고 담요 두 장으로 몸을 감싸주었다.

"살림에게 일어난 일에 대해 누가 설명 좀 해주시겠어요?"

비욘이 물었다.

"메르윈의 효과지." 두옴 선생님이 짤막하게 대답했다.

"네?"

"국경지대에서는 데생 기술과 연관된 이상한 현상이 자주 일어나는데 분석가들이 오랜 세월에 거쳐 밝혀내려고 했지만 매번 실패했지. 연구를 할 때마다 난관에 부딪혔는데 그 핵심에 메르윈이 있었지!"

"그런데 그게 살림과 무슨 관계가 있습니까?" 도저히 무슨 말인지 모르겠다는 얼굴로 비욘이 물었다.

"허허, 거 참! 더 들어보게. 몇몇 장소에 말 그대로 메르윈의 힘이 영향을 미치고 있다는 말이네. 메르윈이 거기서 데생 기술을 사용했거나 메르윈에게 특별히 중요한 장소였기 때문이겠지. 우리는 메르윈의 영향을 받는 장소를 히아투라고 부르지. 광활하게 넓은 곳도 있고, 한걸음에 건널 수 있을 정도로 작은 곳도 있다는데 그 장소가 모두 알려져 있지는 않아. 어쨌든 히아투 지역에서는 데생을 그릴 수 없고, 항상 예측 불가능한 일이 발생하지. 이상한 일들이 일어나기 때문에 알라비리 사람들은 히아투 지역에서는 위험을 무릅쓰려고 하지 않아. 그런데 국경지대 요새 안은 다른 어디보다 메르윈의 영향력이 더 강한 곳인데도 이상한 사건이 일어난 적이 없단 말이지. 요새의 벽이며 방들이 온통 메르윈의 영향력으로 에워싸여 있을 텐데 내 기억으로는 요새 안에서 데생 기술을 사용한 사람이 아무도 없었으니까."

"비지만 제외하고요." 에드윈이 덧붙였다.

"그렇지." 두옴 선생님이 인정했다. "비지는 요새에서 아주 이례적인 곳이지."

비욘이 턱을 비볐다.

"머리가 나빠서 그런지 나는 무슨 말인지 이해가 안 됩니다. 그런데 왜 살림이 늑대 흉내를 내는데 눈까지 노랗게 변한 겁니까?"

"우리가 지금 히아투 지역에 있다니까!" 두옴 선생님이 소리를 버럭 질렀다. "살림의 몸속 깊은 곳에 뭔가가 숨어 있는 것이 틀림없어. 메르윈의 힘이 뭔가를 표면으로 올라오게 만들어 늑대로 둔갑하게 만든 거지."

"그럼 살림이 늑대가 된단 말입니까?"

두옴 선생님이 하늘을 쳐다봤다.

"자네를 두꺼비로 둔갑시킬 수도 있지! 살림이 정말로 늑대가 되는 것이 아니라 일시적인 변화일 뿐이야. 게다가 살림은 깨어나면 무슨 일이 있었는지 기억도 못할 거야. 히아투 지역에서는 이상한 일이 자주 일어나지만 나쁜 결과는 없었지. 수세기가 흘렀지만 메르윈이 죽음 저편에서도 우리를 도와줄 방법을 찾은 것이라고 생각해. 뜻밖에도 살림이 개입해준 덕분에 우리가 위기 상황을 모면

한 거니까."

믿기지 않는 얼굴이지만 비욘은 아무 말도 덧붙이지 않았다.

모닥불에서 탁탁 튀는 소리만 들릴 뿐 한동안 정적이 흘렀다. 잠시 후, 에드윈이 기지개를 켜고는 목덜미 뒤로 깍지를 꼈다.

"어떻게 된 거예요?"

에드윈이 느닷없이 물었다.

에드윈이 특별히 누군가를 지칭한 것이 아닌데도 모두 엘라나를 돌아봤다.

엘라나가 미소를 지었다.

"여러분이 그리웠어요. 내 감정을 드러내는 성격이 아니라서 더는 말하지 않겠어요. 미안해요."

비욘이 듬성듬성한 수염을 문지르면서 농담을 던질 기세로 눈웃음까지 치고 있었다. 엘라나가 입을 열지 못하게 선수를 쳤다.

"당신은 말하기 전에 생각을 좀 해야 된다니까!" 엘라나가 장난기 섞인 미소를 지으면서 충고했다. "나를 놀릴 시간이 있으면 면도나 하든가……."

비욘이 졌다는 표시를 하자 마니엘이 안됐다는 얼굴로 어깨를 톡톡 쳐주었다. 에드윈이 엘라나를 뚫어져라 쳐다보고 있었다. 그걸 알아챈 엘라나가 얼굴을 붉혔다.

"다시 만나니까 좋군요."

에드윈이 말했다.

엘라나가 마음을 들키지 않으려는 듯 일어났다. 그녀가 담요로 몸을 돌돌 감은 살림에게 다가가자 카미유도 따라갔다. 살림은 코까지 골면서 깊은 잠에 빠져 있었다. 카미유가 엘라나의 손을 잡으면서 말했다.

"고마워요."

"고맙다고 말하지 마. 오직 너를 위해서 돌아온 건 아니니까."

"그건 다 알고 있다고 생각하는데……."

카미유와 엘라나가 서로를 쳐다보면서 웃음을 터뜨렸다. 카미유의 얼굴이 다시 진지해졌다.

"그림자걸음 길드와 문제가 생기면 어떡해요?"

엘라나가 어깨를 으쓱했다.

"그림자걸음은 길드에 들어가면서 여러 가지 원칙을 절대로 어기지 않는다는 것에 동의하지만 구속되지 않기 때문에 자유롭게 활동할 수 있지. 살림이 입문할 시기를 판단하는 것은 나야. 그래서 지금부터 내가 계속 훈련시킬 생각이야."

"그런데 왜 떠났어요?"

카미유가 물었다.

"난 자유분방하게 사는 사람이라서 누군가에게 얽매이는 걸 좋아하지 않아. 그런데 사랑하게 될까 두려웠어. 나는 아직 받아들일 준비가 되어 있지 않거든.”

"에드윈?"

"응. 그리고 너, 비욘, 마니엘과 두옴 선생님도! 하지만 떠나고 나서야 내가 얼마나 우리 일행을 사랑하고 있는지 깨달았어.”

카미유가 몸을 돌려 엘라나의 뺨에 입을 맞췄다.

"그리고 돌아오지 않았다면 정말 후회했을 거야.” 엘라나가 말을 끝맺었다.

휴식을 주는 밤이 아니었다.

추위가 매섭고, 나무에 고정한 널빤지 위에서 자는 것은 편안한 것과는 거리가 멀었다.

동이 텄을 때 카미유는 녹초가 되어 있었다. 카미유는 천천히 기지개를 켰다. 나뭇가지 사이로 푸르스름하게 물든 하늘이 보였다. 구름 한 점 없는 하늘이었다.

카미유는 자는 동안 안전을 위해 몸에 묶었던 줄을 풀고 나무를 내려갔다. 마지막 차례로 보초를 서고 있던 마니엘이 눈을 동그랗게 떴지만 카미유는 가까운 덤불을 가리키면서 안심시켰다. 마니엘이 무슨 뜻인지 알아차렸다는 듯 미소를 지으면서 고개를 돌렸다.

발밑에서 서리가 하얗게 앉은 낙엽이 사각거렸다. 야행성 동물들이 남긴 수많은 흔적을 보면서 경탄했다. 잠시 후, 숲 속으로 들어가던 카미유가 눈살을 찌푸렸다.

전날보다 심장박동 소리가 더 강렬하고 또렷하게 느껴졌다. 카미유는 진짜로 나는 소리가 아니라 혼자서만 느끼는 것임을 알고 있었다. 카미유는 소리의 근원이 어디인지 알고 있는 것처럼 거의 무의식적으로 낮은 나뭇가지들을 헤치며 숲 속 한복판으로 들어갔다.

침엽수가 쭉쭉 뻗어 있었다. 주위가 온통 초록색인 풍경 속에 노간주나무들의 새빨간 열매들이 수를 놓은 듯 아름다웠다. 이어서 눈앞에 펼쳐지는 숲 속의 빈터는 송진 향기가 그윽하고, 정적이 흐르고 있었다.

카미유는 처음에 텅 비어 있는 곳이라고 생각했다. 그러다가 자신을 유인하는 박동 소리가 빈터의 한복판에서 나는 소리라는 걸 알아차렸다.

완만하게 경사진 땅에 눈이 쌓여 있는데 추위를 거역하듯 군데군데 수풀이 보였다. 카미유는 느낌이 좋았다. 이상한 박동이 카미유의 심장 리듬에 박자를 맞추고 있었다. 카미유는 멋진 하모니에 젖어들었다.

빈터에서 차츰 형체의 윤곽이 드러났다. 처음에는 거의 착시 현상처럼 반투명하던 형체가 또렷해지고 있었다. 데생!

바로 눈앞에서 데생이 탄생하고 있는데 카미유는 누가 그리고 있는지조차 감지하지 못하다니!

세로 1미터에 가로 2미터쯤 되는 무지갯빛 물체가 흰색 결이 있는 장밋빛 대리석 초석 위에 놓여 있는데 빛이 강렬했다. 카미유는 영원한 것이라고 믿어질 정도로 완벽한 물체라서 알 수 없는 힘에 따라 나타났다 사라진다는 걸 알아차렸다. 진주를 품은 조개 같다고 할까, 그 물체를 중심으로 빈터가 형성되어 있었다.

카미유는 주저 없이 다가갔다. 환영받고 있다는 걸 알기 때문이었다. 달갑지 않았다면 그 물체가 모습을 감췄을 것이 아닌가.

그건 무덤이었다.

크리스털 덮개 속에 누운 여인은 눈부시게 아름다웠다. 죽음도 그 온화한 표정과 기품 있는 이목구비, 피부의 윤기를 앗아가지 못한 모양이었다. 구불구불한 금발, 완벽한 얼굴의 윤곽, 늘씬한 몸매의 곡선미…….

마치 여인의 아름다움은 어떤 설명도 필요 없다는 듯 무덤에는 비문이 새겨 있지 않았다.

감동한 카미유의 눈에 눈물이 맺히고 진주 같은 눈물이 뺨을 타고 흘러내렸다. 크리스털 덮개 위로 똑 떨어진 눈물방울이 부서지면서 내는 영롱한 소리가 애절한 이름으로 변했다.

"비비안!"

그 이름이 오랫동안 카미유의 가슴속에 울렸다.

에드윈이 카미유를 발견했을 때, 소녀는 빈터 한복판에 무릎을 꿇고 눈물을 흘리고 있었다. 그리고 그 눈물 한 방울, 한 방울은 메르윈의 잃어버린 사랑에 바치는 시였다.

4

엘레아 릴 모리엔발은 제국에 해를 끼치는 인물입니다. 우리를 기만하면서 위협하는 내부의 적이기 때문에 츨리쉬보다 훨씬 위험합니다.

카르보이스트 수도원장, 알보르의 영주 사이 힐 무란에게 보내는 편지

나무에 설치했다가 떼어낸 널빤지들이 다시 수레의 제자리로 돌아갔다. 살림은 여전히 잠들어 있었다. 밤새 깊은 잠에 빠진 살림은 마니엘이 나무에서 내려놓을 때도 꿈쩍하지 않았다.

살림을 바라보는 두옴 선생님의 얼굴이 평온해서 카미유는 일단 안심이 되었다. 무덤을 발견한 일로 충격을 받았지만 카미유는 아직 일행에게 그 얘기를 하지 못하고 있었다. 한 가지 의문이 머릿속에서 떠나지 않았다. 메르윈이 아서 왕의 전설에 마법사이자 예언자로 등장하는 멀린이었던 건 아닐까?

양부모 집의 서재에서 혼자 보내는 저녁 시간 동안 카미유는 원탁의 기사들과 마법사 멀린이 벌이는 모험에 열중했다. 그래서 멀린과 요정 비비안의 격정적인 사랑에 대해 잘 알고 있었다. 메르윈,

멀린…… 비슷한 두 이름이 단순한 우연의 일치일까?

카미유는 두옴 선생님에게 슬쩍 물어보려고 했지만 에드윈과 엘라나랑 함께 한창 대화 중이었다.

"요새까지 걸어서 가는 건 절대 불가능하네." 두옴 선생님이 단언했다.

"어쩔 수 없어요." 에드윈이 반박했다. "말을 찾겠다고 경솔하게 몇 명을 떠나보내면 분산이 되기 때문에 위험을 초래하게 됩니다."

"하지만 살림이 계속 자고 있어." 두옴 선생님이 말했다. "그 아이를 어떻게 이송하지?"

"우리에게는 뮈르뮈르가 남아 있잖아요." 엘라나가 나섰다. "수레 끄는 걸 좋아하지 않지만 할 거예요. 살림은 수레에 싣고 가야죠. 에드윈, 요새가 아직 멀었나요?"

"걸어서 가면 사흘쯤 걸릴 거요. 날씨가 나쁘면 더 걸릴 수도 있겠죠."

카미유가 끼어들었다.

"아쿠아렐과 다른 말들이 무사할 거라고 생각하세요?"

에드윈이 모른다는 표시로 두 팔을 벌렸다.

"글쎄. 늑대보다 훨씬 앞서서 도망쳤으니까 추격당했을 거라고 생각할 수는 없지. 하지만 여기 국경지대는 여러 가지 위험이 도사리고 있는 데라서……."

카미유는 갑자기 불안감이 엄습했다. 사나운 늑대들에게 잡힌 아쿠아렐을 상상만 해도 소름이 돋았다. 카미유가 불안해하고 있음을 알아챈 엘라나가 진정시켰다.

"걱정하지 마. 네 말은 굉장히 영리하니까. 나는 잘 피했을 거라고 확신해."

마니엘이 뮈르뮈르가 끄는 수레에 살림을 눕혔고, 두옴 선생님이 고삐를 잡았다. 일행은 전진하기 시작했다.

멋진 풍광이 펼쳐졌고, 하늘은 거의 쪽빛이었다.

이미 녹기 시작한 눈밭에 눈부신 햇살이 반사되었다. 숲의 색깔이 짙은 초록색으로 두드러졌고, 북쪽으로 몇 킬로미터 떨어진 곳에 폴 산맥의 뾰족한 봉우리들이 위용을 뽐냈다.

뮈르뮈르는 열심히 수레를 끌었다. 눈이 녹으면서 질퍽해진 땅이라 수레의 속도를 낼 수 없기 때문에 걸어가는 사람들은 힘들지 않고 따라갈 수 있었다.

카미유는 이따금 수레를 들여다보면서 살림을 살폈다. 마니엘이 수레에 눕혀놓은 뒤로도 코까지 골면서 깊은 잠에 빠진 살림은 꿈

짝도 하지 않았다. 카미유가 두옴 선생님에게 물었다.

"곧 깨어날까요?"

"솔직히 말해서 난 모르겠다. 살림과 같은 경우의 사람들에 대해 말만 들었지 한 번도 본 적이 없어. 하지만 걱정할 필요는 없다고 생각해. 메르윈 릴 아발론은 즐리쉬들에게 억압당하고 있던 인간들을 구했다. 메르윈은 나라를 위해 일생을 바쳤어. 따라서 나는 메르윈이 남긴 유산이 해로운 결과를 줄 거라고 생각하지 않아."

"비비안이 누구였어요?" 카미유가 불쑥 물었다.

두옴 선생님이 깜짝 놀라는 눈길을 던졌다.

"누구한테 들었니?"

카미유는 잠시 망설이다가 과감한 결정을 내렸다.

"오늘 아침 숲에서 데생이 실재로 바뀌는 걸 봤어요. 아니, 그곳에 아무도 없었는데 이미 만들어져 있었어요. 갑자기 무지갯빛 물체가 나타났다는 표현이 더 맞을 거예요. 무덤인데 아주 아름다운 여인이 거기 누워 있었어요. 무덤에서 엄청난 힘을 느꼈어요. 모든 즐리쉬가 힘을 합친 것 같다고 할까, 하여튼 담므와 드래곤의 힘 못지않게 굉장한 힘을 느꼈어요. 그러다가 신음소리 같은 것이 나더니 비비안이라는 이름이 들렸어요. 그 소리에 힘과 절망이 섞여 있었는데……."

생각에 잠긴 두옴 선생님은 아무 말도 하지 않았다. 마침내 두옴 선생님이 차분한 어조로 말했다.

"너는 운이 좋구나. 메르윈의 근본에 대해 구체적으로 알거나 기억하는 사람이 아무도 없는데. 메르윈은 가장 절망적이었던 암흑기에 나타나서 희망과 승리를 가져왔지. 수많은 전설 중 메르윈을 회상하지 않은 전설이 거의 드물 정도야. 오늘날 많은 황제가 잊혀 갔지만 1500년 전에 사망한 메르윈에 대한 기억은 여전히 지속되고 있어. 메르윈에 의해 츨리쉬의 빗장이 박살 나 스파이럴에서 쫓겨난 도마뱀 전사들은 직접적인 대결로는 메르윈을 이길 수 없다는 걸 깨닫고 술책을 쓰기로 결정했지. 그래서 놈들은 살아 있는 존재를 데생하기 위해 힘을 합쳤던 거야."

"그게 가능해요?"

"절대로 불가능한 일인데 놈들은 해냈지! 놈들이 메르윈에게 파멸을 안겨줄 것을 만들었으니까."

"괴물인가요?"

"아니, 비비안이라는 여자였지."

"그건 말도 안 돼요." 카미유가 반박했다. "내가 봤어요. 눈부시게 아름답고 온화한 여인이었어요."

"거기에 바로 함정이 있지. 메르윈이 유혹을 이기지 못할 정도로 츨리쉬들의 창작물은 완벽했으니까."

"함정에 걸려들었단 말이에요?"

"응. 노예가 되지 않고서는 아무도 비비안을 볼 수 없었으니까."

"하지만 그 여인은 진짜 인간이 아니라면서요!"

"그건 중요하지 않아. 인간 이상으로 완벽하게 만들어진 여자였으니까!"

카미유는 15세기 전에 일어났던 일에 감정까지 실어서 이야기하는 두옴 선생님의 말을 경청하고 있었다.

"츨리쉬들은 메르윈의 절대적인 힘을 예상하지 못했어. 메르윈은 비비안을 발견하는 순간 누가 여자를 조종하고 있는지 알아차렸지. 그러나 메르윈은 함정에 걸려들고 말았어. 그 여자가 마치 파리를 낚아채는 거미처럼 너무나 쉽게 그의 영혼과 마음을 빼앗았으니까."

"하지만……."

"하지만 과연 메르윈 릴 아발론이었어. 메르윈은 도마뱀 전사들에게서 그 여자를 구해냈지. 츨리쉬들이 조종하는 비비안의 끈을 잘라버렸으니까. 그렇게 그 여자를 자유의 몸으로 만들고 사랑을 바쳤지."

"아름다운 사랑이네요!" 카미유가 탄성을 질렀다.

"그래. 메르윈과 비비안은 10년을 행복하게 살았어. 오늘날도 완전한 사랑의 모델로 찬양되고 있을 정도로. 그러던 어느 날 츨리쉬의 저주에 걸려들고 말았으니……."

"무슨 일이 일어났는데요?"

"비비안은 진짜 인간이 아니라, 비록 메르윈이 그녀에게 자유라는 선물을 주었지만 데생으로 만든 창작물에 불과하다는 걸 알게 되었지. 실제로 존재하는 것이 아니기 때문에 모든 데생과 마찬가지로 그녀가 사라질 운명이라는 걸 알았지."

"영원히 존재하는 것도 있잖아요." 카미유가 반박했다. "선생님이 말해줬잖아요! 알제이트의 탑, 아치 다리, 사파이어 문……."

"에윌란, 그건 전부 사물이지 생명체가 아니잖아. 인간을 실재로 데생한다는 것은 불가능한 일이야. 며칠 이상 실재한다는 것 자체가 꿈에서나 가능한 일이지."

"하지만 그들이 10년 동안 행복하게 살았다면서요."

"그래, 메르윈의 힘과 사랑의 힘이 그런 기적을 만들어낸 거지. 그러던 어느 날 갑자기 비비안이 더 이상 존재하지 않게 되었어."

카미유는 가슴속에서 뭔가가 단단하게 뭉치는 느낌이 들었다. 1500년 전에 일어났던 일이라고 생각하는데도 카미유는 걷잡을 수 없는 슬픔에 잠겼다.

"그럼 메르윈은? 메르윈은 어떻게 됐어요?"

"사라졌어. 슬픔 때문에 미쳤다는 주장, 그의 눈물로 센 호수가 생겼다는 주장, 그의 분노로 폴 산맥이 솟구쳤다는 주장도 있지만 전부 전설일 뿐이야. 한 가지 확실한 건 그 뒤로 메르윈이 다시는 나타나지 않았다는 거지."

　눈물이 글썽글썽해진 카미유는 눈을 감았다. 두옴 선생님에게 눈물을 보이고 싶지 않았던 것이다.

　"부당해요." 카미유는 큰 소리로 외치면서 자리를 떴다.

　두옴 선생님은 대꾸하지 않았다.

　카미유는 마음이 진정되기까지 한 시간쯤 걸렸다. 멀린과 비비안의 전설에 대해 말하지 않은 것이 후회되지 않았다. 궨달라비르의 실화가 훨씬 아름다웠기 때문에…….

5

달그림자,
깃털같이 가벼운 몸놀림,
완전한 사랑.

엘룬드릴 샤리아킨, 전설의 그림자걸음

걸어서 이동하는 것에 비욘과 마니엘이 우거지상을 했다. 몸무게도 문제지만 무기의 무게도 만만치 않아서 두 거구는 몹시 힘들어했고, 유머 감각까지 잃었다. 그들은 수레와 두옴 선생님이 앉은 마부석을 부러운 시선으로 힐끔거렸다. 점심 때 휴식을 취하고 다시 출발할 때 카미유가 에드윈에게 다가갔다.

"에윌란, 요새에 도착하면 엘레아 릴 모리엔발과 부딪쳐야 하는데 싸울 준비를 해야지?"

"그럴 필요 없어요. 부모님을 찾기 위해서라면 산이라도 움직일 수 있을 것 같아요. 건방져 보이겠지만 그 정도의 파수병에게 겁먹을 내가 아니죠!"

"그래, 그건 의심하지 않아. 그런데 엘레아가 무슨 짓을 할지 모르니까 너도 경계를 늦추지 말아야 한다."

카미유는 위험한 일은 없을 거라며 어깨를 으쓱하면서도 엘레아릴 모리엔발에 대해 캐물었다.

"엘레아는 어떤 방법으로 요새에 갔을까요?"

"축지술을 사용했겠지. 요새 꼭대기에 비지라고 불리는 특별한 방이 있는데 거기서 얼음 국경을 감시할 수 있지. 파수병들이 들어갈 수 있는 방인 데다 엘레아는 그중에서도 능력이 뛰어나기 때문에 마음대로 드나들 수 있거든."

"다른 데가 아니라 왜 요새로 갔을까요?"

"두옴 선생님이 아무 말씀도 안 해주셨니?"

"요즘은 선생님과 얘기할 시간이 없었어요."

"그랬구나. 스파이럴이 열린 덕분에 두옴 선생님이 노력해온 군대의 통신 시스템이 복원되었지. 그래서 모두 군대의 명령을 받았고, 특히 파수병들은 두 번씩이나 불복할 정도로 어리석지 않아. 파수병들은 라이족과의 마지막 전투에 참전하기 위해 요새로 집결했지. 지금쯤은 제국의 승리가 확실하기 때문에 파수병들이 궨달라비르 도처에 퍼져 있는 원래의 위치로 돌아갔을 거야. 마지막으로 받은 소식에 따르면 요새에 파수병은 두 명만 남아 있는데 그중 한 명이 엘레아……."

카미유가 두건을 벗었다. 햇빛이 쨍쨍했고, 많이 걸은 탓인지 기분 좋을 정도로 몸이 따뜻해졌다.

"한 가지 궁금한 게 있어요. 통신 시스템이라는 것이 뭐예요?"

"맙소사, 그것도 모르다니!"

"또 시작이에요?"

카미유가 뾰로통한 얼굴로 쏘아붙였다.

카미유는 에드윈의 눈빛에 어리는 웃음을 감지했다. 퀜달라비르에서는 학식이 풍부한 사람은 모두 그렇듯 에드윈 역시 언아더월드에 대해 모르는 것이 많은 카미유를 은근히 놀렸다.

"너무해요! 난 진지하단 말이에요. 생각이 있어서 묻는 건데……."

"그래, 그래, 알았으니까 화내지 마, 에월란." 에드윈이 진정시켰다. "데시나퇴르들이 통신문을 발송하지."

"어떻게요?"

"가장 고전적인 방법은 데생 기술로 메시지를 전달하는 거야."

"하지만 수신자가 어디 있는지 모르잖아요."

"물론 그렇지. 사전에 정해놓은 장소에 메시지가 이르면 그다음에 고전적인 방법으로 전달되지. 따라서 데시나퇴르들은 배달 사무소의 정확한 위치만 알고 있으면 돼."

"다른 방법도 있어요?"

"스파이럴에서 가장 높은 데로 들어가야 하는데 그 정도 수준의 데시나퇴르가 별로 없기 때문에 이용하는 일이 거의 없지. 그리고 그럴 능력이 있는 데시나퇴르들은 메시지 전달보다 더 중요한 일에 몰두하고 있어서 그럴 여유도 없고. 물론 아주 긴급한 우편물이나 황제의 명령일 경우에는 데시나퇴르가 직접 상대에게 전하지만. 엘레아 릴 모리엔발이 너와 접촉한 것이 바로 그 경우지. 더는 묻지 마, 그 이상은 나도 모르니까."

카미유가 고맙다고 말하고 가려 하자 에드윈이 불러 세웠다.

"아주 드문 경우지만 슈쇼테르를 이용할 때도 있다는 걸 깜빡 잊었구나. 그런데 네 얼굴에 번지는 그 미소…… 너 무슨 일을 꾸미고 있지?"

"아직은 확실한 게 아니라서 말할 수가 없어요."

"그래, 알았다, 에윌란."

카미유는 에드윈을 살펴봤다. 엘라나가 돌아온 뒤로 에드윈은 심리적으로 안정되어 있었다. 파수병들이 깨어난 것으로 무거운 짐을 덜었는데도 우울해 보이던 에드윈이 엘라나가 곁에 있는 것만으로도 정말 행복한 얼굴이었다. 카미유는 엘라나가 알아채기를 기다렸다가 눈치 채지 못할 경우에는 귀띔해주기로 마음먹었다. 그러고는 메시지를 보낼 방법을 궁리했다.

먼저 히아투 지역을 벗어난 것인지 확인할 필요가 있었다. 카미유는 어렵지 않게 이미지네이션으로 들어갔지만 그다음은 더 복잡했다.

메시지를 보내는 것은 지금까지 시도했던 것과는 차원이 달랐다. 카미유는 엘레아 릴 모리엔발에 대한 생각을 바꿨다. 엘레아가 식물인간이 된 상태에서도 이 기술을 사용했다는 것은 데생 기술의 수준이 아주 뛰어나다는 의미가 아닌가. 엘레아는 만만한 상대가 아니었다.

카미유는 차츰 원격 통신이 수신자의 정신 상태를 명확하게 파악해야 한다는 걸 알아차렸다. 그런데 엘레아가 카미유를 모르는데도 접촉하는 데 성공했다는 사실은 훨씬 충격적이었다. 카미유는 갑자기 자신의 시도가 너무 주제넘다는 생각이 들었다.

그렇지만 카미유는 포기하지 않고 정신을 집중했다. 그 순간 접촉이 되었다. 처음에는 희미하다가 명확해지자 카미유가 속삭였다.

"내 귀염둥이, 돌아와. 이제는 위험하지 않으니까 돌아와도 돼. 너무 보고 싶어, 내 마음 알지?"

카미유의 머릿속에서 기뻐하는 말의 울음소리가 울렸다. 카미유가 탄성을 내지르자 놀란 일행이 빤히 쳐다봤다.

"무슨 일이니?"

비욘이 불안한 얼굴로 물었다.

"무슨 일이 생긴 게 아니고 우체부가 좋은 소식을 가져왔어요."

비욘이 마치 실성한 사람을 보듯 카미유를 뚫어져라 쳐다봤지만, 그 암시를 간파한 에드윈은 눈살을 찌푸렸다.

"무슨 일을 꾸미는 거니?"

"정말 몰라서 묻는 건 아니죠?"

"알지만 어째 걱정이 되는구나."

"금방 알게 될 거예요." 카미유가 수수께끼 같은 미소를 지으면서 단언했다.

해가 뉘엿뉘엿 저물 무렵, 말들이 돌아왔다.

아쿠아렐이 둥근 언덕 꼭대기에 제일 먼저 모습을 드러냈다. 잠시 후, 기사들의 말들에 이어 코코트와 부리숑이 나타났다. 오르티만 보이지 않았다.

아쿠아렐을 뒤따르는 말들이 환호성을 지르는 주인들을 향해 달려왔다.

"왜들 그렇게 난리예요? 누가 보면 생전 처음 말을 본 사람들이라고 생각하겠어요!"

그들이 일제히 돌아봤다.

잠이 덜 깬 얼굴로 수레에 서 있는 살림을 보면서 그들이 박장대소했다. 살림이 길게 하품을 하면서 기지개를 켜자 그들은 안심이 된 얼굴로 소년을 쳐다봤다. 어리둥절해하는 살림을 보면서 비욘이 모두의 마음을 완벽하게 대변했다.
 "드디어 일어났구나, 쥐방울. 네가 자는 동안 조용해서 정말 좋았는데! 하지만 고백하자면 네가 아주 그립기도 했어!"

6

국경지대 주민들은 거칠고 용맹하고 비사교적이다. 그들에게는 법 못지않게 엄격하게 명예와 신의를 따르며, 어떠한 경우에도 동정심을 금한다. 그들은 제국의 충성스러운 문지기들이기 때문에 어떤 황제도 그들의 풍습에 간섭하지 않았다.

혼 실 풀림 영주, 레지옹 누아르 후보생들을 위한 강연

"정말 내 눈이 노란색이었단 말이야?"

"응, 그랬다니까!"

"누나야, 너무 심하다! 내가 네 발로 기어 다니면서 암소만 한 늑대랑 싸웠고, 눈이 노란색이었다고? 네 말을 내가 어떻게 믿어? 너 술 먹었냐?"

수레 짐칸에 나란히 걸터앉은 카미유와 살림은 다리를 허공에 늘어뜨리고 있었다. 일행이 텐트를 세우는 사이에 카미유는 전날의 사건을 친구에게 설명했다.

"살림, 뇌 없는 연체동물이라는 말 또 듣고 싶지 않으면 다시는 그런 멍청한 말 하지 마!"

"알았어, 알았으니까 성질부리지 마. 그래도 내가 거의 늑대인간

이었다는 말을 듣고 얼마나 충격을 받았을지 생각 좀 해줘."

"정말 아무것도 기억 안 나?"

"전혀! 나무를 타고 올라갔어…… 그리고 얼마 후 눈을 떴는데 말들이 오는 걸 보고 모두 환호성을 지르고 있었어."

카미유가 한숨을 내쉬었다.

"그래, 네가 죽은 듯이 곯아떨어졌던 것도 바로 그 때문이야."

"알았어. 믿기 힘들지만 인정할게."

살림이 헛기침을 하면서 망설이는 목소리로 말을 이었다.

"카미유?"

"응?"

"있잖아…… 우리가 다시 만난 걸 축하하는 의미에서 포옹이라도 해야 하는 거 아냐?"

"미안해. 술 냄새가 날까 봐 너무 걱정이 돼서 말이야." 카미유가 빈정거리듯 응수했다. "그리고 너도 알다시피 연체동물이랑 포옹은…… 좀 그렇잖아."

살림이 졌다는 얼굴로 하늘을 쳐다봤다.

"나도 웃기려고 한 말인데……."

"알지, 그럼!"

수레에서 뛰어내린 카미유가 마니엘이 야영지 한복판에다 방금 갖다놓은 땔감 쪽으로 걸어갔다.

"내가 할까요?"

카미유가 땔감 앞에 서 있는 두옴 선생님에게 물었다.

"그래 주면 고맙지, 에윌란."

카미유가 이미지네이션으로 들어가서 불길을 그린 다음 실재로 만들었다. 나뭇단에 불이 붙었는데 정말 순식간이었다.

그 장면을 지켜보던 엘라나가 열렬하게 박수를 쳤다.

"와, 대단한 솜씨야! 나는 데시나퇴르를 볼 때마다 감탄사가 절로 나온다니까."

"이런 불은 누구나 만들 수 있어요."

카미유가 말했다.

"그렇긴 하지만 너처럼 이렇게 빠르게 해내는 사람은 본 적이 없어. 아무리 생각해도 놀랍단 말이야!"

엘라나가 수레 짐칸에 여전히 앉아 있는 살림을 가리켰다.

"무슨 일이 있었는지 살림에게 얘기했니?"

"그럴 거예요. 내가 좀 심하게 몰아붙이긴 했지만."

"근데 저기서 뭐 하는 거지? 삐친 건가?"

"아니에요, 전혀 기억이 안 나나 봐요. 그래서 아마 기억을 더듬고 있을 거예요."

엘라나와 살림이 돌아오면서 일행은 활기를 되찾았다. 비욘과 살림이 티격태격 말싸움을 벌였고, 그때마다 마니엘이 심판을 봤다. 두옴 선생님이 카미유에게 데생 기술에 대한 강의를 열심히 해주었고, 에드윈과 엘라나는 잠시도 떨어지지 않았다.

때아니게 기습했던 동장군이 물러가면서 날씨가 다시 포근해졌고, 마치 쾌청한 가을 날씨가 서서히 자리를 잡는 것 같았다. 카미유의 눈과 마주칠 때 살림의 얼굴에 번지는 미소가 맑은 가을 하늘처럼 아름다웠다.

7

국경지대 주민들은 다른 지역의 알라비리 사람들에 비해 데시나퇴르 능력이 떨어진다. 아예 능력이 없는 사람도 있다. 그렇지만 그들에게는 메르윈 릴 아발론의 피가 흐르고 있다.

엘리스 밀 트루이프, 알제이트 아카데미의 데시나퇴르 교수

요새는 현기증이 날 정도로 높았다.

평원을 굽어보는 뾰족한 바위 위에 우뚝 선 요새는 높은 벽으로 둘러싸여 있었다. 세 개의 탑은 하늘을 찌를 듯 위협적인 위용을 뽐내는 데 반해 크리스털 돔을 씌운 또 하나의 탑은 의좋게 하늘과 맞닿아 있는 것 같았다.

에드윈이 아침 햇살을 받아 눈부시게 반짝이는 돔을 가리켰다.

"저기가 바로 비지야! 제국의 절반을 볼 수 있도록 메르윈이 심혈을 기울인 곳이지."

살림이 잠자코 둥근 탑을 바라보다가 에드윈을 쳐다봤다. 에드윈이 농담을 하는 건지 종잡을 수가 없어서 살림은 한마디하고 싶지만 꾹 참았다.

얼마 전에 아무 때나 끼어든다고 카미유에게 핀잔을 들었던 살림은 조심하려고 애를 쓰고 있었다.

"도시는 없어요?" 카미유가 물었다.

"저기 뾰족한 바위 반대편 성벽 안에 있단다." 에드윈이 설명했다. "저길 봐! 우리를 마중 나오네."

정말로 가까운 언덕 꼭대기에 모습을 드러낸 기마대가 그들을 향해 달려오고 있었다. 점점 다가오는 기마대를 보면서 카미유는 가파른 길에서 말을 다루는 그들의 솜씨에 경탄했다. 카미유 일행 앞에 이른 기마대가 둘로 나뉘어 수레 뒤쪽으로 갔다가 일사불란하게 돌아서서 에드윈 앞에서 말을 멈춰 세웠다. 그들은 에드윈의 갑옷과 똑같은 거무스름한 가죽 갑옷 차림에 똑같은 검을 어깨에 둘러메고 있었다.

기마대가 부동자세로 묵묵히 기다렸다. 그 순간 쌩, 불어오는 바람소리가 야릇한 분위기를 연출했다. 카미유는 전율이 일었다. 국경지대의 기마대는 레지옹 누아르 정예군에 비해 체격이 작고 장비는 간소하지만, 카미유의 눈에는 훨씬 인상적이었다.

에드윈이 말을 탄 채로 한 발짝 앞으로 나아가자, 기마대에서도 한 사람이 똑같이 한 발짝 나왔다. 등 뒤로 땋아 늘인 금발과 균형이 잡힌 이목구비를 보면서 카미유는 눈이 동그래졌다. 멋지게 등장한 기사는 여자였다.

에드윈이 손을 들자 여자가 힘차게 그 손을 맞잡았다.

"명예롭게, 용맹하게!" 그들이 동시에 말했다.

마치 그 관례적인 표현으로 인사가 끝났다는 듯이 기마대가 환호성을 지르면서 말에서 뛰어내렸다. 이어서 에드윈을 왕자라고 부르면서 에워싸더니 일제히 환호하면서 정중하게 그를 말에서 내려놨다. 기마대는 예측 불가능하던 라이족과의 전쟁에서 승리한 이유를 에드윈 덕분이라고 생각하는 듯 거의 숭배에 가까운 존경을 보내고 있었다.

마침내 에드윈이 외쳤다.

"조용!"

침묵이 흐르자 에드윈이 말을 이었다.

"나 혼자 온 것이 아니다! 여기 있는 일행은 나를 도와준 진정한 전우들이다! 이들이 없었다면 결코 전쟁을 승리로 이끌지 못했을 것이다!"

다시 환호성이 울리자 에드윈이 손짓으로 진정시켰다.

"승리에 크게 공헌한 사람, 식물인간이 된 파수병들을 깨어나게 한 사람, 알폴의 간수를 풀어주었던 사람이 여기 있다! 메르윈의 아들과 딸들이여, 여기 에윌란 질 사이얀이 있다!"

에드윈의 말이 끝나자마자 자신에게 쏠리는 많은 눈길에 카미유가 얼굴을 붉혔다. 카미유는 뭐라고 말하고 싶지만 혀가 입천장에

붙은 듯 말문이 열리지 않았다. 정적이 흐르고 있었다. 수십 개의 눈이 뚫어져라 쳐다보는 것이 부담스러웠나, 카미유는 소심한 성격이 아니지만 그 분위기에 압도되었다.

그때 갑자기 에드윈과 인사를 나눴던 여전사가 두 팔을 얼굴 높이로 올리더니 손뼉을 쳤다. 여자가 천천히 손뼉을 치기 시작하자 기마대 일행이 하나둘 그 박자에 맞춰 손뼉을 쳤다. 잠시 후 경의를 표하는 함성이 울렸다. 그리고 이어지는 침묵이 엄숙한 분위기를 연출했다.

"네가 말하길 다들 기다리는 것 같아." 살림이 친구의 귀에 대고 속삭였다.

카미유는 심장박동이 빨라지는 걸 느꼈다. 멋지게 한마디하고 싶었지만 입이 떨어지지 않았다.

"용기를 내, 누나야." 살림이 계속 속삭였다. "너는 스타야, 겁먹지 말고 빨리 해."

카미유가 심호흡을 하면서 눈으로 에드윈에게 간청했다.

"동지들이여." 에드윈이 나섰다. "에윌란은 제국을 구한 영웅이지만, 오랫동안 편안하게 잠 한 번 자지 못한 어린 소녀이기도 하다. 에윌란은 너무 피곤해서 거의 녹초가 되어 있다. 따라서 요새에서 융숭한 대접을 해주기 바란다."

기마대가 즉각적으로 움직였다. 그들이 말에 뛰어오르는 사이에 여전사가 카미유에게 다가왔다.

"우리와 같이 말을 타고 가면 영광이겠는데?"

카미유가 의견을 묻는 얼굴로 쳐다보자 에드윈이 웃으며 고개를 끄덕였다.

"여러분을 흉내 낼 수 없는 초보지만 기꺼이 함께 가겠어요."

비욘이 살림의 어깨를 툭 쳤다.

"어쩌면 저렇게 의연할 수 있을까?" 비욘이 속삭였다. "나는 당황해서 횡설수설했을 텐데……."

"글쎄, 안 해봐서 모르겠지만…… 나도 저렇게는 못했을 것 같네요." 살림이 인정했다.

"비욘, 당신이나 살림은 죽었다 깨어나도 안 된다니까!" 엘라나가 놀렸다.

옆에 와 있던 엘라나가 미소를 짓고 있었다. 그런데 갑자기 불쾌한 얼굴로 눈살을 찌푸렸다. 여전사가 에드윈에게 다가가더니 다정하게 손을 잡았던 것이다.

"다시 만나서 정말 행복해요." 여전사가 에드윈에게 말했다. "멀리 떨어져 있어서 몇 달 동안 마음이 메말랐었는데……."

"이별은 내게도 힘들었어." 에드윈이 대꾸했다. "시암*, 그동안 잘 지냈지? 정말 많이 보고 싶었다."

활짝 웃는 여전사의 얼굴이 빛나고 있었다. 여전사가 에드윈의 뺨에 입맞춤을 한 다음 등자를 이용하지 않고 훌쩍 안장에 올라앉더니 카미유를 향해 말을 돌렸다.

"궨달라비르 제국의 에윌란! 요새의 영주께서 우리를 기다리고 계신다. 너의 모험에 대해 빨리 듣고 싶어 하시니까 서두르자."

여전사가 두 다리로 말의 허리를 누르면서 달려 나가자 기마대가 여전사를 따라 쏜살같이 내달렸다. 카미유는 무릎으로 아쿠아렐에게 신호를 보내면서 말을 달렸다. 그들이 멀어져 가자 엘라나가 내뱉듯이 말했다.

"당신은 어떻게 생각하는지 모르겠지만 내가 보기에 예의라곤 없는 천박한 여자 같네요!"

에드윈이 못 들은 체하자 다른 사람들은 힐끔힐끔 눈치를 보면서 아무 말도 하지 않았다.

8

나는 라이족을 좋아하지 않는다. 그들은 미적 감각이 전혀 없다.

메르윈 릴 아발론

수염을 기르겠다고 큰소리치던 비욘이 결국 면도를 하고 말았다. 비욘은 빈정거리는 눈초리로 쳐다보는 살림에게 변명을 늘어놨다.

"수염이 있으니까 따갑기만 하고 얼굴을 따뜻하게 보호해주지도 않더라고. 게다가 이 남자답게 생긴 얼굴을 가리기 때문에 오히려 내 매력이 떨어지잖아."

살림이 폭소를 터뜨리는 소리에 소스라치게 놀란 비욘이 면도날에 뺨을 베었다.

"이 녀석아!" 비욘이 소리를 버럭 질렀다. "이런 얼굴로 가면 국경지대의 예쁜 아가씨들이 어떻게 나를 제대로 평가하겠니?"

"에이, 형님, 무슨 그런 걱정을!" 살림이 대꾸했다. "형님은 하도 못생겨서 수염이 있든 없든, 얼굴에 칼자국이 있든 없든, 요새의 아가씨들은 아마 몇 백 년 동안 악몽에 시달릴 거라고요."

"녀석, 질투하기는!" 비욘이 응수했다.

소파에 앉아 낮은 탁자에 두 발을 올려놓은 자세로 지켜보고 있던 마니엘이 빙긋이 웃으면서 끼어들었다.

"내가 보기에는 수염을 기르는 게 더 나은 것 같은데."

"그래요?"

"당연하지. 못생긴 얼굴이 가려지니까 그나마 괜찮아 보이던데."

기분이 상한 비욘이 등을 돌렸다.

"어휴, 입들만 살아서! 재치가 있다고 생각하는 이 쥐방울 녀석이나 미련하기 짝이 없는 떡대나 아주 똑같군."

살림이 말대꾸하려는 순간 문 두드리는 소리가 났다.

두옴 선생님이 대답을 기다리지 않고 들어와서 그들 앞에 버티고 섰다. 초록색 벨벳 옷차림으로 멋지게 차려입은 선생님이 뻣뻣하게 서 있었다.

"뭐야? 아직 준비 안 했나? 핸더 틸 일란* 영주께서 우리를 만난 다음에 파수병들이 풀려난 걸 축하하는 향연을 베푸시기로 했다는 걸 잊은 건 아니겠지? 영주는 황제 다음으로 중요한 전설적인 인물이야. 게다가 자네들처럼 버릇없는 인간들이라도 시간을 지키지 않으면 모욕으로 간주한단 말이다."

비욘은 두옴 선생님이 숨을 돌리는 사이에 얼른 소리쳤다.

"준비됐습니다! 당장 따라나서겠습니다."

두옴 선생님이 눈살을 찌푸렸다.

"면도했나? 왜 그랬을까? 수염이 있으니까 그런대로 괜찮아 보였는데."

킥킥거리면서 웃는 소리에 두옴 선생님이 살림을 매서운 눈으로 쳐다봤다.

"너는 예절을 알아야 해." 두옴 선생님이 꾸중했다. "국경지대 주민들은 엄격한 예법과 명예를 중시하고 있어. 무례하게 굴다가는 즉시 결투 신청을 받게 될 것이다. 알았니?"

"옙, 알겠습니다, 대장님!" 살림이 너스레를 떨었다.

두옴 선생님이 어이없다는 얼굴로 고개를 저으면서 마니엘을 향해 돌아섰다.

"셋 중에서 가장 분별력이 있는 자네가 이 둘을 지키게. 나는 에윌란과 엘레아 릴 모리엔발의 피할 수 없는 대결에 몰두하고 있어서 이 교양 없는 건달들에게 신경 쓸 겨를이 없으니까. 이제, 나가세!"

그렇게 말하고 나서 두옴 선생님이 복도로 나갔다. 살림이 비욘의 소매를 잡았다.

"결투? 농담이겠죠?"

"아닐걸. 야생적이고 위험한 지형이라서 그런지 여기 사는 사람들의 성격도 비슷하다고 봐야 해. 국경지대 사람들은 유머 감각이 거의 없어서 무슨 문제가 생기면 무조건 검으로 해결한다고 들었거든."

살림이 조그맣게 휘파람을 불었다.

"그럼 카미유가 결투 신청을 받게 될 수도 있는 거잖아요?"

"요새에는 엘레아 릴 모리엔발을 추종하는 사람들이 있어서 그 여자에 대해서는 문제 삼지 않을 거야."

"하지만 그 여자는 반역자예요! 모두 아는 사실이잖아요!"

"천만에! 알라비리 사람들 대부분이 모르고 있어. 더구나 실 아피안 황제가 파수병들을 복귀시켰다는 것은 그들을 용서했다는 뜻이야. 국경지대 사람들은 누군가 황제의 결정에 이의를 제기하는 걸 절대 용납하지 않아."

살림이 반박하려고 하자 마니엘이 방 밖으로 떠밀었다.

"어서 가자고! 늦게 가면 두옴 선생님이 나한테 책임을 묻는단 말이야!"

살림과 비욘, 마니엘은 복도를 따라 걸으면서 다른 데로 벗어나지 않으려고 주의했다. 거대한 유리창과 건물의 철재 골격, 실내장식이 중세 시대의 프랑스와 아무런 관련이 없는데도 살림은 이 성채가 전혀 낯설게 느껴지지 않았다. 역사 지식과 공상이 뒤죽박죽으로 섞여버렸나? 아무튼 살림은 건축물에 매료되었다.

그들은 일행이 기다리는 접견실로 들어갔다. 장밋빛 대리석 기둥들이 반구형 천장을 떠받치고 있는 웅장한 방이었다. 투명한 크리스털 바닥이라서 10여 미터 밑에 있는 맑은 물이 훤히 보였다. 형형색색의 물고기들이 유유히 헤엄치고 있는데 1미터 이상 되는 커다란 물고기도 눈에 띄었다. 살림은 시선을 뗄 수 없었다. 많은 사람이 드나들고 있는데도 바닥이 어찌나 깨끗한지 공중에 둥둥 떠다니는 느낌이었다. 안쪽 끝에 비취옥으로 만든 호랑이 조각상이 떠받치는 금빛 물결무늬의 목재 옥좌에 핸더 틸 일란 영주가 앉아 있었다.

에드윈과 너무나 닮은 모습에 살림은 깜짝 놀랐다. 두 사람은 비교적 평평한 이목구비하며 차가운 회색 눈, 체격도 거의 비슷했다. 영주는 가죽 갑옷 차림에, 나이는 많아도 힘과 카리스마가 넘쳐 보였다.

카미유와 에드윈은 마주 보며 서 있고, 약간 뒤에서 엘라나와 두옴 선생님이 국경지대 사람들에게 둘러싸여 있었다.

살림이 슬그머니 카미유에게 다가가려는 순간 엘라나가 어깨를 꽉 잡았다.

"말썽 부리지 말고 얌전히 있어." 엘라나가 위협적인 어조로 주의를 줬다.

핸더 틸 일란이 일어서자 옥좌에 가려 있던 두 사람이 한 발짝 앞으로 나왔다.

"그 여자예요." 살림이 엘라나의 귀에 대고 속삭였다. "카미유의 부모님을 배신했던 여자! 옆에 있는 남자도 파수병이에요. 알폴에서 봤어요."

카미유도 대번에 엘레아 릴 모리엔발을 알아봤다.

여자의 시선이 카미유에게 고정되며 입가에 미소를 머금고 있었다. 교만에 가득한 여자의 태도에 카미유는 소스라치게 놀랐다. 그 가증스러움에 혐오감이 치민 카미유는 에드윈의 말을 떠올리면서 주먹을 불끈 쥐었다. 요새는 데생을 그릴 수 없는 히아투 지역이라서 이미지네이션으로 들어갈 수 없었다. 그렇지만 지금 이 순간 얼음물 한 양동이를 그려서 저 파렴치한 엘레아의 얼굴에 끼얹을 수만 있다면 그보다 더 기쁜 일은 없을 텐데!

틸 일란 영주가 인사말을 끝내자 박수갈채가 쏟아졌다. 카미유는 아무 소리도 들리지 않았다. 주위를 휙 둘러보던 카미유는 자신이 말하길 기다리는 사람이 아무도 없다는 걸 확인하면서 안심했다.

엘레아 릴 모리엔발이 마치 카미유의 불안을 알아챈 듯 비웃음을 흘렸다. 그러고는 옆에 있는 남자에게 뭐라고 귀엣말을 하자 남자가 웃음을 지었다.

사람들이 에드윈을 에워싸면서 찬사를 보내는 사이에 살림이 카미유에게 다가왔다.

"뱀 같은 여자가 나를 쳐다보는 것 봤지?"

"지금은 저 여자에게 신경 쓰지 마." 살림이 카미유를 진정시켰다. "내가 나중에 앙갚음을 해줄게."

"잘난 척하기는! 네가 어떻게 할 건데?"

"그건 아직 생각해보지 않았지만 문제없어." 살림이 자신 있게 말했다. "10초 동안 방법을 50개는 찾을 수 있으니까. 내가 떠나 있는 동안 그림자걸음과 함께 생활했다는 거 잊지 마."

"살림, 약속했던 3년이 아니라 고작 사흘 떠나 있었거든? 너처럼 뛰어난 제자를 데리고 다녔으니 엘라나가 성질을 죽이느라고 힘 좀 들었겠다."

"그렇게 불신하면 금방 후회할 텐데……. 잘 봐, 카미유."

살림이 유연하면서 빠른 동작으로 카미유를 건드리고 나서 잠시 손을 정지하고 있다가 손바닥을 펴 보였다.

"어? 그거 내 지갑이잖아!" 카미유가 외쳤다.

"어때? 이래도 의심할래?"

"아니, 이제부터는 인정할게. 너에게 자질이 있다는 걸 진작 알아봤지! 근데 말이야, 이 지갑 속에 즐리쉬의 스피어그래프가 들어 있어."

"아직도 그 끔찍한 걸 갖고 있어?" 살림이 오만상을 지었다. "빨리 버리지 뭘 꾸물대고 있어? 너한테 필요 없는데……."

"글쎄, 과연 그럴까?"

그때 비욘이 다가왔다. 카미유와 살림을 데려가려고 양팔로 끌어안았다.

"환영회는 옆방에서 열린대. 방금 알았는데 에윌란, 너는 영광스럽게도 영주님 오른쪽에 앉게 될 거야. 우리랑 멀리 떨어져 있게 되지만 걱정하지 마, 살림이 손가락으로 집어먹지 못하게 할 테니까."

비욘이 폼을 잡으면서 말을 이었다.

"수염이 없는 내 얼굴. 어떻게 생각하시나요, 아가씨?"

"멋져요! 아주 매력적이에요!"

비욘이 호탕하게 웃으면서 툭 쳤는데 살림이 고꾸라질 뻔했다.

"그것 봐라, 녀석아! 진실은 결국 드러나게 되어 있다니까!"

연회장의 크기는 접견실과 비슷했다.

중앙에 놓인, 20미터쯤 되는 긴 탁자에 먹음직스러운 음식이 잔뜩 차려져 있었다. 에드윈이 카미유에게 다가왔.

"이런 성대한 연회는 정말 예외적인 일이야." 에드윈이 약간 놀랐다는 얼굴로 말했다. "국경지대 사람들은 아주 검소하거든."

카미유가 고개를 끄덕이면서 자신을 위해 마련된 자리로 걸어갔다. 친구들과 떨어져 있는 것이 유감스럽지만 그래도 에드윈의 자리가 맞은편이라서 안심이 되었다. 엘레아 릴 모리엔발이 옆에 와서 억지 미소를 보냈다. 카미유는 소름이 끼쳤다. 또 다른 파수병이 오른쪽에 자리를 잡을 때는 온몸에 소름이 돋았다. 에드윈이 격려하는 뜻으로 윙크를 보내주었지만 카미유는 별로 위안이 되지 않았다.

틸 일란 영주가 여유 있게 손짓을 하자 참석자들이 자리에 앉았다. 영주는 그대로 서서 두 주먹으로 탁자를 누르면서 참석자들을 향해 몸을 약간 숙였다.

"동지들이여." 영주가 우렁찬 목소리로 외쳤다. "오늘은 우리의 숙적 라이족에 대한 승리를 축하합시다. 국경지대 주민들이여, 우리는 의무를 다했습니다. 우리는 멈추지 않고 용맹하게 싸웠습니다. 그러나 이 승리는 우리의 것이 아니라 에윌란 질 사이얀과 우리의 충성스러운 파수병들의 것입니다. 자, 우리 모두 이들에게 경의를 표하며 축배를 듭시다!"

영주가 본보기로 술잔을 머리 위로 쳐들었다. 참석자들이 모두 술잔을 높이 들고 축배를 외쳤다.

흥분이 약간 가라앉았을 때, 카미유 옆에 앉은 파수병이 일어났다.

"영주님……."

"아, 홀츠 킬 무이르트*! 어서 말해보시오. 지혜로운 사람의 말인데 당연히 들어야지요."

파수병이 고개를 끄덕여 동의를 표시하면서 완전히 조용해지기를 기다렸다가 말했다.

"이렇게 저희를 환대해주셔서 고맙고, 감동했습니다." 파수병이 말했다. "제국을 지키기 위해 국경지대의 용맹한 전사들과 함께 싸울 수 있었으니 무한한 영광입니다. 그렇지만 영주님의 말씀 중 한 가지를 바로잡아야겠습니다. 이 승리의 모든 공은 여러분의 것으로 돌려야 합니다. 궨달라비르를 위험한 상황에 빠지게 한 책임은 일부분 우리 파수병들에게 있습니다. 황제 폐하와 영주께서 넓은 아량으로 우리의 잘못을 용서해주시니 이 자리에서 우리는 다시 한 번 충성을 맹세합니다."

틸 일란 영주가 흡족한 얼굴로 고개를 끄덕였다.

"영주께서는 마치 우리 파수병들이 전투에 참전한 것처럼 말씀하셨습니다. 그런데 그것은 잘못입니다. 파수병들 중 열 명만 라이족과 싸웠습니다. 열 명만 츨리쉬들의 술책에 대항하여 궐기하고 맞서 싸웠습니다. 정말 수치스럽게도 두 명은 전투를 피하기 위해 숨는 것으로 명예를 실추시켰습니다. 그 두 파수병의 딸은 제국을 구하는 데 기여했으나, 알탄과 엘리시아 질 사이얀은 여기서 언급될 자격이 없는 비겁한 자들입니다!"

그 순간 유리가 박살 나는 소리가 요란하게 울렸다.

카미유가 술잔을 잡고 있는 손에 어찌나 힘을 많이 주었는지 유리가 펑, 터지면서 파편이 홀츠 킬 무이르트의 뺨으로 튀었다.

그 충격에 홀츠 킬 무이르트가 비명을 지르면서 넘어졌다. 여기저기서 고성이 터져 나오면서 많은 사람이 자리에서 일어섰다.

홀츠가 일어났는데 뺨에 흉측한 상처가 났지만 미소를 머금고 있었다.

틸 일란 영주의 고함소리에 웅성거리던 소리가 그치고 정적이 흘렀다. 증오의 눈빛을 번뜩이는 홀츠 킬 무이르트의 목소리가 쩌렁쩌렁 울렸다.

"내 명예가 짓밟혔습니다. 이것은 피로 씻을 수밖에 없습니다. 결투를 청합니다!"

"그건 안 됩니다!"

분노로 얼굴이 일그러진 에드윈이 외쳤다.

"당신은 의도적으로 에월란을 무시하고, 에월란의 부모를 모욕했소. 7년 전 당신들이 배신했을 때 무슨 일이 있었는지 명확하게 아는 사람이 없는 데다 알탄과 엘리시아의 충성심도 의심할 수 없단 말이오. 당신이 교활하게 꾸민 반역 행위가 실패했다는 걸 아직도 모른단 말이오? 그리고 에월란은 어린애예요. 이 아이를 상대로 결투를 신청하다니, 부끄럽지 않소?"

그때 엘레아 릴 모리엔발이 부드럽지만 면도날처럼 날카로운 어조로 끼어들었다.

"영주님의 오른쪽에 앉아 있는 에윌란, 알폴의 간수를 물리쳤고, 멘타이를 죽였던 에윌란을 과연 어린애라고 말할 수 있을까요?"

그 반론에 얼굴이 창백해진 에드윈이 틸 일란 영주를 향해 고개를 돌렸다.

"아버님?"

영주가 낙심한 표정을 지었지만 아들을 보면서 결정을 내렸다.

"알탄과 엘리시아가 충성스러운 파수병들이라는 것은 나도 인정한다, 에드윈. 그리고 나는 이 결투를 전적으로 반대한다."

영주가 아들의 눈을 뚫어져라 응시하면서 말을 이었다.

"하지만 나는 결투 신청을 막을 수 없다. 우리의 법은 돌이킬 수 없다. 홀츠 킬 무이르트의 말이 교활했으나 에윌란의 태도도 용서할 수 없을 정도로 공격적이었다. 결투는 오늘 저녁 경기장에서 벌어질 것이다."

함성이 일었지만 에드윈이 주먹으로 탁자를 내리치자 다시 조용해졌다. 에드윈이 홀츠의 눈을 쏘아봤다.

"정말 츨리쉬보다 더 야비하고 비열하기 짝이 없군요! 내 조상들의 명예에 걸고 맹세하건대 당신은 내 칼에 죽을 것이오!"

홀츠 킬 무이르트의 얼굴이 창백해졌지만 미소를 잃지 않았다. 그 순간 모든 시선이 카미유에게 쏠렸다. 카미유는 차분하지만 낭

랑한 목소리로 외쳤다.

"내 부모님은 배신하지 않았습니다. 부모님이 어디 있는지는 모르지만 아직 살아 계시다고 확신합니다. 나는 부모님의 딸답게 결투를 받아들이겠습니다. 그렇지만 어둠 속에서 아직도 음모를 꾸미는 비열한 인간들이 여러분 곁에 있다는 걸 아셔야 합니다. 국경지대 주민들이여, 조심하십시오. 그들은 여러분이 망하길 바라고 있습니다!"

9

> 제군들은 제국의 정예군이다. 그것은 의심의 여지가 없다. 그러나 국경지대의 전사 부부에게 도전했던 레지옹 누아르 병사 열 명의 운명을 잊지 마라. 만약 기억나지 않으면 유일한 생존자에게 무슨 일이 일어났는지 물어보라.
>
> 에드윈 틸 일란, 레지옹 누아르 후보생들을 위한 강연

"도무지 이해를 못하겠습니다! 그들이 왜 하필 지금 결투라는 방법으로 에월란을 죽이고 싶어 하는 겁니까?"

마니엘이 모두가 궁금해하는 것을 대변하듯 분통을 터뜨렸다.

연회는 열리지 않았다.

의무와 확신 사이에서 고민하던 틸 일란 영주는 일어나서 연회장을 떠났다. 에드윈 일행의 시선이 카미유에게 쏠려 있는 사이에 참석자들이 크게 술렁거렸다. 어수선한 틈을 타서 엘레아 릴 모리엔발과 홀츠 킬 무이르트가 슬그머니 사라졌다.

에드윈이 일행을 조용한 응접실로 데려갔다.

"파수병들이 과오를 범했는데 황제는 그것이 반역이라기보다는 판단력 실수가 크다고 생각했고, 그래서 그들을 용서한 것이다."

에드윈이 설명했다. "엘레아와 홀츠의 진짜 목적을 황제가 알게 되면 상황이 달라지겠지. 그런데 그들의 반역을 증명할 수 있는 사람이 에윌란밖에 없으니……."

"어떻게 증명합니까?" 비욘이 놀란 얼굴로 물었다.

"부모님을 구해내야지요." 카미유가 끼어들었다. "부모님이 어디 계신지, 누구에게 붙잡혀 있는지 모르지만, 좀 전에 두 위선자가 더는 부모님에게 해를 끼치지 못하고 있다는 걸 알아차렸어요. 엘레아 릴 모리엔발은 한 가지 두려움밖에 없어요. 내가 부모님을 찾아내서 책임을 물을까 봐 불안해하는 거예요. 엘레아는 내가 그럴 수 있다는 걸 알기 때문에 나를 없애려는 거예요. 그런데 국경지대 사람들의 반감을 살 위험을 무릅쓰면서까지 그들이 왜 그렇게 서툰 방법으로 결투를 하자고 도전했는지 이유를 모르겠어요. 두 사람이 합세해도 나는 이길 수 있다고 확신해요. 그런데 그 결투가 무슨 의미가 있죠?"

에드윈이 한숨을 내쉬고 나서 말했다.

"네가 아직 모르는 게 있어, 에윌란. 경기장은 요새 안에 있기 때문에 데생 기술을 사용할 수 없어. 그래서 여기서는 검으로 결투를 하지."

비욘이 욕설을 내뱉자 살림이 벌떡 일어났다.

"하지만 그건 미친 짓이에요! 계획적인 살인 행위라고요! 카미유는 무기를 잡아본 적이 없어요. 중단시켜야 해요!"

"요새의 영주님이 하는 말 못 들었니?" 그렇게 말하면서 에드윈이 입을 다물었다가 말을 이었다. "나는 내 아버님을 잘 알아. 할 수만 있다면 막았겠지만 법 때문에 어쩔 수가 없어."

"지금 이렇게 쓸데없는 말로 시간 낭비를 할 때가 아니에요!" 엘라나가 갑자기 외쳤다. "필요한 결정을 내려야 해요. 에윌란, 결투를 피해 도망칠래?"

"아뇨."

"그럴 줄 알았어. 그럼 그 비열한 자는 내가 맡을게. 결투는 벌어지지 않을 거야. 그리고……."

"그런 생각하지 마요." 에드윈이 말을 잘랐다. "그자는 요새에서 유일하게 데생할 수 있는 비지에 엘레아와 함께 틀어박혀 있소. 거기에 그들의 숙소가 있고, 높은 수준의 데시나퇴르들만 출입할 수 있지요. 에윌란은 어려움 없이 들어갈 수 있지만, 엘라나, 당신이 과연 당신 방식대로 문제를 해결할 수 있을지 의문이오."

엘라나는 눈을 감았다.

"그렇다면 에윌란이 싸워야 한다는 건데 남은 시간은 여섯 시간……. 에드윈, 훈련할 만한 방이 필요해요. 조용한 데가 있을까요?"

에드윈이 대답하려는 순간 노크 소리가 났다.

두옴 선생님이 문을 열었다.

그들을 마중하러 나왔던 금발 여자가 문간에 서 있었다.

"도움을 주려고 왔습니다."

엘라나가 불쾌한 얼굴로 한마디하려고 하자 에드윈이 일어나서 여자를 향해 걸어갔다.

"어서 들어와, 시암."

그렇게 말하면서 에드윈이 일행을 향해 돌아섰다.

"아까는 시간이 없어서 내 동생 시암 틸 일란을 여러분에게 소개하지 못했군요."

여동생이라는 말에 엘라나가 안도의 숨을 내쉬었다.

시암은 보랏빛 실크 옷을 입고 있었다.

"에윌란을 위해서 이걸 가져왔어요. 나의 첫 번째 검이라서 가벼운 데다 에윌란의 키에 맞아요. 그리고 원한다면 결투 준비를 도와줄 수 있어요."

"시암은 태어나면서부터 검을 잡았지요." 에드윈이 덧붙였다. 누구든 시암에게 섣불리 도전했다가는 큰코다치지요."

카미유는 마치 자신과 관계없는 일인 듯 잠자코 듣고 있었다. 네 번째로 이미지네이션으로 들어가려다가 실패한 카미유는 기분이 나빴지만 억지로 미소를 지으면서 시암에게 말했다.

"정말 고마워요. 나한테 필요할지 모르겠지만 마음을 써주셔서 감사해요." 카미유가 깍듯하게 말했다.

"아무 걱정 말고 이제부터는 우리에게 맡겨. 오늘 저녁 네가 츨리쉬의 하수인을 박살 낼 테니까 두고 봐."

엘라나가 카미유의 손을 잡고 강제로 일으켰다. 시암이 오빠 에드윈에게 말했다.

"검술도장을 사용할 수 있는데 오빠는 어떻게 생각해요?"

에드윈이 고개를 끄덕였다. 시암이 엘라나와 카미유를 데리고 방을 나갔다.

살림이 희망의 빛을 찾으려고 비욘을 쳐다봤다.

"정말로 카미유에게 검술을 가르치려는 걸까요?"

비욘이 일행을 둘러보고 나서 목멘 소리로 대답했다.

"그냥 가만히 있을 수 없기 때문이겠지. 몇 시간 만에 검술을 배우는 건 불가능해. 두 명이 아니라 열 명, 백 명이 가르쳐도 불가능해. 에윌란은 결투에서 이길 수 없어."

10

이미지네이션은 다른 차원의 공간이며 비물질적인 상상 세계지만, 그곳에는 아무도 살지 않는다. 데시나퇴르들만 잠시 들어가서 스파이럴을 돌아다닌다. 일반적으로 그렇게 알고 있지만, 그것이 정말 진실일까? 우리가 눈이 멀어서 문 앞인데 벽에 부딪혔다고 생각하는 건 아닐까?

두옴 닐 에르그 분석가, 일기

카미유는 경기장을 훑어봤다. 난간 없는 커다란 테라스가 바깥 성벽으로 둘러싸인 건물들과 개방된 공간을 굽어보고 있었다.

홀츠 킬 무이르트가 경기장 끝에 서서 꼼짝하지 않았다. 에드윈 일행은 관중에 에워싸여 있는데 그것은 요새의 영주가 만일의 경우 결투에 개입하지 못하게 하려고 그들을 무장해제한 상태로 감시하는 것이었다. 심지어 살림까지 요새의 전사 두 명이 지키고 있을 정도였다.

오후 내내 아버지를 설득해서 결투를 막으려고 애를 썼지만 실패한 에드윈은 몹시 화가 나 있었다.

카미유는 주먹을 불끈 쥐고 열을 올리는 에드윈과 그를 맡은 감시인들이 어찌할 바를 몰라 쩔쩔매는 모습이 눈에 선했다.

카미유는 팔뚝이 뻐근해지는 걸 느끼면서 씁쓸한 미소를 지었다. 엘라나와 시암이 혹독하게 검술 훈련을 시켰고, 엘라나가 말했었다. "그 츨리쉬의 하수인을 기습해야 돼. 그자는 너를 쉽게 죽일 수 있다고 확신하기 때문에 경계하지 않을 거야. 따라서 너는 이길 수 있어!"

카미유는 배운 대로 검을 잡은 손에 힘을 주면서 아름다운 검에 감탄하지 않을 수 없었다. 무시무시한 칼날에 균형이 잘 잡힌 멋진 검이었다.

정말 운이 따라줄까?

홀츠 킬 무이르트가 카미유를 향해 걸어오기 시작했다.

카미유는 머릿속을 비우고 이미지네이션으로 들어가려고 시도했지만 대번에 밀려났다. 숲에서 늑대들과 싸울 때처럼 미끄러지는 느낌이었다.

그러나 이번에는 단념하지 않았다.

카미유는 억지로 통로를 뚫고 들어가려고 시도했다. 한순간 성공하는 듯싶다가 다시 밀려났다.

홀츠 킬 무이르트와의 거리는 10미터에 불과했다. 홀츠의 얼굴에 험상궂은 미소가 번졌다.

그 순간 카미유의 머릿속에 시암과 엘라나의 충고가 떠올랐다. 방어, 공격, 상대의 칼을 받아치기, 속임수…….

카미유는 또다시 스파이럴 정복에 뛰어들었다.

'허허! 나는 바빠. 나를 귀찮게 하지 마라!'

협박이 아니라 짜증을 내는 듯한 말이 머릿속에서 울렸다. 깜짝 놀란 카미유는 집중력이 떨어지면서 이미지네이션과의 접촉이 끊어질 뻔했다. 카미유는 가까스로 정신을 차렸다. 홀츠 킬 무이르트가 공격해올 걸 알고 있었다. 할 일은 한 가지밖에 없었다.

'도움이 필요해요! 빨리 도와주세요!'

아주 길게 느껴지는 시간이 흐르고 있었다. 카미유는 불안정한 상태로 이미지네이션의 경계에 있었다. 스파이럴은 여전히 거부했다. 목소리에 호소하는 수밖에 없었다. 목소리가 다시 울렸는데 훨씬 다정했다.

'음, 그래, 알았다……. 스피어그래프를 사용해라. 놈의 검은 내가 맡을 테니.'

카미유는 눈을 떴다. 홀츠 킬 무이르트가 코앞에 있었다.

카미유는 무기를 놓고 호주머니에 손을 집어넣었다.

홀츠가 칼을 쳐들었다. 얼마 전부터 발코니에서 술렁거리던 관중들의 흥분이 극도에 달하면서 심한 몸싸움까지 벌어지고 있었다. 재빨리 지갑의 끈을 풀어야 하는데 떨려서 손가락이 말을 듣지 않았다. 홀츠가 목에 검을 들이대는 순간 카미유는 가까스로 끈을 풀었다.

카미유는 끔찍한 고통을 예상하면서 이를 악물었다.

그런데 약한 충격에 지나지 않았다.

홀츠 킬 무이르트가 어이없는 얼굴로 자신이 들고 있는 원통형 판지를 쳐다보고 있었다. 카미유는 더 생각하지 않고 행동했다. 팔을 내밀면서 츨리쉬의 스피어그래프를 홀츠의 이마에 철썩 붙였다. 기대 이상의 결과였다.

지글지글 끓는 것 같은 소리와 역한 냄새가 진동하면서 홀츠가 비명을 질렀다. 그가 두 팔을 벌리더니 털썩 무릎을 꿇었다. 카미유가 한 발짝 물러섰다.

카미유는 온몸을 부들부들 떨면서 스피어그래프를 땅바닥에 떨어뜨렸다. 홀츠 킬 무이르트가 일어나지 못한 채 꾸르륵거리는 소리를 내다가 고꾸라졌고, 잠시 두 발이 꿈틀꿈틀하더니 더는 꿈쩍도 하지 않았다.

카미유는 오싹한 전율이 등줄기를 타고 흐르며, 이마와 관자놀이에 식은땀이 맺혔다. 아무리 흉악한 반역자라고 해도 사람을 죽였다는 생각에 카미유는 구토가 일었다.

'그자는 죽지 않았다, 꼬마야. 그냥 정신을 잃은 것뿐이야. 내가 두꺼비로 둔갑시켜놓으면 아무 짓도 못할 거니까 걱정하지 마라.'

머릿속에서 안심시키는 목소리가 또다시 울렸다.

"누구, 누구세요?"

카미유가 더듬더듬 말했다.

아무도 대답하지 않았다.

"카미유!"

카미유가 돌아봤다.

발코니에서 뛰어내리다 넘어진 살림이 힘겹게 일어나더니 절뚝거리면서 다가왔다.

"어떻게 된 거야?"

살림이 숨을 헐떡이면서 물었다.

카미유가 미소를 지었다. 팔의 떨림은 그쳤지만 다리에 힘이 없었다.

카미유는 엘라나와 에드윈, 요새의 주민들이 경기장 안으로 들어오면서 열어놓은 문을 가리키며 말했다.

"저기 계단이 있는데, 살림. 너는 이목을 끌어야 직성이 풀리는구나……."

검은 점들이 눈앞에서 어른거리는데도 카미유는 친구에게 계속 중얼거렸다.

"점잖게 행동해야지……."

창백해진 카미유가 천천히 쓰러졌다. 살림이 두 팔을 벌리면서 아슬아슬하게 카미유를 잡았다. 일행이 도착했을 때 살림은 카미유를 꼭 끌어안고 있었다.

"괜찮아요." 살림이 나직한 소리로 말했다. "정신을 잃은 거예요."
살림은 한 번도 보여준 적 없는 행복한 얼굴을 하고 있었다.

11

폴리마즈 강은 제국의 척추, 남대양은 제국의 발이다. 알린족 해적들은 그 발에 박힌 가시이다. 수세기 동안 그 가시를 뽑기 위한 모든 시도가 실패했다. 몇몇 데시나퇴르가 알린 군도에 정박하는 데 성공했지만, 그 뒤로 그들을 본 사람은 아무도 없었다.

사이 힐 무란 영주, 항해일지

의식이 돌아왔을 때 카미유는 폭신한 침대에 누워 있었다. 걷어 올린 커튼을 통해 새어드는 빛 때문에 방이 환했다.

카미유는 톡 쏘는 냄새를 느끼면서 재채기를 했다. 카미유가 눈을 뜨자 유심히 살피던 노인이 일어났다. 대머리에 하얀 수염, 파란 눈에 지성의 빛이 반짝였다.

"메르윈이세요?"

카미유가 속삭이듯 나직한 소리로 물었다.

노인이 웃음을 터뜨리자 광채가 나는 치아가 드러났다.

"내가 늙긴 했다만 그 정도는 아니란다."

"고맙습니다, 투이*." 에드윈이 말했다. "늘 그랬듯이 정말 뛰어난 의술이십니다."

"이 소녀는 그냥 기절했던 것뿐이네. 소금을 사용하는 것만으로 의식이 돌아왔으니까. 그래도 혹시 문제가 생기면 주저치 말고 연락하게."

카미유가 침대에 일어나 앉았다.

나머지 일행이 기적적으로 살아난 사람을 보듯 카미유를 주시하고 있었다. 살림까지 눈이 동그래져서 쳐다보았다. 치료사가 나가고 문이 닫히자 더는 참을 수 없는 비욘이 내지르는 환호성에 두옴 선생님이 소스라치게 놀랐다.

"이런 멍청한 사람을 봤나! 자넨 내가 심장마비로 죽기를 바라는 건가?"

두옴 선생님은 호통을 치면서도 미소를 지어 보이고는 카미유에게 묻는데 초조한지 목소리가 떨리고 있었다.

"어떻게 성공한 거니?"

"츨리쉬의 스피어그래프를 사용했어요. 그것을 왜 아무도 만지지 못했는지 이제야 이유를 알았어요. 그건……."

"그게 아냐!" 두옴 선생님이 말을 잘랐다. "나는 스피어그래프에 대해서 물은 것이 아니다. 네가 어떻게 데생을 할 수 있었는지 알고 싶구나."

"데생이요?"

"그래, 이제야 알아들었구나! 요새에서는 데생이 불가능해. 그리고 나는 데생 기술을 사용하는 것도 감지하지 못했어. 그런데 너는 홀츠의 검을 변형시켰어. 어떻게 된 거니?"

침묵이 흘렀다.

카미유는 망설였다.

두옴 선생님의 탐색하는 시선 때문에 카미유는 입을 다물기로 했다. 어떻게 해서 그렇게 됐는지 정확하게 모르기 때문에 좀 더 알아본 뒤에 밝혀야 했다.

"어떻게 그런 일이 일어났는지 나도 모르겠어요." 카미유가 대답했다.

두옴 선생님이 한숨을 길게 내쉬자 이번에는 에드윈이 말했다.

"두 가지 소식이 있어, 에윌란. 네가 오랫동안 의식을 잃고 있었고, 그사이에 요새는 평정을 되찾았어. 전통에 따른 결투가 일어나지 않은 걸 좋게 평가하지 않는 까다로운 성미인데도 국경지대 사람들이 이제는 네 편에 섰다. 아무도 홀츠 킬 무이르트의 계략에 속지 않았어."

카미유는 씁쓸한 미소를 지었다.

"모두 내 편이라는 사람들이 내가 죽는 걸 가만히 구경만 하고 있었단 말인가요? 여기 사람들은 정말 합리적인 사람들이네요!"

그러나 난처해하는 에드윈을 보며 더는 따지지 않았다.

"또 한 가지 소식은 뭐예요?"

에윌란의 모험 93

카미유가 물었다.

"엘레아 릴 모리엔발이 사라졌어. 축지술을 사용해서 도망쳤는데 그것은 반역 행위를 시인한 것이나 다름없어. 따라서 엘레아를 지지하는 사람이 이제는 없게 되었지."

카미유가 두옴 선생님 쪽으로 고개를 돌렸다.

"그 여자의 위치를 알아내셨어요?"

"아니. 하지만 다른 파수병들도 이제는 속았다는 걸 깨닫고 엘레아 릴 모리엔발과 홀츠 킬 무이르트와 결별했어. 이제는 네 부모님에게 아무런 책임이 없다는 걸 알게 됐지. 그런데 파수병들도 네 부모님이 어디에 있는지는 전혀 모르고 있었어."

실망을 주는 소식은 아니었다. 머릿속에서 교차하는 의문에 답을 하면서 카미유는 엘레아 릴 모리엔발을 물리칠 수 있다는 자신감이 생겼다. 결투를 하는 동안 누군가 도와주지 않았던가. 요새에서 데생을 할 수 있을 정도로 강력한 사람이 대체 누구일까?

카미유는 마니엘의 부풀어 오른 입술과 비욘의 눈 주위에 시퍼렇게 든 멍을 발견하고 깜짝 놀랐다.

"어쩌다 그랬어요?"

두 거인이 눈길을 교환했다.

"그게…… 아까 발코니에서 좀 흥분했거든."

비욘이 말했다.

"무기를 압수당했지만 우리는 네가 죽는 걸 그냥 구경만 하고 있을 수 없었어." 엘라나가 말을 이었다. "그래서 흥분한 국경지대 사람들과 몸싸움을 벌였지."

"맙소사!" 카미유가 소리를 질렀다. "그러다 패싸움으로 번졌으면 어쩌려고 그랬어요?"

"설마하니." 마니엘이 응수했다. "나서는 사람들은 먼저 에드윈 대장님과 맞서야 했을걸. 가장 세게 나온 사람이 우리의 대장님이었으니까."

에드윈이 어깨를 으쓱했다.

"아무 일도 없을 거다. 국경지대 사람들은 의무감 때문에 우리를 꼼짝 못하게 한 거지 마음은 그렇지 않아. 오늘 저녁 그들은 명예 규범의 한계에 이르렀고, 싸움을 벌인 걸 부끄러워하는 사람이 많아."

모두 동시에 떠들어대고 있어서 카미유가 소리를 크게 질렀다.

"결투에서 살아남은 게 유감스러울 정도로 내가 배고파서 죽을 지경이라고요!"

"와우, 그거 듣던 중 반가운 소리네!" 비욘이 외쳤다. "식당으로 가자!"

"밤인데 먹는단 말이에요?"

엘라나가 말했다.

"상관없어요!" 비욘이 대꾸했다. "에월란은 영웅이에요. 따라서 에월란이 먹겠다고 하면 잔치라도 벌이는 것이 우리의 의무예요."

"따라가려고 그러죠?" 살림이 놀렸다.

"맞았어, 쥐방울! 흥분을 많이 해서 그런지 갑자기 식욕이 당기네. 오늘은 힘쓸 만큼 썼으니까 내 배는 내가 돌봐야지!"

방을 나가면서 카미유는 일부러 살림 옆을 지나가면서 귀엣말을 했다.

"있다가 새벽 1시에 여기서 만나."

"오케이, 누나야." 살림이 활짝 웃으면서 속삭였다. "진짜 그런 말 오랜만에 들어본다."

12

실 아피안 황제가 파수병들을 너무 빨리 용서했다고 생각하는 사람은 아무도 없네. 파수병들이 과오를 범한 것은 분명한 사실이지만, 황제는 오로지 궨달라비르를 구할 수 있는 길을 택했던 것이니까.

두옴 닐 에르그 분석가, 옹디안의 카르보이스트 수도원장에게 보내는 편지

카미유는 아주 잠깐 눈을 붙였다고 생각하다가 소스라치게 놀라서 잠을 깼다. 그러고는 서랍장 위에 놓인 물시계를 얼른 쳐다보면서 눈이 똥그래졌다. 약속 시간 1시에서 10분이 지나 있었다.

카미유는 이불을 젖히고 살그머니 침대에서 내려섰다. 옷을 입은 채로 누웠기 때문에 신발만 신으면 되었다. 카미유는 소리 없이 움직였다. 그렇지만 문에 이르기도 전에 잠을 깬 엘라나가 말했다.

"어디 가니?"

카미유는 입술을 깨물었다. 레이더 못지않게 예민한 그림자걸음과 방을 같이 쓰니 들키지 않을 리가 없지. 카미유는 거짓말을 하기로 마음먹었다.

"살림을 만나기로 했어요."

"잘하는 짓이다!" 엘라나가 놀렸다.

그렇게 말하고 나서 덧붙였다.

"알았어. 난 아무 말도 듣지 않은 거다. 하지만 밖에서 밤을 보내지는 마. 아니면 너를 찾으러 나가게 두옴 선생님을 깨울 거야. 알았니?"

"알았어요!" 카미유는 엘라나가 전혀 의심하지 않는 것에 기뻐하면서 약속했다.

카미유는 방을 나왔다. 복도가 어두웠지만, 돌벽에서 발산되는 희미한 빛 덕분에 이동하는 데는 지장이 없었다. 그 빛이 언제부터 데생으로 그려져 있는 건지 알 수 없었다. 어쩌면 수백 년 전에 만들어진 빛일지도 몰랐다. 카미유는 의문이 들었다. 원래부터 이렇게 희미한 빛으로 만들어진 것이었을까, 아니면 세월이 흐르면서 빛의 세기가 약해진 걸까?

카미유는 살림과 약속한 방에 도착했다. 문 앞에 앉아서 기다리던 살림이 벌떡 일어났다.

"화내지 마." 카미유는 살림이 무슨 말을 하기 전에 미리 입을 막았다. "늦어서 미안한데 우리는 할 일이 많아."

"좋아, 입 다물게. 아무것도 생각하지 않을게. 나는 졸리지도 않고, 엉덩이가 차갑지도 않아. 이제 뭐부터 시작할까?"

카미유가 잠시 생각에 잠겼다.

"비지."

"하지만…… 에드윈이 수준 높은 데시나퇴르만 거기 들어갈 수 있다고 했잖아!"

살림은 허공에 대고 말하고 있었다. 친구는 이미 돌아서서 멀어져 가고 있었다. 살림이 후닥닥 쫓아갔다.

"찾는 게 뭔지는 말해줄 수 있잖아." 살림이 투덜거렸다.

"사람을 찾는 거야." 카미유가 수정했다.

"누구를 찾는데?"

"결투를 하고 있을 때 나를 도와준 사람. 여기서는 불가능하다는 데생 기술을 사용할 수 있는 사람. 아무도 그 존재를 모르는 사람, 나는 반드시 찾아야 해!"

"하지만……."

"쉿! 성벽 위에 보초가 배치되어 있어서 발각될 위험이 있단 말이야. 우리가 여기 있는 이유를 설명하기 힘들잖아."

사과나무를 심은 마당 중앙에 비지의 탑이 우뚝 솟아 있었다. 출입구가 보이는데 탑으로 올라가는 계단을 지키는 사람은 아무도 없었다.

건물 안의 빛의 세기는 요새의 복도와 비슷했다. 카미유와 살림은 둥근 벽을 따라 난간도 없이 빙글빙글 나선형으로 말려 올라간 높은 층계를 발견하고 뒷걸음쳤다. 중앙 기둥이 없기 때문에 탑의 꼭대기가 보이지 않지만 현기증이 날 정도로 높은 것 같았다. 폭이 2미터가 넘는 돌계단이 반들반들했다.

"저 높이 좀 봐, 장난이 아냐!" 살림이 이맛살을 찌푸렸다. "정말 저길 올라가려고?"

층계를 따라 가보는 것 말고 다른 방법이 없기 때문에 카미유는 아무 말 없이 올라가기 시작했다. 발밑을 보지 않으려고 벽에 바짝 붙어서 층계 꼭대기까지 올라가는 데 거의 20분쯤 걸렸.

마지막 계단에 이르렀을 때 두 사람은 숨이 차고, 다리가 아팠다.

푸르스름한 빛에 잠긴 층계참이 보이고 또 다른 층계로 연결되어 있었다. 그들은 가까이 다가갔다. 비물질적 장막을 이루는 빛이 통로를 가로막고 있었다.

"전기가 흐르는 거 아닐까?"

살림이 불안한 얼굴로 물었다.

"모르겠어. 팔을 뻗어보면 알 수 있겠지."

"농담이지?"

"그럼 무슨 다른 방법이 있어?"

"응, 돌아가는 거!"

카미유는 고개를 설레설레 저으면서 한 발짝 앞으로 나갔다. 살림이 소리를 지르면서 말리려고 했지만 카미유는 이미 빛의 장막을 통과한 다음이었다.

"아무 문제 없어. 들어와."

살림이 어깨를 으쓱하면서 시도했다.

마치 벽에 부딪힌 것처럼 푸른빛에 부딪혀서 튕겨 나온 살림이 비명을 지르면서 이마를 문질렀다.

"겁먹지 마, 괜찮으니까!"

"진짜 이상하단 말이야."

살림이 툴툴거렸다.

"조심하라는 말은 해줄 수도 있잖아! 이게 도대체 뭐야?"

"데생으로 만든 거야. 나는 보는 순간 느꼈어. 전기가 흐르지 않는다는 걸 알고 있었어. 아니면 너를 앞장세웠지 내가 먼저 했겠냐? 방문객을 검문하기 위한 장막인데 높은 수준의 데시나퇴르들만 통과할 수 있어."

"그래, 너 잘났다!"

살림이 내뱉었다.

"이제 내가 뭘 하면 되는지 설명해줄래?"

"나를 기다려. 너의 두 친구 인내랑 유머와 함께!"

살림이 졌다는 표시로 한숨을 내쉬었다.

"좋아, 아무짝에도 쓸모없는 역할을 받아들이지, 뭐. 어쨌든 조심해. 내가 없을 때 너는 바보 같은 짓을 하는 경향이 있잖아."

카미유는 대꾸하지 않고 등을 돌렸다.

열 개의 계단밖에 없어서 카미유는 빠르게 올라갔다.

커다란 원형 방 중앙에 있는 탑 꼭대기에 이르렀는데 별빛과 달빛으로 환했다. 벽과 천장이 온통 투명한 돔을 이루어 멋진 파노라마가 펼쳐지고 있었다.

북쪽으로는 꼭대기에 눈이 덮인 폴 산맥이 우뚝 솟아 있고, 남쪽으로는 골짜기마다 펼쳐지는 평원과 군데군데 반짝거리는 호수가 보였다. 서쪽으로는 어둠 속의 폴리마즈 강이 흰색 줄처럼 구불구불 이어지고 있었다.

카미유는 돔에 다가서서 손을 댔다. 미지근한 온기에 깜짝 놀란 카미유는 자연계의 물질이 아니라는 걸 알아차렸다. 카미유는 남쪽으로 눈길을 옮기다 알제이트 방향에서 자신도 모르게 뒷걸음쳤다. 밤의 풍경이 달려드는 것 같았다. 카미유는 조심스럽게 다시 시도했다.

카미유는 돔이 확대경 역할을 하고 있다는 걸 깨닫고 깜짝 놀랐다. 정신을 집중하면서 폴리마즈 강을 바라보는데 이번에는 강이 마치 요새 밑을 흐르는 것처럼 아주 가까이 보였다. 강에서 시선을 떼자 다시 정상으로 돌아왔다. 카미유는 몇 분 동안 풍경을 탐색했다. 확대 효과는 카미유의 의지와 비례했다. 마치 얼음 국경을 직접 돌아다니는 느낌이 든 카미유는 신비한 돔의 유희를 관찰하면서 북쪽 국경지역보다 덜 안전한 지역에 이런 장치를 해놓으면 아주 유용할 거란 생각을 했다. 라이족이 끝내 제국을 정복하지 못했던 이유를 알 것 같았다.

카미유는 마지못해 투명한 벽에서 물러났다. 안락의자, 2인용 침대, 낮은 궤, 옷장 등 필요한 가구를 갖추고 있는 고상한 방이었다. 두 사람, 그보다는 부부가 기거하는 방이 틀림없는 것 같았다. 카미유는 방을 돌아다니는 엘레아 릴 모리엔발을 떠올리면서 이를 악물었다. 처음으로 누군가를 이토록 증오할 수도 있다는 걸 알았다. 하지만 정작 찾고 있는 사람의 흔적은 발견하지 못했다.

카미유는 이미지네이션으로 들어갔다.

곧바로 그 장소의 힘이 명확하게 나타났다. 제국의 수도 알제이트에서처럼 모든 것이 데생 기술로 이뤄져 있었다. 그렇지만 알제이트와는 큰 차이가 있다는 걸 느꼈다. 알제이트는 창작물에 불과했고, 요새는 원천이었다.

카미유는 힘의 원천을 알아내기 위해 모든 능력을 사용했다. 며칠 전 말들을 돌아오게 하면서 능력의 새로운 면을 발견하지 않았던가. 결투를 하는 동안 도움을 청하면서 사용했던 능력과 원격 통신 능력이 같은 것이었을까? 그 능력을 사용하면 찾으려는 사람의 위치를 파악할 수 있을까?

두옴 선생님은 이런 가능성에 대해 말해준 적이 없지만, 카미유는 시도해서 나쁠 것은 없다고 생각했다. 카미유는 가능한 한 정신을 열고 요새를 훑어보면서 아주 사소한 것이라도 생소한 것을 잡아내려고 집중했다.

그렇게 15분 가까이 정신을 집중했지만 헛수고였다.

희망을 버리려고 할 때 행운의 여신이 카미유에게 미소를 지었다. 갑자기, 카미유는 포기하기 전에 살림의 위치를 파악하고 싶은 생각이 들었다. 그래서 아래쪽으로 정신을 집중하는데 번개처럼 스치는 생각이 있었다.

힘의 원천은 비지에 있는 것이 아니라 탑의 주춧돌에 있다는 생각이었다. 탑 아래쪽에서 힘의 아우라가 발산되고 있었다. 그곳으로 가야 했다.

카미유는 층계를 빠르게 내려가서 빛의 장막을 통과했다. 살림이 층계참을 왔다갔다하면서 기다리고 있었다.

"왜 이렇게 늦었어? 잠이라도 잔 거야?"

"정체불명의 사람을 찾느라고."

"그래서 찾았어?"

"아니, 하지만 숨어 있는 곳을 찾은 것 같아. 가자."

"그래, 네가 가자면 가야지, 늘 그랬듯이."

나선형 층계를 내려가면서 카미유는 살림에게 탑 꼭대기에서 발견한 것들을 설명했다. 층계를 다 내려왔을 때 카미유는 결론을 내렸다.

"이제 지하로 내려가면 돼."

살림이 손가락으로 관자놀이를 눌렀다.

"삽을 가져왔기를 바란다. 여기서 더 아래로 내려가기 위해 네가 어떻게 할지 정말 궁금하네."

"층계로 내려갈 거니까 삽 같은 건 필요 없을걸." 카미유가 응수했다.

"네 말에 반박할 생각은 아닌데 그래도 문제가 좀 있을 것 같아."

"무슨 문제?"

"그게…… 층계가 없잖아!"

카미유가 놀란 얼굴로 친구를 쳐다봤다.

"그럼 저건 뭔데?"

카미유가 바닥을 가리키면서 내뱉었다.

"맙소사, 저건 돌바닥이잖아! 너 왜 그래?"

카미유는 살림이 장난치는 게 아니라는 사실을 알아차렸다. 그렇지만 카미유의 눈에는 어둠 속으로 이어지는 층계가 분명히 보였다. 카미유가 통로에 다가섰다.

"분명히 아무것도 안 보여?"

"전혀!"

"그럼 이건?"

카미유가 첫째 계단에 발을 디뎠다.

살림이 깜짝 놀란 얼굴을 했다.

"정말 알고 싶어?"

"응."

"네 다리가 무릎까지 돌 속으로 사라졌어."

"그럼 지금은?"

카미유가 두 계단을 더 내려갔다.

"그만해!"

살림이 소리를 질렀다.

"네가 땅 속으로 꺼지는 것 같아서 무서워 죽겠단 말이야! 너 뭐 하는 거야?"

"여기 층계가 있어, 살림. 네가 못 보는 것일 뿐이야. 이리 와."

"내가 못 보는 것일 뿐이다? 그러니까 네 말은 내가 비정상이란 말이네! 내가 미쳐가고 있는 것 같으니까 제발 갖고 놀다가 제자리에만 갖다 놔줘."

말은 그렇게 하면서도 살림이 조심스럽게 한 발짝 앞으로 나갔다. 발이 포석에 닿자 착시 현상이라는 걸 알았다. 발밑으로 딱딱한 돌바닥이 느껴지는 게 지하계단이 있는 것이 분명했다.

"계획을 바꾸는 게 어때?" 살림은 장난기가 발동했다. "어떡하지? 자갈밭에서는 헤엄칠 줄 모른다는 말을 깜박 잊었는데."

자신의 말에 무게를 주려는 듯 살림이 두세 번 팔딱팔딱 뛰었다. 그때마다 구름 같은 먼지가 일었다.

몇 계단 더 내려가던 카미유가 다시 올라와서 살림의 손을 잡았다.

"눈을 감고, 나를 믿어. 다른 방법으로 해보자."

"이건 불공평해." 살림이 항의했다. "네가 이런 식으로 애정 공세를 펴면 나는 장님처럼 세상 끝까지라도 너를 따라갈 수밖에 없다는 걸 알면서. 어쩌면 훨씬 더 먼 곳이라도……."

"너 시인을 해도 되겠다." 카미유가 다정하게 친구를 놀렸다. "자, 간다."

카미유가 조심스럽게 살림을 이끌었고, 발밑에 닿는 계단을 느끼면서 살림은 어안이 벙벙했다.

"눈뜨지 마." 카미유가 알려주었다. "아직은 다 내려오지 않았어. 됐다, 이제 눈떠도 돼."

살림은 시키는 대로 했다.

칠흑 같은 어둠 속이었다.

"아무것도 안 보여. 제발 부탁인데 빛을 만들어봐."

카미유는 스파이럴에 들어갔다. 저녁나절과 마찬가지로 카미유는 들어갈 수 없다는 걸 느꼈다. 여전히 미끄러지는 것 같은데 이번에는 어떻게 해야 할지 알았다. 그래서 정신을 집중하자 손가락 끝에서 불꽃이 춤을 추기 시작했다.

어둠 속의 계단은 한 사람이 겨우 지나갈 수 있을 정도로 폭이 좁았다. 카미유가 앞장섰다.

30계단을 내려갔을 때 그들은 낡은 나무 문에 부딪혔다. 살림이 문의 손잡이를 잡고 돌렸지만 끄떡도 하지 않았다.

"또 데생으로 만든 건가?"

"응, 틀림없어." 카미유가 중얼거렸다. "문을 어떻게 해야 열리는지 전혀 몰라. 두옴 선생님이 요새 안에서는 이미지네이션으로 들어갈 수 없다고 하셨어."

"그래도 불꽃은 만들었잖아?"

"아주 힘들었어. 다른 건 데생이 불가능해."

"그럼 다른 방법으로 해봐야지."

"방법이 있어?"

살림이 아무런 대꾸 없이 껑충껑충 뛰다가 문을 어깨로 들이받았다. 둔탁한 소리와 함께 튕겨 나온 살림이 신음소리를 냈다. 보기에는 낡았는데 강철 벽처럼 단단했다.

"실패했네." 살림이 어깨를 문지르면서 말했다. "다른 걸 시도해야겠어."

"응, 어떡하지?"

"예의 있게 문을 두드려야지. 그랬으면 바로 열어줬을 텐데……."

갑자기 울리는 목소리에 그들은 소스라치게 놀랐다. 카미유가 손가락을 내밀어 나무 문에 대고 두 번 노크했다.

삐걱거리면서 문이 열렸다.

13

데생 기술로 영구적인 것을 만드는 일은 대단히 어렵지만, 파괴는 초심자도 할 수 있다.

엘리스 밀 트루이프, 알제이트 아카데미의 데시나퇴르 교수

아름드리 떡갈나무 숲과 흰 꽃이 수놓인 초록색 수풀……. 카미유와 살림의 눈앞에 꿈에도 생각지 못한 광경이 펼쳐졌다.

나무 위로 보이는 새파란 하늘에 뭉게구름이 두둥실 떠가고 있었다. 꽃향기와 송진, 바다 냄새를 실은 미풍이 산들산들 불어왔다.

100미터쯤 떨어진 곳에 쭉쭉 뻗은 나무 밑동들 사이로 호수 같은 것이 보였다. 온갖 새들이 지저귀는 소리가 들리고, 다람쥐 한 쌍이 숨바꼭질을 하는지 붉은빛 꼬리를 흔들며 달음박질을 하고 있었다.

"이건 말도 안 돼." 살림이 중얼거렸다. "우리는 분명히 탑 밑으로 내려온 거니까 밖에 나와 있을 수가 없는데……."

살림이 돌아섰다.

궨달라비르에서 이제껏 봤던 나무 중 가장 거대한 떡갈나무가

뒤에 서 있었다. 나무 밑동 안에 그들이 방금 통과한 문이 열려 있고, 계단 몇 개가 보였다.

"이게 어떻게 된 일이지?" 살림이 소리쳤다.

"쉿!" 카미유가 살림을 안심시켰다. "나도 이해가 안 되지만 위험한 일은 없다고 확신해."

카미유가 숲 속으로 걸어가면서 조화를 이룬 아름다운 풍경에 경탄했다. 주렁주렁 매달린 먹음직스러운 열매송이들의 무게 때문에 가지들이 늘어진 나무도 있었다. 가시덤불은 없고, 벌레소리도 들리지 않았다. 머릿속에서 어떤 기억이 날 듯 말 듯했다. 이런 곳을 어디서 본 것 같은데······. 물론 현실에서는 아니었다. 이런 숲은 존재하지 않았다. 꿈속에서나 봤을 법하지만 기억이 나지 않았다. 카미유와 살림은 숲 기슭으로 다가갔다.

나무들의 뿌리가 호수의 잔잔한 물에 잠겨 있었다. 호수 한가운데에 아름다운 섬이 드러나 보이고, 뒤편 저 멀리 산맥의 눈 덮인 봉우리들이 보였다.

큼직큼직한 분홍빛 돌들이 호수 수면 위로 머리를 내밀고 있는데 마치 징검다리를 놓은 듯 호수 섬까지 이어졌다.

"거인의 발자국 같아." 카미유가 속삭였다. "저기서 발견하게 될 것이 두려워지기 시작했어. 어쩐지 좀 불안해."

"난 위험하지 않을 것 같은데······."

"넌 어떻게 저런 곳에 위험한 게 없을 거라고 생각할 수 있어? 내 확신이 깨질까 봐 나는 겁이 나는데."

"미안해, 누나야. 네가 한 말을 이해하지 못했어."

"아냐, 괜찮아, 살림. 저 섬이 아발론이야."

"아서 왕의 전설에 나오는 멀린의 섬 말이야?"

"응, 가보자."

둘은 징검다리를 건너기 시작했다. 돌이 미끄럽지 않았고, 길 안내를 하는 것처럼 놓여 있었다. 카미유는 눈으로 맑은 물의 깊이를 재느라고 잠시 멈췄다.

"뭘 찾는데?" 주변의 웅장한 풍광에 압도된 살림이 속삭였다.

"요정. 아발론 섬에 있을 것 같아."

카미유가 먼저 섬에 발을 내딛었다. 둘은 오솔길을 따라 섬으로 들어갔다.

그들은 떡갈나무 숲과 자작나무 숲 사이로 난 구불구불한 길을 따라가다 빈터에 이르렀는데 그 중앙에 거대한 흰색 바위가 있었다.

바위 측면에 기대어 세운 아담한 초가집 한 채가 보이고, 출입문 앞에 사과나무 한 그루가 사과를 주렁주렁 매단 가지를 늘어뜨리고 있었다.

한 남자가 나무 밑동에 기댄 자세로 풀밭에 앉아 있었다. 카미유와 살림을 보면서 남자가 미소를 지었다.

"카미유, 아니 에윌란이라고 불러야지, 아발론 섬에 온 걸 환영한다. 살림 너도."

사십대 안팎의 남자가 무릎에 초록색 천을 댄 바지와 밝은색 튜닉을 걸치고 있었다. 약간 비뚤어진 코와 지성의 빛이 반짝이는 무지갯빛 눈을 제외하고 남자의 얼굴에 특징이 없었다.

살림의 궁금증이 백배로 커질 때 카미유가 말문을 열었다.

"고맙습니다, 메르윈, 아니 멀린이라고 불러야 하나요?"

정체불명의 남자가 호탕한 웃음을 터뜨렸다.

"브라보, 몇 백 년 만에 처음으로 너처럼 발랄한 아이와 말을 하게 되다니 정말 기쁘구나."

"몇 백 년이요?" 살림의 눈이 휘둥그레졌다.

"내가 그렇게 안 보이니?"

메르윈의 얼굴에는 웃음기가 없지만 눈에는 웃음이 가득했다.

"여기서 뭐 하시는 거예요?" 살림이 물었다. "왜 이런 곳에 숨어 계시는 겁니까? 어떻게 그렇게 젊을 수가 있죠? 그리고 왜……."

"죽지 않았냐고?"

머쓱해진 살림이 고개만 끄덕였다.

"죽을 시간이 없었다. 할 일이 너무 많아. 이게 네 질문에 대한 대답이야."

메르윈이 카미유를 향해 고개를 돌렸다. 그가 일어나지 않았기 때문에 높이를 맞추기 위해 그 옆에 카미유도 쭈그리고 앉았다.

"세상을 데생하고 계시는 거죠? 주변에 있는 이 모든 것은 데생 기술로 만드신 거예요. 나무, 꽃, 하늘, 물, 동물, 산……."

"아주 영리하구나! 너를 이곳으로 오게 하길 정말 잘했어. 악의나 아집, 선입견 때문에 생기는 오점이라곤 없는 정말 놀라운 정신이야. 네가 나를 찾아온 이유를 알고 있고, 기쁘게 너를 도와줄 생각이지만 그 전에 너의 명석함으로 내 기분을 풀어다오."

"왜 이 모든 걸 만드셨는지 알아요." 카미유가 슬픈 어조로 말했다. "왜 인간들 곁을 떠나셨는지, 그리고 왜 오랜 세월 은둔 생활을 하고 계신지 알아요."

침묵이 흘렀다. 메르윈은 더 이상 미소를 짓지 않은 채 옴짝달싹하지 않았다. 카미유를 뚫어져라 쳐다보는 메르윈의 눈빛에 끝없는 고뇌가 담겨 있었다. 카미유가 마침내 말을 이었다.

"초가집 안의 크리스털 무덤에 누워 있는 여인이 누군지 알아요. 그 여인을 위해 데생하고 계신다는 걸 알아요. 죽기를 거부하면서 그 여인의 죽음에 저항하고 있다는 걸 알아요. 비비안을 돌아오게 하려면 데생으로 만든 세상을 완성하는 것 외의 다른 방법이 없다는 것도 알아요. 저는 가슴이 아파요."

카미유는 입을 다물었다.

한순간 살림은 친구가 눈물을 흘릴 거라고 생각했는데…… 메르윈의 볼을 타고 눈물 한 방울이 풀밭으로 떨어졌다.

메르윈이 부드러우면서 슬픈 목소리로 말했다.

"고맙구나, 에윌란. 네 말 덕분에 위안이 되었다. 네가 생각하는 것보다 훨씬 많이. 너도 이미 알듯이 네 부모님은 살아 있어. 네가 아는 대로 네 부모님이 그렇게 된 것은 엘레아 릴 모리엔발 때문이었지. 네 부모님은 지금 남대양의 알린 군도에 있는 운명의 봉우리 꼭대기에 억류되어 있다. 그러나 네 부모님은 전혀 위험하지 않아. 즐리쉬들과 엘레아 릴 모리엔발이 꼼짝 못하게 만들어놨지만 네 부모님 역시 적들이 접근하지 못하게 데생 기술로 조치를 취해놨거든. 그렇지만 부모님 구출에 성공하려면 네 오빠가 합세해야 한다. 가서 오빠를 찾고 이 땅으로 데려와. 혼자서는 성공하지 못해. 그리고 살림과 비온을 데리고 떠나거라. 두 사람이 네가 오빠를 데려올 수 있게 도와줄 거다. 내가 너를 위해 해줄 수 있는 것은 이것밖에 없구나."

몇 초가 흐르고 메르윈이 다시 입을 열었다. 단호한 목소리였다.

"이제 우리는 헤어져야 하고, 다시는 만나지 못할 것이다. 너를 만나서 정말 행복했지만 나는 이제 시간이 없어. 내가 만드는 영원한 세상이 기다리고 있어."

"고맙습니다, 메르윈. 멋진 선물을 주셨습니다. 성공하시기를, 아니 성공하리라는 걸 알아요."

언아더월드와 지구의 현실 세계의 전설이던 남자가 차가운 미소를 지었는데 작품에 정신을 집중하기 위해 이미 그 자리에 없는 것 같았다.

메르윈이 손을 들고 카미유의 머리를 쓰다듬었다.

그 순간 번개 같은 것이 번쩍했다. 카미유와 살림이 눈을 감았다가 다시 떴을 때 각자 방에 돌아와 있었다.

"지금 들어오니?" 엘라나가 졸린 목소리로 물었다. "괜찮았어?"

"네." 카미유가 대답했다.

카미유는 하염없이 흐르는 눈물 때문에 더는 말할 수 없었다.

14

나는 아서 왕과 원탁의 기사 란슬롯과 퍼시발을 알고 있다. 그들은 다른 세상의 전설 속 인물들이다.

메르윈 릴 아발론

다음 날, 카미유는 해가 중천에 걸렸을 때 눈을 떴다. 오랜만에 잠을 푹 자고 일어난 카미유는 기지개를 켜면서 주위를 둘러봤다. 소파에 앉은 시암이 팔걸이에 두 다리를 올려놓은 자세로 가죽으로 장정한 두툼한 책을 읽고 있었다. 침대에서 일어나 앉는 카미유를 보면서 시암이 책을 덮었다.

"얼마나 깊이 잠들었는지 업어가도 모르겠던데? 그렇게 자는 사람은 처음 봐."

"많이 피곤했나봐요. 다른 사람들은 어디 있어요?"

"네가 금방 일어날 것 같지 않으니까 그들은 남쪽 테라스에서 아침을 먹은 뒤에 밖으로 나갔어."

"나갔다고요?"

"응. 오빠가 오늘 하루 휴식을 갖기로 결정했거든. 지금쯤 루미아 호수 근처에서 점심으로 먹을 고기를 굽고 있을 거야. 나는 길 안내를 하려고 네가 깨길 기다리고 있었어. 가기 전에 뭐 좀 먹을래?"

카미유는 창 밖을 내다봤는데 구름 한 점 없이 맑은 파란 하늘이었다.

"갈비구이를 한 열 개는 먹을 수 있을 것 같은데…… 제때에 갈 수 있을까요?"

시암이 벌떡 일어났다.

"문제없지! 따라와!"

카미유는 재빨리 옷을 갈아입었고, 둘은 마구간으로 이르는 층계를 뛰어내려갔다. 주인이 오는 걸 보고 아쿠아렐이 좋아서 날뛰자 카미유가 귀 사이를 긁어주었다. 카미유는 시암의 능란한 솜씨를 따라해보려고 애를 쓰면서 안장을 얹고 올라탔다.

그들은 경비들에게 인사를 하면서 동쪽 문으로 요새를 나가 울창한 숲 속을 내달렸다. 카미유는 맑은 공기를 크게 한 모금 들이마셨다. 메르윈과의 만남으로 카미유는 마음이 안정되면서 자신감을 되찾았다. 상황이 훨씬 명쾌하게 정리되는 것 같았다. 카미유는 메르윈의 고뇌를 가슴 아프게 생각하면서도 한편으로는 부모님이 있는 곳과 그곳으로 가려면 뭘 해야 하는지 알았기 때문에 날아갈 듯이 기뻤다.

카미유는 옆에서 말을 모는 시암을 향해 고개를 돌리고 국경지대 전사들이 늘 어깨에 둘러메고 다니는 검을 가리켰다.

"언제나 그렇게 검을 둘러메고 다녀요?"

"물론이지! 검이 없으면 벌거벗고 있는 느낌이 들거든."

"엘라나와 똑같은 말을 하네요. 나는 검을 갖고 다니면 거추장스러울 것 같은데……. 검은 그저 금속 덩어리일 뿐이지 옷이 아니잖아요."

"데생 능력을 잃으면 너는 기분이 어떨 것 같은데?" 시암이 차분하게 응수했다.

카미유는 잠시 생각했다.

"벌거벗은 느낌이…… 무슨 뜻인지 알겠어요. 내가 생각이 짧았네요."

시암이 깔깔대고 웃었다. 그녀는 열여덟 살을 넘지 않은 것 같은데 웃을 때 패는 보조개 때문에 더 어려 보였다. 카미유는 시암과 아주 가까워진 느낌이 들었다. 둘은 눈짓만으로 말에 박차를 가했고, 시원한 바람이 얼굴을 때렸다.

몇몇 나무의 잎이 황금빛으로 물들기 시작하면서 여름이 완전히 물러갔음을 알리고 있었다. 거의 원시에 가까운 숲 속의 길이 잘 다져져 있었다. 카미유가 말달리는 기쁨을 누리고 있을 때 갑자기 라이족 두 명이 괴성을 지르면서 불쑥 나타났다.

마지막 전투에서 목숨을 보전하기 위해 숨어 있다가 용케 살아남은 놈들이 틀림없었다. 놈들은 침과 칼날 같은 것이 비죽비죽한 갑옷 차림이었다. 침을 질질 흘리는 주둥이 밖으로 드러난 송곳니 두 개가 누렇고, 낯짝은 흉측했다. 놈들이 한 손에는 못을 박은 몽둥이를, 다른 손에는 이가 빠진 언월도(초승달 모양의 칼)를 들고 있었다.

겁먹은 아쿠아렐이 뒷발로 일어섰다. 엉덩이가 아파서 참을 수가 없는 카미유는 땅바닥에 주저앉고 말았다. 말을 능란하게 부리는 시암이 말에서 뛰어내려 카미유에게 달려왔다. 라이족 둘이 해괴한 소리를 내지르면서 건들건들 다가왔다.

공포에 사로잡힌 카미유는 시암의 시선과 마주쳤는데 놀랍게도 그녀의 눈에서 희열을 읽었다.

"한 놈씩 맡을까?" 시암이 제안했다.

그 순간 카미유는 두 가지를 알아차렸다. 하나는 시암이 혼자서도 너끈히 두 놈을 해치울 수 있는데 카미유에게 실력 발휘할 기회를 준 것이었다. 다른 하나는 츨리쉬들이 추적을 멈췄기 때문에 카미유가 더 이상 능력을 감출 필요가 없는 데다 히아투 지역을 벗어난 곳이었다. 마음대로 데생을 할 수 있다고 생각하자 카미유는 기발한 생각이 떠올랐다.

"죽이는 건 지겹게 봤어요. 놈의 무기를 빼앗을 수 있죠?"

"그거야 문제없지! 그럼 너는?"

"나는 옷을 홀딱 벗겨버릴 거예요."

"좋았어!" 시암이 검을 뽑아들었다.

한 놈이 다가와서 언월도를 치켜들었지만, 휙, 공기를 가르던 시암의 칼날이 살아 있는 것처럼 언월도를 휘감았다. 놈의 언월도는 10여 미터 떨어진 덤불 속으로 날아갔다.

카미유는 스파이럴 속으로 들어갔고, 머릿속을 지나가는 열두 개의 데생 중에서 가장 그럴듯한 것을 하나 낚아챘다.

세 발짝 떨어진 데서 멈춰 선 두 번째 라이가 어리둥절한 얼굴을 하고 있었다. 몽둥이는 온데간데없고 대신 꽃다발을 들고 있었으니! 이어서 갑옷의 금속 조각들이 흔들리기 시작하자 놈이 괴성을 내질렀다. 금속 조각들이 영롱한 빛을 반짝이다가 스무 마리의 자이언트 나비가 되어 날아갔다.

놈은 팬티와 구멍이 뻥뻥 뚫린 셔츠 차림이 되었다. 이어서 셔츠가 연기로 변해서 바람에 흩어지자 놈은 아연실색했다. 마침내 포기를 했는지 놈이 남은 팬티를 움켜잡고 줄행랑을 쳤다.

시암도 자신이 맡은 라이를 거의 끝장내고 있었다.

시암은 일정한 거리를 유지하면서 검을 이리저리 휘두르는 것으로 라이를 춤추게 만들더니 칼날로 갑옷의 금속 조각을 이은 가죽끈을 하나하나 끊었다. 그녀는 외과 의사처럼 능숙한 솜씨를 발휘하면서 즐기고 있었다.

이윽고 마지막으로 검을 휘둘렀는데 산산조각이 난 갑옷이 놈의 발밑으로 후드득 떨어졌다. 이어서 시암이 현란한 몸짓을 하자 이번에는 셔츠가 갈기갈기 찢겼다. 얼이 빠져서 두 인간을 쳐다보다가 공포에 질린 놈이 걸음아 날 살려라 도망쳤다.

"에이, 실패했네." 시암이 아쉬워했다. "홀랑 벗겼어야 했는데!"

"나도. 하지만 이게 더 재미있는 것 같아요. 혐오스러운 모습은 안 보는 게 나으니까……."

카미유와 시암이 서로를 쳐다보면서 웃음을 터뜨렸다.

그들이 루미아 호숫가에 이르렀을 때 두옴 선생님과 비욘은 고기를 굽고 있었고, 마니엘은 살림에게 낚시를 가르치는 중이었다. 바위 위에 나란히 앉은 에드윈과 엘라나는 물에 발을 담근 채 이야기를 나누고 있었다.

"어서 와라, 에윌란!" 두옴 선생님이 물었다. "잘 잤니? 말 타고 달리는 기분도 좋았고?"

"네." 카미유가 차분하게 대답했다.

카미유가 아무 말도 덧붙이지 않자 시암도 라이족에 대해 말하지 않았다. 둘은 비밀을 공유하는 것으로 우정이 시작되고 있음을 느꼈다. 카미유를 발견한 비욘이 황급히 자신의 말을 향해 달려갔다가 안장에 달린 가죽 가방에서 돈주머니를 꺼내들고 돌아왔다.

"형님, 뭐 하는 거예요?" 살림이 비욘에게 외쳤다. "고기가 다 타 버렸잖아요! 에이, 점심때 풀만 먹게 생겼네."

그러나 비욘은 고기가 탔다는 말에 아랑곳하지 않았다. 비욘이 돈주머니를 열고 물질이라기보다는 빛으로 이뤄진 것 같은 무지갯빛 진주 두 개를 꺼냈다.

"그걸 어떻게 자네가 가지고 있어?" 두움 선생님의 눈이 휘둥그레졌다. "어디서 났나?"

"이게 뭔지 아세요?" 비욘이 놀란 얼굴로 물었다.

"당연히 알고말고! 메르윈의 시대로 거슬러 올라가는 아주 경이로운 것이지. 그 진주를 사용하는 사람은 마치 높은 수준의 데시나 퇴르가 축지술을 쓰는 것처럼 자신은 물론 다른 사람을 데리고 공간이동을 할 수 있지. 불행히도 한 번밖에 사용할 수 없어. 사용하고 나면 사라지거든. 오늘날에도 남아 있는지 몰랐는데……."

"그게 사실은…… 이것을 내 베개 밑에서 발견했어요." 비욘이 말했다. "에윌란에게 의견을 물어볼 생각이었어요."

"뭐라고?" 두움 선생님이 벌컥 화를 냈다. "베개 밑에 있었다? 자네 농담하나?"

"두옴 선생님!" 카미유가 끼어들었다.

모두 카미유를 쳐다봤다.

"그 진주가 거기 있었던 것은 내가 축지술을 사용할 때 한 사람밖에 데려갈 수 없기 때문이에요."

모두 어리둥절한 얼굴을 하자 카미유가 말을 이었다.

"그래도 먹을 만한 게 없을까요? 배고파서 쓰러질 것 같은데……. 자세한 얘기는 먹으면서 할게요. 우리에게 특별한 의미가 있는 정말 믿을 수 없는 굉장한 이야기예요. 우리의 모험은 끝나지 않았다고요!"

지난날의 비밀

1

카미유 뒤시엘과 살림 콩도의 실종 사건을 맡은 프랑쉬나 수사반장은 지방 일간지와 가진 비공식 인터뷰에서 현재 새로운 단서를 잡고 수사를 하는데 두 아이가 가출했을 가능성에 무게를 두고 있음을 내비쳤다.

텔레비전 뉴스에서 발췌한 기사

카미유는 목적지를 정하기 전에 많이 망설였다. 불랑제 부인의 말이 아직도 머릿속에 생생하기 때문에 카미유는 마침내 결정을 내렸다. '마티유는 2년 전부터 파리에서 살거든. 미술학교를 다니고 있어서 우리도 방학 때만 만난단다.' 여름이 다 가고 있는 때라서 마티유가 집에 있을 거란 확신이 없지만 그래도 집으로 가보는 게 가장 나을 것 같았다. 따라서 카미유는 축지술을 사용해서 도착할 목적지를 강가 공원으로 정했고, 눈에 띄지 않기 위해 저녁 시간을 택했다.

그들은 덤불 뒤에서 유형화되었고, 비욘의 눈이 휘둥그레졌다. 비욘은 침을 꼴깍 삼키면서 머리를 쓸어 넘겼다. 출발하기 전에 머리를 짧게 자른 데다 갑옷까지 벗었기 때문에 비욘은 아주 다른 사람 같았다.

"와, 굉장하네……."

비욘이 나무 꼭대기 너머로 보이는 불빛으로 휘황찬란한 건물들을 가리키면서 감탄했다.

카미유는 비욘 때문에라도 파리로 가지 않은 것이 잘했다는 생각이 들었다. 비욘이 선뜻 따라나서겠다고 수락했지만 대도시의 모습을 보면 적응하기가 너무 힘들지 않겠는가. 살림이 헛기침을 했다.

"집에는 한 번 가봐야 할 것 같아. 집에 아무런 미련이 없는데 왜 그런지 이유를 모르겠어. 그냥 호기심이랄까……."

살림은 마치 친구의 반응이 두려운 듯 자신 없는 목소리로 말했다. 카미유가 고개를 끄덕이자 살림은 안심했다.

"나도 부모님, 아니 뒤시엘 부부의 집으로 갈 건데 나는 이유를 알아. 그 부부는 나에게 설명을 해야 해. 그 부부에게서 꼭 들어야 할 말이 있거든!"

그들은 공원을 나갔다. 날이 저물어 어둑어둑해지고 있지만, 가로등 불빛 때문에 거리는 밝았고, 아직은 산책하는 사람이 많았다.

"여길 다시 오게 될 줄은 생각도 못했어." 살림이 주위를 둘러보면서 중얼거렸다.

"그렇게 좋아 보이지도 않는데, 뭐." 비욘이 한마디했다. "너희가 자동차라고 부르는 것들은 너무 시끄러워."

"좀 참아봐요." 살림이 놀렸다. "익숙해지면 떠나고 싶지 않을 테니까!"

"이제 뭐부터 할까? 마티유의 집으로 갈까?"

아무도 대답하지 않자 카미유가 두 손을 허리에 대고 다부지게 말했다.

"나는 어린애라고요. 모든 결정을 나 혼자서 내리게 하지 말고 노력을 좀 해봐요. 맹목적으로 순종하는 양들도 아니고!"

"걱정하지 마요, 비욘 형님." 살림이 빈정거렸다. "항상 말은 저렇게 하지만 곧 제자리로 돌아오니까. 얼마 전에는 나를 연체동물 취급을 하더니 이번에는 또 내가 양이 됐잖아요. 언젠가는 인간으로 대접받는 날이 올 거라니까요!" 살림이 카미유에게 말을 이었다. "누나야, 우리가 의견을 말한다고 뭐 달라지는 거 있어? 너는 남의 말을 듣지도 않잖아! 내가 오빠는 내일 만나러 가자고 하면 어떡할 건데?"

"끝까지 네 말을 다 듣고 나서 멍청한 생각이라고 말하지." 카미유가 천연덕스럽게 응수했다. "지금 당장 가자, 출발!"

비욘이 어이없는 얼굴로 카미유를 쳐다보자 살림이 고개를 끄덕였다.

"봤죠? 저런다니까요!"

밤 10시, 카미유는 26번지의 초인종을 눌렀다.

살림과 비욘은 물러서 있었고, 카미유는 처음 이 집을 찾아왔던 날처럼 다리가 후들거렸다. 딱 한 번 만났던 시간이 너무 짧아서 남매는 서로를 제대로 알 수 없었다. 그때 카미유는 퀜달라비르를 구하러 가자고 설득했지만, 마티유는 동행할 마음이 전혀 없었다. 그래도 이번에는 부모님에 관한 것이니까 협조하는 모습을 보여주면 좋을 텐데…….

불랑제 부인이 문을 열었다. 부인이 놀란 얼굴로 카미유를 쳐다보다가 시계를 봤다.

"무슨 일이니?"

"늦은 시간에 찾아와서 죄송합니다만 마티유를 꼭 만나야 해요."

불랑제 부인이 잠시 망설이다가 한숨을 내쉬었다.

"들어오렴, 이 시간에 찾아왔을 때는 그만한 이유가 있겠지."

카미유는 부인을 따라 응접실과 주방으로 통하는 복도를 지나갔다. 불랑제 부인이 층계 밑에 멈춰 서서 소리쳤다.

"마티유! 누가 널 찾아왔구나."

발소리가 들리자 불랑제 부인이 응접실로 들어갔다.

카미유는 가슴이 두근거렸다. 오빠의 다리가 보이고, 이어서 상체 그리고 얼굴이 나타났다.

"너!" 마티유가 카미유를 발견하고 외쳤다.

카미유는 가능한 한 상냥한 미소를 지어 보였다. 마티유의 얼굴에 상반된 표정이 스쳐갔는데 너무 순간적이라서 카미유는 무슨 뜻인지 종잡을 수 없었다. 마티유가 세 계단을 내려오다가 카미유의 코앞에서 멈춰 섰다.

"내가 다시 온 건……."

"미안해." 마티유가 부드럽게 말을 잘랐다. "정말 미안해. 내가 바보 같았어!"

"하지만……."

"내 말 더 들어봐. 지난 두 달 동안 수치심에 사로잡혀서 지냈어. 네가 돌아오는 꿈, 그래서 네가 나에게 잘못을 만회할 기회를 주는 꿈을 얼마나 많이 꿨는지 몰라. 파리에서 만났을 때의 내가 아니라는 걸 보여주고 싶어서……."

카미유는 안도의 숨을 내쉬었다.

"생각도 못했는데 이렇게 기쁠 수가! 하지만 내가 온 정확한 이유를 알아야 해. 오빠가 내 말을 듣고 동의하면 위험천만한 모험에 뛰어들게 되는 거야."

"파리에서 그 미치광이가 너를 공격했을 때 눈치 챘어. 그날 나한테 했던 얘기 다 사실이잖아?"

"물론이지!"

"내, 아니 우리 부모님에 대한 것도?"

"오늘은 우리 부모님 일로 왔어."

마티유가 머리를 쓸어 넘겼다.

"내 방으로 가서 얘기하는 게 좋겠지?"

"응, 좋은 생각이야. 잠깐만 기다려."

카미유가 정신을 집중하면서 스파이럴로 들어갔다. 정신적으로 살림과 접촉하기는 처음이지만 전혀 어렵지 않았다.

머릿속에서 카미유의 목소리가 울렸을 때 살림은 소스라치게 놀랐다.

'너무 놀라지 마, 나야. 오빠를 만났는데 아주 잘되고 있어. 많이 달라졌어, 아니 내가 오빠를 잘못 생각했던 것 같아. 어쩌면 두 가지 다일지도 모르고. 어쨌든 오빠와 얘기를 하려면 시간이 많이 걸릴 것 같아. 아마 밤새도록 하게 될지도 모르겠어. 그러니까 비욘을 데리고 너네 집에 가도 되겠어. 그리고 내일 아침 9시에 공원에서 만나. 내 마음의 키스를 보낼게.'

목소리가 그치자 살림은 얼빠진 것 같은 얼굴로 한동안 꼼짝 못하고 있다가 비욘의 팔을 잡고 흔들었다.

"비욘 형님, 머릿속에서 키스 받아본 적 있어요?"

마티유가 깜짝 놀라서 카미유를 살피고 있었다. 잠시 카미유가 멍한 표정을 짓고 있는데 금방이라도 쓰러질 것 같았다.

"괜찮아?"

"응, 괜찮아." 카미유가 안심시켰다. "오빠에게 할 얘기가 많으니까 기다리지 말라고 친구에게 메시지를 보냈어. 올라갈까?"

남매는 함께 계단을 올라갔다.

어둠 속에 숨어서 웅크리고 있던 슈쇼테르가 흡족한 울음소리를 내면서 사라졌다.

2

살림의 성적은 괜찮은 편이지만, 좀 더 진지하고 꾸준히 공부하면 훨씬 좋아질 수 있다. 잡담을 삼가고, 유머와 무례를 혼동하지 말 것.

니콜라 국어 선생님

정신을 차린 살림이 비욘에게 말했다.

"카미유가 오빠와 얘기를 하고 있는데 예상보다 시간이 많이 걸릴 것 같대요. 내일 아침까지. 내가 살던 동네를 둘러볼 생각인데 같이 갈 거죠?"

"그러지, 뭐. 근데 우선 뭘 좀 먹으면 안 될까?" 비욘이 배고파 쓰러지겠다는 얼굴로 말했다.

살림과 비욘은 화가촌으로 가기 위해 걷기 시작했다. 다리를 건너면서 살림은 비욘에게 지난번에 축지술을 사용했을 때 강물 속에 있었던 얘기를 들려주었다. 그러고는 로마식 탑을 가리키면서 카미유의 양부모가 사는 동네라고 알려주었다. 얼마 후 화가촌의 건물들이 눈앞에 보이자 살림이 입을 다물었다.

가로등 불빛으로 밝은 골목길에서 아이들이 놀고 있는 반면에 어른들은 어두운 구석에 자리를 잡고 두런두런 이야기를 나누거나 음악을 듣고 있었다.

비욘은 시내에서 산 큼직한 샌드위치와 감자튀김을 마파람에 게 눈 감추듯 먹어치웠다. 비욘이 손등으로 입술을 닦으면서 주변을 세세히 둘러봤다.

"여기는 가난한 사람들이 사는 동네인 것 같아."

살림이 어깨를 으쓱했다.

"맞아요. 그래서 여길 떠나고 싶어 했어요. 그런데 지금 와서 다시 보니까 이곳에 나의 일부분이 남아 있다는 걸 알았어요. 전혀 후회하지 않지만 잊을 수도 없죠."

살림의 목소리에서 슬픔을 느낀 비욘이 어깨를 토닥여주었다.

"그래서 계획이 뭐니?"

"그냥 둘러보기만 하려고요." 살림이 대답했다. "내가 오늘 밤 집으로 들어갈 경우 어머니가 어떻게 나올지 상상하기도 싫거든요. 동네가 떠나가도록 고래고래 질러대는 소리가 들리는 것 같아요."

"기뻐서?"

"농담해요? 친어머니가 아니에요. 엄마는 내가 아기였을 때 돌아가셨고, 아버지가 카메룬에서 온 여자와 재혼했거든요. 딸만 다섯이고, 끝내 아들을 낳지 못하자 아버지는 집을 나가버렸어요. 아버지에게 나라는 존재는 슬픈 기억만 안겨주는 아들이었으니까요. 얼마 후에는 사촌 두 명까지 와서 살게 되면서 나는 집에 있는 것이 점점 힘들어졌죠."

살림이 벤치를 향해 비욘을 잡아끌면서 피카소 거리 고층 아파트를 마주 보는 자리에 앉았다.

"저 건물 12층에서 내가 자랐어요. 매를 맞지는 않았지만 사랑도 받지 못했죠. 나에게 신경을 써주는 사람은 아무도 없었어요. 거리에서 불량배들에게 얻어맞거나 갈취를 당할 때마다 나를 구하러 달려올 아버지나 형이 있으면 얼마나 좋을까 생각했어요. 하지만 나한테는 아버지도 형도 없었어요. 그래서 나름대로 터득한 방법이 달리기예요. 카미유를 만나지 않았다면 내가 어떻게 됐을지 몰라요."

긴 침묵이 흘렀다. 비욘이 고층 아파트와 빈둥빈둥 돌아다니는 젊은이들을 쳐다보고 있었다. 아직 덧문이 열려 있는 창문을 통해 여기저기 텔레비전의 파란색 빛이 보이고, 이따금 환하게 빛나는 자동차 불빛에 비욘으로서는 전혀 이해할 수 없는 온갖 낙서로 지저분한 벽이 드러났다.

비욘 옆에 앉은 살림은 생각에 잠겨 있었다.

살림이 갑자기 말을 이었는데 목소리가 한층 밝아져 있었다.

"카미유는 비범한 아이예요. 카미유 덕분에 사물과 사람들에게 관심을 갖게 되었어요. 학교를 열심히 다닌 것도 카미유 덕분이에요. 지금의 내가 있는 건 순전히 카미유 덕분이에요."

"아니, 꼭 그렇지는 않아!"

비욘이 살림의 눈을 똑바로 쳐다보면서 힘주어 말했다.

"너는 씩씩한 사내야. 너의 용기와 의리는 에월란이 만들어준 게 아냐. 너에게 에월란을 도와주라고 억지로 등을 떠민 사람은 아무도 없어. 내 목숨을 구해준 사람도 에월란이 아니라 너였어. 어른도 너처럼 하기 힘들어. 그러니까 너는 자부심을 가져도 돼."

살림이 고개를 끄덕이다가 꿈에서 깨어난 듯이 몸을 부르르 떨면서 일어났다.

"마지막으로 내가 살던 곳을 둘러봐야겠어요. 비욘 형님, 여기서 기다릴래요?"

비욘은 살림이 혼자서 하고 싶은 일이 있다는 걸 알아챘다. 집 앞까지 와서 마지막으로 눈길도 한 번 주지 않고 그냥 갈 수 있을까.

"문제없지. 배도 부르고 기분도 좋은데 난 여기 앉아 있을게. 밤새도록 기다릴 수도 있으니까 천천히 갔다 와."

살림은 눈짓으로 고맙다는 표시를 하고 자신 없는 걸음으로 길을 건넜다.

비욘은 고층 아파트 앞의 광장으로 들어선 살림이 자전거를 타는 아이들을 요리조리 피하다 계단에 모여 앉은 젊은이들을 지나쳐서 아파트 현관의 유리문을 밀고 들어가는 모습을 지켜봤다.

비욘은 두 다리를 쭉 펴면서 한숨을 내쉬었다. 그는 이 낯선 세상을 빨리 떠나고 싶었다. 어디를 둘러봐도 마음이 편하지 않고, 있을 곳이 아니라는 생각이 들었다.

그는 궨달라비르의 모든 인간과 마찬가지로 자기 역시 이 세상에서 망명을 선택했던 인간들의 후손이라는 걸 알고 있었다. 그는 이제야 너무나 다른 두 세상에서 괴리를 느꼈을 카미유의 마음을 이해할 것 같았다.

비욘의 생각은 카미유에서 메르윈으로 이어졌다. 전설적인 데시나퇴르는 왜 에윌란이 이 세상에서 목적을 달성하려면 나와 함께 가야 한다고 한 것일까?

그때였다.

살림이 도와달라고 외치는 소리가 들렸다.

벌떡 일어난 비욘이 달려가면서 옆구리에 차고 다니는 도끼 자루를 더듬었다. 도로를 건널 때 비로소 도끼를 지니고 있지 않다는 것이 생각난 비욘이 욕설을 내뱉었다. 비욘은 갑자기 달려오는 오토바이를 아슬아슬하게 피해서 건너편 인도에 올라섰다.

살림이 위협적으로 덤벼드는 한 무리의 젊은이들과 맞서고 있었다. 비욘은 그 무리 속으로 무작정 돌진했다.

살림은 자신이 살던 12층까지 올라가지 않았다.

잠시 아파트 현관에서 서성거리던 살림은 낙서로 가득한 벽을 만져보고, 부서진 우편함도 만져봤다. 왠지 모를 서글픔이 밀려왔다. 이 우편함에 내 이름이 적힌 편지는 영원히 없겠지…….

쓸쓸한 마음에 살림은 바닥에 뒹구는 광고 전단지를 무심코 걷어찼다. 더 이상 이 세상에 살지 않을 건데 무슨 미련이 남았다고!

이제부터 자신이 살아야 할 곳은 다른 사람들이 사는 언아더월드였다. 마치 정화시키는 바람이 과거를 씻어버린 것처럼 갑자기 자신감이 생기면서 마음이 진정되자 심호흡을 했다. 살림은 12층을 향해 무언의 인사를 보내고 아파트 현관을 나왔다.

열여섯 살에서 스무 살쯤 되는 나이의 패거리가 여전히 아파트 입구의 계단에 앉아 있었다. 살림이 예전에 몇 번인가 맞닥뜨려서 협박을 받은 적이 있는 패거리였다. "살림, 2유로만 내놔! 살림, 너한테 부탁할 게 있는데……." 그때마다 살림은 임기응변이나 유머로 위기를 모면했다.

시간이 흐르면서 요령이 생긴 살림은 패거리의 눈에 띄지 않게 피해 다녔다.

그렇지만 지금의 살림은 예전의 살림이 아니었다. 살림은 이제 어깨를 움츠리지 않았고, 걸음걸이도 자신감에 차 있었다. 살림은 많이 달라져 있었다. 라이족과 싸웠고, 온갖 위험을 겪었다. 환상적인 도시들을 봤고, 식인귀, 흡혈귀, 심지어 드래곤까지 보지 않았던가. 어깨가 떡 벌어지고 근육질 체격으로 변해 있는 살림은 이제 아무것도 두렵지 않았다.

"야, 너! 모자 이리 내놔!"

살림이 돌아봤다. 계단에 앉아 있던 녀석 하나가 열 살쯤 되어 보이는 소년에게 하는 말이었다. 장난을 치는 것 같은 어조였지만 조롱이 섞인 그 말은 명령이나 다름없었다. 겁을 잔뜩 먹은 어린 소년이 모자를 내미는 순간, 살림이 끼어들었다.

잽싸게 모자를 낚아챈 살림이 소년의 머리에 다시 씌워주고 나서 도로 쪽으로 떠밀었다. 어린 소년은 고맙다는 눈길을 던지면서 달아났다.

"야, 멍청한 자식! 어디서 까불고 있어?"

모자를 탐냈던 녀석이 일어나서 다가왔.

그 순간 살림은 예전에 불량배들의 모욕적인 말에 굴복했던 기억이 났다. 도저히 참을 수가 없는 살림이 내뱉었다.

"함부로 까부는 건 바로 너야, 이 쥐새끼 같은 놈아!"

녀석이 잠시 멍하니 쳐다보다가 재빠르게 움직였다.

눈 깜짝할 사이에 왼손으로 살림의 멱살을 잡은 녀석이 오른손 주먹을 빙빙 돌리면서 얼굴을 가격하려는 순간이었다. 살림은 더 이상 피하지 않고 당당히 맞섰다.

살림은 주먹을 피하지 않고 앞으로 나아갔고, 광대뼈를 향해 날아오던 주먹이 목덜미를 스치면서 상황은 한순간에 살림에게 유리하게 바뀌었다.

살림은 두 손의 날을 세워서 녀석의 양옆구리를 힘껏 가격했다. 녀석이 풍선 터지는 소리를 내면서 허리를 구부리더니 털썩 주저앉아 숨을 몰아쉬었다. 살림이 한 발짝 물러서는 순간 나머지 다섯 명이 한꺼번에 달려들었다. 살림은 첫 번째 주먹을 재빠르게 피하면서 한 놈의 넓적다리를 향해 발을 날렸고 고통의 신음소리가 들리자 자신도 모르게 미소를 지었다.

"비욘 형님!"

살림이 고함을 지르다가 턱을 얻어맞고 말았다.

발길질을 피해 몸을 숙이던 살림이 이번에는 머리를 얻어맞았다. 눈앞이 핑 돌면서 별이 춤을 췄지만 살림은 녀석들에게 짓밟히기 전에 간신히 빠져나왔다. 녀석들이 수적으로 우세하지만 살림은 기회를 엿보다가 무작정 팔꿈치로 일격을 가했고, 한 녀석이 배를 움켜잡으면서 허리를 숙였다.

바로 그 순간에 비욘이 싸움판에 뛰어들었다.

팔꿈치에 맞았던 녀석이 정신을 차리고 다시 덤벼들 준비를 하고 있었다. 녀석은 갑자기 목덜미를 잡히는 느낌이 들더니 강철같이 힘센 손에 허리춤을 잡혀서 풀밭에 쿵, 하고 주저앉고 말았다. 두 번째 소년마저 똑같은 신세가 되자, 남은 녀석들이 살림을 포기하고 새로운 상대에게 달려들었다.

비욘은 덩치만 봐도 가히 위협적인데 녀석들이 당황하는 기색이 없었다. 비욘이 사방에서 공격을 받게 되는 상황에 놓였지만, 머리를 맞은 살림은 아직 충격에서 벗어나지 못하고 있었다. 살림은 세 번째 소년이 활공하는 장면을 봤다. 상대가 성인이 아니라 청소년들이라는 걸 의식한 비욘이 폭력을 삼가고, 덤벼드는 녀석들에게 고함을 질러서 쫓아내는 것으로 만족하고 있었다.

비욘에게 압도당한 녀석들이 점점 공포에 질리고 있을 때 갑자기 주위가 환해졌다.

"경찰이다! 꼼짝 마!"

강압적인 목소리가 쩌렁쩌렁 울렸다. 몸을 가누지 못하는 그로기 상태라서 달아날 수 없는 두 녀석을 남겨둔 채로 패거리가 참새 떼처럼 흩어졌다.

깜짝 놀란 비욘이 힐끔 주위를 둘러보는 사이에 살림이 힘겹게 일어났다.

경찰관 네 명이 그들을 쏘아보고 있었다. 그중 한 경찰관은 랜턴을 비추고, 다른 한 명은 경찰차에 몸을 숙인 자세로 무전기에 대고 상황을 보고했다. 비욘은 살림이 옆에 오기를 기다렸다. 비욘이 어떤 태도를 취해야 하는지 몰라서 진땀을 빼고 있는데 살림은 도와줄 기색이 없었다.

"또 패싸움이야!" 경찰관이 무전기를 내려놓으면서 외쳤다. "거기 네 명, 모두 연행하겠다!"

3

나는 우리의 뛰어난 파수병 두 명에게 다른 세상을 조사하라는 임무를 맡겼습니다. 우리의 뿌리를 알아내는 것이 그 조사의 목적 중 하나였습니다. 또 하나의 목적은 다른 세상이 궨달라비르를 위협할 수 있는지 알아내는 것이었습니다.

실 아피안 황제, 제국의 평의회 담화문

"이제 할 얘기는 거의 다했어."

마티유의 방 가운데에 놓인 양탄자 위에 앉아 있던 카미유는 기지개를 켜면서 침대에 등을 기댔다. 처음에는 조심스럽게 그동안 겪었던 일을 꺼내다가 남매는 놀라울 정도로 빠르게 마음이 통하면서 벌써 몇 시간째 얘기를 하고 있었다.

카미유는 오빠를 잘못 생각했다고 고백했다.

"난 오빠가 잘난 척이 심한 에고이스트라고 생각했어."

마티유가 약간 머쓱한 미소를 지었다.

"네가 그렇게 생각하는 건 당연해. 변명을 하자면 그때는 시험 때문에 신경이 예민해져 있는 데다 완전히 녹초가 된 상태였어. 그리고 나한테 그런 면이 있는 것도 사실이야."

남매는 이어서 지난날을 회상했다.
　카미유와 마찬가지로 마티유도 이 세상에 왔을 때를 전혀 기억하지 못하지만 동생과는 달리 양부모와 사이가 아주 좋았다. 불랑제 부부는 모범적인 부모였고, 친자식 이상으로 마티유를 보살피고 사랑해주었다.
　카미유는 좀처럼 드러내지 않던 가슴속 이야기를 털어놓았다. 카미유는 양부모의 집에서 애정이라곤 없이 지냈던 삭막한 생활에 대해 이야기했고, 마티유는 동생의 말 한마디, 한마디에 귀를 기울였다. 이어서 카미유는 유일하게 위안이 되어준 친구 살림에 대해 얘기했고, 마티유는 살림이 동생에게 얼마나 소중한 존재인지 느낄 수 있었다.
　마티유도 그림에 대한 열정, 완벽한 작품을 그리기 위한 필사적인 노력, 몇 번의 연애 경험, 헤어졌을 때의 절망에 대해 얘기했다. 그렇지만 희망을 버리지 않고 완벽하게 마음에 드는 여자친구를 계속 찾고 있다고 했다. 그리고 카미유와 마찬가지로 자신도 알 수 없는 괴리감을 느끼고 있었다고 고백했다. 남매는 그렇게 서로의 마음을 털어놓으면서 이제부터 탐험하게 될 언아더월드에서의 새로운 미래를 꿈꾸고 있었다.

"아, 이젠 정말 내 오빠를 찾은 것 같아서 행복해."

마티유가 미소를 지어 보였다. 기적처럼 나타난 동생이 자신의 삶을 변화시키고 있었다. 그때 노크 소리가 나서 마티유가 고개를 돌렸다.

"들어오세요."

불랑제 부인이 방으로 들어왔다.

잠옷에 실내가운을 걸치고 나타난 부인의 얼굴에 수심이 가득했다. 문득 카미유는 새벽 3시라는 걸 알아차렸다. 이 시간까지 자기가 있는 것을 보고 마티유의 어머니가 놀라는 것은 당연하다고 생각되었다.

카미유가 미안하다고 말하려는 순간 불랑제 부인이 말했다.

"시간이 많이 늦었다, 마티유. 네 동생이 여기서 자길 바란다면 벽장에서 매트를 꺼내와서 네 침대 옆에 놓으면 돼."

마티유가 깜짝 놀란 얼굴로 어머니를 쳐다봤다.

"어머니가 어떻게…… 그걸 어떻게 아셨어요?"

불랑제 부인이 어깨를 으쓱했다.

"이 아이가 네 동생이라는 걸 어떻게 아느냐고? 보랏빛 눈이며 미소, 음색이 똑같은데…… 그걸 알아채지 못할 사람이 있을까? 모든 것이 같은 피가 흐르고 있다는 증거인데!"

"하지만……."

"그뿐만 아니라 나는 오래전부터 이런 날이 올 줄 알고 있었다. 이 아이가 우리 집을 맨 처음 찾아오기 훨씬 전부터. 마티유, 네 아버지가 집에 안 계셔서 정말 유감이구나. 너와 작별 인사를 못해서 많이 섭섭하실 거야."

"그게…… 무슨 말이에요?" 마티유가 어물어물 물었다.

불랑제 부인이 마티유의 뺨을 쓰다듬어주면서 카미유를 쳐다봤다.

"네가 에윌란이지? 마티유를 거기 언아더월드로 데려가려고 온 거지?"

4

뒤시엘 부부의 태도에 석연치 않은 점이 있지만 카미유의 실종 사건에 연루되어 있다고 생각하지 않습니다. 부부가 딸을 사랑하지 않고, 딸의 유괴에 무관심하다고 해서 그들을 범인으로 지목할 수는 없으니까요. 적어도 법 앞에서는…….

프랑쉬나 수사반장, 카미유 뒤시엘과 살림 콩도 실종 사건을 맡은
예심 판사에게 보내는 보고서

"자, 정리해봅시다. 비욘 월 와야르라는 이상한 이름이 당신의 이름이라고 주장하는데 당신은 그걸 증명할 만한 신분증도 없고, 주소도 없고, 직장도 없어요. 당신 말에 따르면 당신을 아는 사람이 아무도 없단 말이오. 그런 사람이, 프랑스 경찰이 총동원해서 벌써 몇 주 전부터 찾고 있는 살림 콩도와 함께 있다가 발견되었는데……. 그런데도 우연이라고 주장하는 거요? 내 말이 틀렸습니까?"

비욘이 우람한 어깨를 으쓱했다.

"난 모르는 일이오."

책상 앞에 앉은 프랑쉬나 수사반장이 고개를 흔들면서 머리를 쓸어 넘겼다.

"돌겠네!" 프랑쉬나가 도저히 못 참겠다는 듯이 내뱉었다. "진짜

돌아버리겠군! 카미유 뒤시엘을 전혀 모른다고 계속 그렇게 주장할 거요?"

"이름도 들어본 적이 없다고 백번도 더 말했소이다." 비욘이 대답했다.

수사반장이 그렇게 두 시간 이상 심문을 하고 있는데 비욘은 위기를 벗어날 방법이 전혀 없었다.

싸움을 하다 현장에서 붙잡힌 비욘은 경찰서로 연행되고, 즉시 신원 조회를 받았다. 살림과 두 소년은 미성년자이기 때문에 귀가 조치를 받을 예정이지만, 신분증이 없는 비욘의 경우는 좀 복잡했다. 그러나 눈에 멍이 들거나 옆구리를 얻어맞은 정도의 싸움이기 때문에 비욘도 곧 풀려날 것이 분명한 상황이었다. 그런데 살림과 비욘에게는 불행하게도 이날 당직이 프랑쉬나 수사반장이었다. 경찰서에 들어서던 프랑쉬나가 초여름에 실종된 소년을 대번에 알아보았던 것이다.

카미유와 살림 실종 사건은 사회적으로 큰 반향을 일으켰고, 경찰 상부에서는 프랑쉬나의 수사 방식에 대해 강도 높게 질책했다. 한 번 유괴되었던 두 아이를 아무런 조치도 취하지 않고 자유롭게 돌아다니도록 놔뒀기 때문에 또다시 실종되는 최악의 결과를 초래했다는 비판이었다.

보호실 의자에 앉아 있는 살림을 발견한 프랑쉬나 수사반장은 꿈을 꾸고 있다고 생각했다. 수사반장은 미성년자를 유괴한 주요 용의자로 비욘을 즉각 유치장에 가뒀다.

"거짓말!" 수사반장이 주먹으로 책상을 쾅, 내리쳤다. "당신 도대체 누구야? 카미유 뒤시엘을 어떻게 했어?"

비욘은 잠시 눈을 감았다. 그가 다시 눈을 떴을 때는 묵비권을 행사하기로 결정한 것이 분명했다. 그는 의연하게 팔짱을 끼고 서류 더미 위를 날아다니는 파리를 응시했다.

프랑쉬나 수사반장이 한숨을 내쉬면서 일어났다.

"마음대로 하시오. 하지만 당신이 묵비권을 행사해도 나는 반드시 진실을 밝혀내고야 말 거니까!"

수사반장이 저벅저벅 걸어가서 문을 열었다.

"살림 콩도를 데려오게."

살림이 이내 나타나자 비욘은 희망이 가득한 눈길을 보냈다.

"살림, 아까 나한테 한 말을 이 사람 앞에서 다시 해줄 수 있니?"

"그게……."

"겁먹을 거 없어." 수사반장이 살림에게 용기를 주었다. "여긴 경찰서니까 이젠 위험하지 않아. 그리고 내가 지켜줄게."

살림은 심호흡을 하고 나서 비욘을 모른 체하면서 말했다.

"저 사람 맞아요! 저 사람이 카미유와 나…… 를 납치했어요."

5

궨달라비르 제국에서 가장 독재적이던 릴 킵티안 황제도 파수병들에게 가정생활을 금한 적이 없다. 호의 때문이 아니라 능률 때문이었다. 가족과 함께하는 행복을 맛보아야 파수병들이 불의와 타협하지 않고 제국을 위해 전념하리라는 걸 알고 있었던 것이다.

카르보이스트 수도원장, 7서클의 회고록

"이제는 어머니가 알고 있는 걸 말씀해주세요."

마티유는 부드럽게 말했지만 목소리가 긴장되어 있었다.

불랑제 부인이 슬픈 미소를 지었다.

"얘기해줄게. 그 전에 커피를 준비해야겠다. 우리 응접실 소파에 앉아서 얘기하는 게 어떨까? 내가 바닥에 앉아서 얘기할 나이는 지났거든."

마지막 말은 분위기를 바꾸려고 해본 말이지만 효과가 없었다. 카미유와 마티유는 얼이 빠져서 움직일 수가 없었다.

얼마 후, 불랑제 부인이 김이 모락모락 나는 커피 세 잔을 낮은 탁자에 내려놨다. 부인이 커피 잔을 천천히 입에 가져가서 한 모금 마신 뒤에 느린 목소리로 차분하게 말했다.

"10년 전으로 거슬러가야겠구나. 아이를 가질 수 없다는 걸 알게 된 남편 베르나르와 나는 입양할 생각도 했지만 우리의 생활 여건 때문에 엄두를 못 내고 있었지. 남편이 특파원으로 활동하던 시절이라서 방방곡곡을 돌아다니고 있었거든. 남편이 출장을 떠날 때마다 나도 대부분 따라다녔기 때문에 우리 가정에 아기의 자리는 없다고 생각했어. 브라질에서 오랫동안 체류하다 돌아온 어느 날 남편의 절친한 친구인 사진작가 에르베*가 우리의 귀국을 축하하는 뜻에서 집으로 초대를 했어. 그날 우리가 없는 동안 알게 되었다는 부부를 소개해주었는데 그들이 바로 알탄과 엘리시아였지."

카미유는 소스라치게 놀랐다. 새로운 사실을 알게 될 거란 예상은 했지만 불랑제 부인의 입에서 부모님의 이름을 들을 줄이야!

불랑제 부인이 말을 이었다.

"물론, 그때는 그 부부가 알랭과 엘리즈라는 가명을 사용하고 있었지. 처음 만나는 순간부터 남편과 나는 그 부부에게 매료되었어. 우리가 이제껏 만났던 사람들 중 가장 매력적인 사람들이었으니까. 방대한 지식과 뛰어난 통찰력, 취미도 다양했지. 다른 사람들의 말을 경청하는 그 부부와 가까이 지낸다는 것만으로도 기쁨이었어. 게다가 그들에게는 우리의 마음을 사로잡는 신비한 면이 있었지. 직업이 작가라고 했는데 음악과 문학에 대한 조예가 웬만한 전문가들이 울고 갈 정도로 수준이 높았어. 그러다 보니까 우리는 정치 상황에 대해서도 이것저것 물어보았는데 그들의 해박한 지식에 혀를 내두를 정도였지. 우리는 아주 빠르게 친구가 되었지만 자주 만나지는 못했어. 남편의 출장 때문에 우리가 멀리 떠나기도 했지만 그들도 우리가 모르는 어디인가로 몇 주일씩 사라지곤 했으니까. 그러던 어느 날 저녁 에르베의 집에서 알랭과 엘리즈가 우리에게 사실을 털어놨지."

커피를 다 마신 불랑제 부인이 찻잔을 내려놓았는데 추억을 더듬는 듯 눈빛이 아련했다.

"그날이 지금도 생생하게 기억나. 저녁 식사를 끝내고 응접실에 앉아서 이런저런 얘기를 하던 중에 남편이 우리가 다녀온 뉴기니에서 묘한 느낌을 받았다고 말했어. 그러자 알랭이 말했어. '나는 그보다 훨씬 묘한 곳을 알고 있지.' 그렇게 해서 궨달라비르의 존재를 알게 되었는데 이상하게 들리겠지만 우리는 별로 놀라지 않았어. 알랭은 언젠가 구경시켜줄 날이 오겠지만 궨달라비르의 상황이 악화되고 있어서 당분간은 방문이 위험하다면서 몹시 불안해했어. 어쨌든 우리는 지도상에 없는 곳이 있다는 걸 알게 되고, 그들의 비밀을 공유하면서 우리의 우정은 더 깊어졌지. 물론 알탄과 엘리시아라는 본명도 알게 되었고. 그렇지만 우리는 자주 만나지 못했어. 알탄과 엘리시아가 사라지는 횟수가 점점 많아졌거든. 그러다가 아주 오랜만에 봤는데 그들이 어찌나 초조해하는지 재회의 기쁨은 이내 침울한 분위기가 되고 말았어. 그리고 얼마 후, 8년 전의 어느 날 그들이 갑자기 사라져버렸지."

카미유는 자신도 모르게 점점 앞으로 몸을 숙이면서 불랑제 부인의 말에 귀를 기울였다. 마침내 무슨 일이 있었는지 알게 되는 건가?

"그러고는 6개월 동안 아무런 소식도 없었지. 다시는 만나지 못할 거라고 확신하던 어느 날 저녁 엘리시아가 혼자 나타난 거야. 그녀는 다급한 기색이 역력했고, 우리에게 도움을 청했지. 퀜달라비르의 상황이 더 악화되고 있다면서 최악의 사태가 발생할 경우 아이들을 맡아달라는 부탁이었어. 남편과 나는 너희 둘에 대해 말만 많이 들었지 한 번도 본 적이 없는 상태였어. 우리는 물론 수락했지. 엘리시아는 너희가 불행해지는 일이 없도록, 그리고 안전을 위해서 너희의 기억을 지워버릴 거라고 말했어. 너희가 혈연관계라는 걸 알아서도 안 되고, 만나서도 안 된다면서. 에르베가 에윌란, 너를 맡기로 하고, 남편과 나는 마티유, 너를 책임지기로 약속했다. 그 약속은 우리가 다시는 만나지 못한다는 걸 의미하는데도 우리는 동의했어. 엘리시아는 우리에게 고마워하면서 떠나버렸지. 그 뒤로 다시는 엘리시아를 만나지 못했어. 그리고 몇 달 후, 에르베가 교통사고로 사망하는 불행한 일이 일어났다. 정말 힘든 순간이었지. 개방적인 성격에 인품이 뛰어난 사람이었는데, 친형제 이상으로 우리가 사랑했던 사람이 그렇게 허망하게 가버리다니……. 장레식을 치른 지 사흘 후, 판사의 소환장이 날아왔단다. 알탄과 엘리시아가 조치해놓은 것이었어. 우리는 입양 동의서에 사인을 했고, 그것으로 과거에 대한 기억이 전혀 없는 열한 살의 소년과 살게 되었지."

불랑제 부인이 입을 다물고 마티유를 응시하다가 말했다.

"그렇게 해서 너는 우리의 아들이 되었지만, 언젠가는 우리를 떠나리라는 걸 알고 있었어."

묵묵히 부인의 말 한마디 한마디에 귀를 기울이던 카미유는 더 이상 참을 수가 없었다.

"그럼 나는요?"

6

데생 기술 재능은 대체로 열여덟 살 무렵에 나타납니다. 때로는 좀 더 늦게 나타나거나 아주 드물지만 그 이전에 나타나는 경우도 있지요. 그렇지만 아주 뛰어난 데시나퇴르들의 경우는 어린 나이에 재능이 나타나는 공통점이 있습니다. 어린 나이에 나타나는 재능은 이따금 정상 상태보다 훨씬 뛰어난 능력을 보입니다.

두옴 닐 에르그 분석가, 분석가들의 길드 345회 개회 강연

불랑제 부인이 카미유를 향해 고개를 돌렸다.

"너는 마티유보다는 운이 좋지 않았어. 에르베가 그런 어이없는 사고를 당하지만 않았더라도 너는 정말 행복했을 텐데."

"그랬겠죠. 하지만 그것으로는 뒤시엘 부부가 어떻게 나를 입양했는지 설명이 되지 않아요."

대답 대신에 불랑제 부인이 일어나서 벽에 걸린 작은 액자를 떼어내더니 잠시 들여다보다가 카미유에게 내밀었다.

"이게 에르베의 명성을 확인시켜주는 사진 중 하나야. 에르베가 12년 전에 한국에서 찍은 사진이란다."

흑백사진 속에 어린 소년이 커다란 가방 무게 때문에 허리를 구부리고 있는 모습이 담겨 있었다. 소년의 눈에서 고뇌와 절망의 무

게를 포착한 사진을 보면서 카미유는 마치 자신의 모습을 보는 것 같은 묘한 느낌을 받았다.

그런데 오른쪽 밑에 적힌 서명이 카미유의 눈길을 끌었다. 에르베 뒤시엘!

"에르베는 너의 양아버지 막심 뒤시엘의 형님이야." 불랑제 부인이 말했다.

퍼즐의 중요한 조각이 맞춰지면서 카미유는 보이지 않는 무거운 짐이 어깨에서 사라지는 느낌이 들었다. 부모님이 카미유를 멀리 떠나보내기로 결정한 것은 오로지 딸의 행복과 안전을 위한 것이었다. 사랑이 없는 가정에 입양된 것은 짓궂은 운명의 장난일 뿐이었던 것이다.

"그렇군요. 하지만 하필이면 왜 뒤시엘 부부였죠? 그분들은 나를 좋아하지 않았어요. 내가 아무리 노력해도 그분들은 항상 나를 이방인처럼 대했어요."

"에르베는 이름난 사진작가였어. 여러 번 상을 타면서 아주 유명해졌지. 신문사들이 서로 에르베를 모셔가려고 난리였으니까. 그러면서 돈도 많이 벌었지. 그러자 동생인 막심이 시기를 많이 했어. 에르베는 전쟁이 일어나거나 테러가 발생하는 나라, 어디든 위험을 무릅쓰고 전 세계를 돌아다녔어. 너를 입양하기로 했을 때 에르베는 자신에게 무슨 일이 일어나더라도 너만은 안전하기를 바랐지. 그래서 불행한 일이 발생할 경우 자신의 동생이 너를 입양하면 전 재산을 물려준다는 증서를 만들어놨어. 그런데 정말 최악의 일이 일어난 거야. 낯선 나라가 아니라 지방 국도에서 자동차 사고를 당했으니……. 그가 사망한 지 열흘도 지나지 않아서 막심 뒤시엘이 공식적으로 너의 양아버지가 되었지. 그렇게 이기적인 사람이 형의 유산을 포기할 리가 없잖아."

카미유는 잠시 망설였다. 이렇게 친절한 부인에게 상처를 주고 싶지는 않지만 사실을 정확하고 자세히 알아야 했다.

"하지만 왜 에르베 뒤시엘은 그런 동생에게 나를 맡겼죠? 그리고 부인은 왜 가만히 계셨어요? 부인을 원망하는 것이 아니라 나를 좋아하지도 않는 부부에게 맡긴 이유가 궁금해서요."

"에르베가 동생에 관해서는 객관성을 잃었거든. 에르베는 동생 부부가 아이를 원한다고 생각했어. 그래서 동생 부부가 너를 환영하리라고 확신했던 거야. 공증에 의한 유언은 만일의 경우를 대비한 것뿐이었어. 대부분의 사람이 그렇듯 죽음을 예상한 게 아니었으니까."

마티유가 부드러운 목소리로 말했다.

"알겠어요. 하지만 뒤시엘 부부가 카미유를 사랑하지 않는다는 걸 알았으면 어떤 방법으로라도 도와줬어야 하는 것 아닌가요?"

"엘리시아가 우리에게 당부했던 말을 잊었구나. 너희 둘을 갑자기 우리 세상으로 데려왔다는 것은 너희 부모님에게 심각한 일이 일어났고, 너희 둘이 위험에 빠져 있다는 뜻이야. 우리는 너희가 만나지 않게 해야 했어. 선택의 여지가 없었다. 에윌란, 미안하지만 우리는 어쩔 수 없었어."

"이해해요, 이해해요." 카미유가 중얼거렸다.

카미유는 진정이 되었다. 지난 7년 동안의 삶이 아무 의미 없던 게 아니었다는 것만으로도 위안이 되었다.

"그럼 지금은요?" 마티유가 어머니에게 물었다.

"에윌란이 너를 찾아온 것은 상황이 달라졌다는 뜻이겠지. 너희 둘 다 떠날 거지?"

마티유가 동생을 향해 고개를 돌렸고, 카미유는 자신에게 하는 질문이라는 걸 알아차렸다.

"네, 떠날 거예요. 아침이 밝는 대로 당장. 궨달라비르의 상황은 정상으로 돌아왔지만, 부모님은 우리의 도움이 필요해요."

"네가 그걸 어떻게 아니?" 불랑제 부인이 깜짝 놀랐다.

"얘기하자면 아주 길어요." 카미유가 대답했다. "그 얘기를 들으려면 우리가 돌아오길 기다리셔야겠어요."

불랑제 부인의 얼굴이 밝아졌다.

"마티유가 돌아온다고? 정말이니?"

"물론이죠. 나는 납치범이 아니에요! 돌아와서 미술학교를 다니게 될지 그건 모르겠지만, 오빠가 어떤 결정을 내리든 두 세상을 오가면서 생활할 수 있을 거예요."

눈물이 불랑제 부인의 볼을 타고 흘러내렸다. 그녀는 손등으로 눈물을 닦으면서 외쳤다.

"그게 정말이니? 네 길을 막으면 안 된다는 걸 알고 있었어, 마티유. 하지만 너를 다시는 보지 못한다고 생각하니까 견딜 수가 없더구나."

"나를 다시는 못 본다고요? 농담하세요?" 양어머니 못지않게 감동한 마티유가 응수했다. "어머니가 만들어주는 크레이프와 마카로니 요리 없이 내가 살 수 있다고 생각해요?"

불랑제 부인이 마티유의 코를 비트는 시늉을 했다.

"너, 나 놀리는 거지?" 부인이 활짝 웃는 얼굴로 한마디했다.

그렇게 말하고 나서 부인의 얼굴이 다시 진지해졌다.

"일찍 출발하려면 좀 자야지. 자, 어서들 침대에 누워!"

7

경찰의 감치 기간은 24시간이다. 검사장이 서면으로 허락할 경우 기간이 48시간으로 연장될 수 있다.

프랑스 형사소송법

"뭐라고? 너 지금 뭐라고 했어?"

"나를 유괴하고 너를 죽인 혐의로 비욘 형님이 지금 감옥에, 아니 경찰서 유치장에 갇혀 있어. 우리가 나타난 이유를 뭐라고 설명해야 할지 몰라서 내가 비욘을 팔았거든. 내가 왜 그렇게 행동했는지 이해해주길 바라지만…… 휴, 그게 아니면 형님이 지금 굉장히 화가 나 있을 텐데 걱정이 돼서 죽겠어."

비욘을 곤경에 빠뜨리는 비싼 대가를 치르고 살림은 귀가 조치되었다. 프랑쉬나 수사반장이 직접 집까지 살림을 데려다주었다. 집에서의 반응은 살림이 예상하던 것과 다르지 않았다. 계모가 기뻐하는 체했지만 이미 살림을 잊어버린 것이 역력했다. 이복동생들과 사촌들도 살림이 돌아온 것에 대해 아무 관심이 없었다. 살림은 집에 들어서는 순간부터 다시 떠날 생각뿐이었다. 잠을 자는 둥 마는 둥하면서 아침이 되길 기다렸다가 8시에 아무 말없이 집을 나와 버렸다.

카미유와 마티유는 약속 장소에 약간 늦게 왔다. 살림은 남매를 보자마자 전날 저녁에 일어난 일을 얘기했다.

"하마터면 한밤중에 가서 너를 깨울 뻔했지만 뾰족한 수가 없을 거라고 생각했어. 어떡하지?"

살림은 친구가 해결책을 찾아낼 거라고 철석같이 믿는 얼굴로 카미유를 쳐다보았다. 카미유는 한숨을 내쉬다가 얼굴이 밝아졌다.

"무슨 걱정이야? 비욘에게 공간이동의 진주가 아직 하나 남아 있는데. 비욘은 언제든 언아더월드로 갈 수 있어."

당황한 살림이 선뜻 말을 못했다.

"그게……."

"왜?"

대답 대신에 살림이 주머니에 손을 집어넣더니 무지갯빛이 영롱한 진주를 꺼냈다.

카미유가 깜짝 놀란 얼굴로 말을 잘랐다.

"공간이동의 진주잖아! 살림, 너 바보야? 네 머리는 장식으로 달고 다니는 거야? 도대체 언제 정신 차릴 건데?"

쏟아지는 비난에 살림이 어찌나 불쌍한 얼굴을 하는지 마티유가 참지 못하고 웃음을 터뜨리자 카미유가 눈을 흘기면서 핀잔을 주었다.

"오빠 웃지 마. 자기가 정말 웃겼는지 알고 얘가 기고만장한단 말이야!"

"정말 미안해." 살림이 기어드는 목소리로 말했다. "무슨 방법이 없을까?"

"당연히 방법을 찾아야지!" 카미유가 쏘아붙였다. "그래도 비욘 없이 돌아가긴 싫은가 보지?"

"당연히 그건 안 돼지……."

"입 다물어, 생각 좀 하게. 비욘이 내가 모르는 곳에 감금되어 있으니까 나는 축지술로 갈 수가 없어. 그렇지만 메시지는 보낼 수 있을 거야. 비욘에게 공간이동의 진주를 전하는 방법만 찾으면 되는데…… 살림과 나는 실종 사건으로 얼굴이 알려져 있기 때문에 경찰서에 갈 수 없다는 게 문제야."

"경찰서에는 내가 가면 되지." 마티유가 제안했다.

"그것도 한 가지 방법이긴 한데 어떻게 하면 비욘에게 접근할 수 있을지 계획을 짜야 해."

"메시지를 보낼 수 있다면서?"

"그럴 수 있을 거야. 근데 왜?"

"변호사에게 연락하는 척하라고 말해. 그러면 의혹을 사지 않고 내가 갈 수 있을 거야."

"그거 좋은 생각이다." 살림이 외쳤다. "마티유가 변호사로 변장하고 경찰서로 들어가서 비욘 형님에게 공간이동의 진주를 건네주면 끝나는 거잖아! 와, 엄청 간단하네! 마티유, 내가 형이라고 불러도 돼지? 카미유, 네 오빠도 머리 되게 좋다, 너 못지않아!"

카미유가 한심하다는 얼굴로 쳐다봤다.

"정말 그렇게 생각해? 그 작전은 꽝이야!"

"왜?" 살림이 또다시 주눅이 든 표정으로 물었다. "기발한 작전 같은데……."

"살림, 영화를 찍는 거라고 착각하지 마. 이건 현실이란 말이야. 감치 상태에 있는 사람이 변호사를 만날 수 있다고 해서 아무나 그런 역할을 할 수 있는 게 아냐. 더구나 오빠처럼 어린 사람은 어림도 없어! 그건 안 돼, 다른 방법을 찾아야 해. 가만히 있어봐, 생각 좀 해볼게!"

뒤시엘 부부는 아침 식사를 하고 있었다.

뒤시엘 씨가 신문을 뒤적이는 소리가 간간이 침묵을 깼다. 뒤시엘 씨가 무심코 빵이 담긴 바구니로 손을 내밀자 아내는 못마땅한 듯 헛기침을 했다.

"여보, 이미 크루아상을 두 개나 먹었잖아요!" 기어코 아내가 잔소리를 했다.

대꾸하려는 순간 등 뒤에 나는 목소리에 뒤시엘 씨는 소스라치게 놀랐다.

"맞는 말이에요, 살이 너무 찌셨네요. 식이요법과 빨리 걷기로 다이어트 좀 하시죠!"

뒤시엘 부부가 깜짝 놀라서 고개를 돌렸다. 커피가 엎질러져서 레이스 식탁보에 얼룩이 지고 있는데 아무도 신경을 쓰지 않았다.

"카미유?"

기절할 정도로 놀라면서도 뒤시엘 부인이 입을 여는 데 성공한 반면에 남편은 흡사 수족관에서 나온 금붕어 같았다. 눈이 툭 튀어나온 뒤시엘 씨는 입만 벙긋벙긋할 뿐 아무 말도 못하고 있었다.

"네, 카미유예요. 놀라시네요, 저를 봐서 기쁜 건가요?"

"하지만…… 너는? 갑자기 어디서 나타난 거니?" 뒤시엘 부인이 소리를 질렀다.

"어디 갔었니? 우리는 네가……."

카미유가 다가갔다. 몇 달 전이었다면 엄두도 못 냈을 상황이라 카미유는 속으로 쾌재를 불렀다. 카미유는 뒤시엘 부부를 깜짝 놀라게 하고 충격을 주면서도 두려움이라곤 느껴지지 않았다. 카미유는 식탁에서 의자를 잡아 빼고 앉았다.

뒤시엘 씨가 마침내 말했다.

"믿을 수 없구나. 도대체 어디 갔다 온 거니? 나는 유괴된 것으로 알고 있었는데."

"넘치는 애정에 가슴이 뜨거워지네요." 카미유가 씁쓸한 미소를 지었다. "나는 유괴된 것이 아니라 집을 나간 거였어요. 자발적으로. 그리고 두 분이 괜한 추측을 할까 봐 미리 말씀드리는데 다시 떠날 거예요."

뒤시엘 씨가 흠칫 놀라는 시늉을 했다.

"무슨 헛소리를 하는 거냐, 카미유! 나는……."

"평소에 하던 식으로 말씀하지 마세요." 카미유가 말을 잘랐다.

"제가 바쁘니까 묻는 말에 대답만 하시면 됩니다. 저의 과거에 대해 말해준 적이 없어요. 형님이신 에르베가 내가 어디서 왔는지 말해줬나요?"

"에르베? 네가 그걸 어떻게……."

뒤시엘 씨가 말을 더듬거렸고, 부인의 얼굴이 창백해졌다. 뜻밖의 상황에 몰린 뒤시엘 씨가 눈을 비비면서 어찌할 바를 몰라했다.

"누구한테 무슨 말을 들었는지 모르겠……."

"질문은 한 가지밖에 없어요." 카미유가 당차게 말을 이었다. "나한테 뭘 기대했기에 나를 그렇게 미워했는지, 왜 한 번도 나를 사랑해주지 않았는지 등 묻고 싶은 것이 정말 많지만, 평생 잊지 못할 대답은 듣지 않는 편이 나을 것 같아요."

"너는 우리의 딸이 아니니까!" 뒤시엘이 부인이 나섰다. "시아주버니의 강요에 의한 입양이었으니까. 우리는 너에게 결코 익숙해지지 않았으니까. 그리고 너는 이상야릇한 이방인이었으니까!"

냉소적으로 쏟아내는 모욕적인 말에 카미유는 주먹으로 명치를 얻어맞는 것 같았다.

"말도 안 돼요!" 카미유가 격분했다. "나는 절대적으로 사랑이 필요한 어린애였어요. 두 분은 잃어버린 나의 친부모를 대신하여 나에게 모든 걸 해줄 수도 있었어요. 그런데 사랑해주기는커녕 나에게 기회조차 주지 않았어요! 이제 제 질문에 대답하세요." 카미유가 심호흡을 하고 말을 이었다. "형님이 내가 어디서 왔는지 말해줬냐고 물었어요."

잠시 침묵이 흐르고 나서 뒤시엘 씨가 언성을 높였는데 아내 못지않게 냉랭한 목소리였다.

"그래, 네가 어디서 왔는지 알고 있어. 불행한 일이 일어날 경우 너를 맡아달라고 부탁하면서 형님이 말해줬지. 형님은 너와 관련된 일을 아주 흥미진진하게 생각했고, 그 말을 믿기 힘들어하는 우리를 끝내 설득했지. 그런 상황에서 어떻게 우리가 너를 사랑할 수 있겠니? 형님이 사고를 당하기 전부터 우리는 입양 같은 건 아예 생각하지도 않았어. 집안에 어린 이방인을 두고 싶은 생각이 전혀 없었기 때문에. 우리가 원하는 건 카미유 너처럼 이 지구상에 존재하지도 않는 곳에서 태어난 아이가 아니었으니까. 너라면 개에게 고양이를 입양해서 사랑하라고 할 수 있겠니?"

"하지만……."

"아니, 대답을 듣고 싶으면 끝까지 들어. 그래, 우리 사이에는 사랑은커녕 애정 비슷한 것도 없었다. 그렇지만 우리 책임이 아냐. 네가 사라졌을 때 우리는 네가 유괴된 것이 아니라 우리가 모르는 그곳으로 떠났다는 걸 금방 알아차렸지. 그러니까 네가 이방인이 아니라든가 너희 세상이 우리 세상과 비슷하다는 말은 하지 마. 내가 너 때문에 우리 집에 침입한 자객에게 목숨을 잃을 뻔했다는 것도 잊지 마. 네가 완전히 떠난다는 말에 우리가 놀라서 붙잡을 거란 기대도 하지 마!"

카미유는 잠자코 듣고 있었다.

예전 같으면 매몰찬 말에 충격을 받고 절망했겠지만, 지금은 다행히 뒤시엘 부부가 거부한 역할을 대신해줄 가족 같은 친구들이 있었다. 카미유는 자신을 입양한 가정과 연결되어 있는 마지막 끈이 끊어지는 느낌이 들었다.

카미유는 마음이 진정되기를 기다렸다가 당차게 말했다.

"그래도 솔직하게 말해주셔서 다행이네요." 카미유가 아주 차분하게 지적했다. "아까 말했던 대로 떠날 거지만 헤어지기 전에 나를 도와주셔야겠어요. 어쩌면 처음이자 마지막이 될 텐데 설마 거절하지는 못할 거라고 생각해요."

8

> 뛰어난 데시나퇴르인 엘리시아 질 사이얀이 축지술을 사용하여 두 아이를 다른 세상으로 데려다놓고 기억을 지워버렸을 때는 초인적인 의지력이 필요했으리라……
>
> 도움 필 바티스, 제국의 연대기 작가

비욘은 끔찍한 밤을 보냈다.

제국의 정의로운 기사가 불한당으로 연행되더니 급기야 아이들을 유괴한 범인으로 몰려서 몇 시간 동안 심문을 받는 신세가 되다니!

게다가 살림이 자기와 에윌란을 유괴한 범인이라고 증언함으로써 비겁하게 비욘을 저버렸으니! 물론, 살림이 혼자라도 빠져나가기 위해 그렇게 행동했겠지만 비욘은 배신당했다는 느낌에 화가 치밀었다.

그뿐만이 아니었다. 공간이동의 진주만 있으면 언제든 도망칠 수 있는데 그것마저 없어졌다는 걸 뒤늦게 알아차렸으니!

결국, 끝도 없이 계속되는 똑같은 질문에 똑같은 대답을 앵무새처럼 반복한 뒤에 비욘은 유치장에 갇혔다.

"내일 아침," 수사반장이 말했었다. "검사장에게 출두하면 십중 팔구 감치 기간이 연장될 거요. 검사장이 유괴 혐의로 기소하면 당신은 구치소로 넘어갈 것이고……."

검사장, 구치소…… 무슨 말을 하는지, 비욘은 도무지 알아들을 수가 없지만 상황이 좋지 않다는 건 느낌으로 알 수 있었다. 도대체 메르윈은 무슨 이유로 나를 에윌란에게 딸려 보낸 걸까?

유치장의 간이침대는 널빤지처럼 딱딱했고, 제공된 식사는 정말 맛이 없었다. 새벽녘에 눈을 뜬 비욘은 기분이 나빴다. 아무리 궁리를 해도 어떻게 빠져나갈지 난감했다. 카미유와 살림이 잊지 않고 있으면 좋으련만!

8시 30분에 프랑쉬나 수사반장이 유치장에 나타났다.

"검사장이 당신의 말을 들어줄 테니 할 말이 있으면 그때가 기회니까 알아서 해요. 어제 우리에게 했던 말을 잊고 솔직하게 털어놓으면 아마 선처를 받을 수 있을지 모르는데…… 지금이라도 카미유 뒤시엘에 대해 해줄 말이 없습니까?"

비욘은 수사관을 메다꽂지 않으려고 엄청난 노력을 해야 했다. 한숨을 내쉬면서 기적적으로 마음을 가라앉혔다.

"그 소녀를 모른다고 몇 번이나 말했잖소!" 비욘이 절규하듯 내뱉었다. "왜 내 말을 믿지 않는 겁니까?"

심문을 하는 동안 내내 용의자가 보여준 이상한 태도 때문에 프랑쉬나 수사반장은 심증을 굳히고 있었다. 비욘 윌 와야르가 범인이 틀림없다고 확신하는 수사반장이 대꾸도 없이 나가버렸다.

얼마 후, 경찰관이 와서 비욘을 수사반장의 방으로 데려갔다. 비욘은 그 잠깐 동안 경찰관을 때려눕히고 도망칠 생각을 하다가 그만두었다. 이 세상은 전혀 모르는 곳인데 탈출에 성공하더라도 어디로 간단 말인가!

수사반장은 비욘이 처음 보는 남자와 함께 앉아 있었다.

"내가 같이 있는 게 좋을 텐데." 수사반장이 말했다. "전문가가 아니라서 결정적인 단서를 놓칠 수도 있습니다."

"그럴지도 모르지만 반장님이 계시면 이 사람이 입을 열지 않을 수도 있습니다. 나한테 맡기세요, 내 딸에 관한 일인데……."

프랑쉬나 수사반장은 잠시 망설이다가 확신이 없다는 듯 고개를 내저으면서 비욘에게 말했다.

"윌 와야르 씨, 이분이 뒤시엘 씨인데 단독으로 말하겠다고 주장하는군요. 규칙에 어긋나지만 어쩔 수 없어서 나가는 거니까 허튼수작 부리지 마시오."

수사반장이 문을 열고 나가려다 말고 내뱉었다.

"면회 시간은 10분입니다. 곧 호송차량이 도착할 거라서."

문 닫히는 소리가 났다. 비욘은 정체불명의 남자를 살펴봤다. 그러니까 이자가 에윌란의 양부란 말이로군…….

비욘은 남자가 마음에 들지 않았다.

에월란에게서 대충 얘기를 들었던 터라 선입견일 수도 있지만 비욘은 외모만으로도 막심 뒤시엘을 얼마든지 판단할 수 있었다. 뒤시엘에게서 오만과 거짓의 냄새가 났다. 그런데 이 작자가 나한테 무슨 볼 일이 있어서 만나러 온 거지?

"내 딸을 어떻게 했소?"

휴, 또 시작이로군!

"내 딸을 어떻게 했냐 말이오? 설마……."

'안녕, 비욘, 괜찮아요?'

비욘의 눈이 휘둥그레졌다. 뒤시엘 씨가 계속 비난조로 말하는 걸 보면 목소리가 들리지 않는 것 같았다.

분명히 에월란의 목소리인데!

'당연히 나지 누구겠어요? 지금부터 내 말 잘 들어요. 지금 만나고 있는 사람, 인상만 봐도 호감이 안 가게 생긴 그 사람이 바로 내 양아버지인데 공간이동의 진주를 돌려줄 거예요.'

"진주?"

비욘이 큰 소리로 말했기 때문에 뒤시엘 씨가 소스라치게 놀랐다.

"뭐라고요? 뭐라고 했소?"

"아무것도 아니에요. 계속하시죠."

막심 뒤시엘이 마치 미친 사람을 보듯 쳐다보다가 탄식을 계속했다.

'양아버지가 하는 말은 중요한 거 아니니까 신경 쓰지 않아도 돼요. 경찰이 대화를 듣고 있을 것이고, 어쩌면 비디오로 녹화하고 있을지도 몰라요. 그러니까 진주를 받을 때 들키지 않게 조심해야 돼요.'

"하지만……." 비욘이 말했다.

또다시 뒤시엘 씨가 말을 중단했다.

"뭐라고요?"

"딸이 실종된 것은 비극적인 일이라고 했소." 비욘이 말했다.

"그래요, 딸이 없어진 걸 알았을 때 우리는 정말……."

그렇게 말하면서 뒤시엘 씨가 독백을 계속했다.

'할 말이 있으면 머릿속으로 해요.' 카미유가 말을 이었다. '양아버지가 도와주고 있긴 한데 억지로 간 거니까 믿지는 마요.'

'나도 친구가 될 생각은 없어.'

'브라보. 지금부터가 중요해요. 진주를 받으면 우리 걱정은 하지 말고 도망쳐요.'

'아키로는?'

'아키로와 살림, 모두 떠날 준비가 됐어요. 우리는 비욘이 먼저 떠나는 것을 확인한 다음에 뒤따라갈 거예요.'

비욘의 얼굴에 환한 미소가 번졌다. 비욘은 미친 사람처럼 혼자 떠들고 있는 뒤시엘 씨를 힐끔 쳐다보고 나서 머릿속으로 말했다.

'듣던 중 반가운 소리네. 그럼 지금 당장…….'

'안 돼요! 경찰서를 나간 다음에 진주를 사용하는 게 좋겠어요.'

'왜?'

'프랑쉬나 수사반장은 나 때문에 이미 곤욕을 많이 치렀어요. 그런데 또 탈출을 막지 못했다는 것으로 비난받는 걸 원치 않아요. 수사반장은 임무에 충실한 정의로운 사람이에요.'

'확신해?'

'네, 부탁이에요, 비욘…….'

'좋아, 알았어. 하지만 여기서 나가는 즉시 도망칠 거야. 이 세상에 질렸거든!'

카미유가 깔깔대고 웃으면서 마지막 말을 했다.

'그럼 요새에서 만나요.'

비욘은 뒤시엘 씨가 입을 다물고 있다는 걸 알아차렸다. 비욘이 일어나서 다가가자 뒤시엘 씨가 자신도 모르게 몸을 피하는 것처럼 움찔했다.

"미안하지만." 비욘이 손을 내밀면서 말했다. "해줄 말이 없습니다. 따님에 대해 아는 것이 전혀 없어서."

이번에는 뒤시엘 씨가 일어나서 비욘의 큼직한 손을 움켜잡았다. 뒤시엘 씨가 험상궂은 얼굴을 하는 순간 문이 열리자 도움을 청하는 것처럼 프랑쉬나 수사반장을 향해 고개를 돌렸.

"왜 그러세요?" 수사반장이 물었다.

"아무 일도 아닙니다."

뒤시엘 씨가 뒤도 돌아보지 않고 황급히 방을 나가자 수사반장이 비욘을 쏘아봤다.

"당신은 딸을 찾는 불쌍한 아버지가 딱해 보이지도 않아요?"

"불쌍한 사람이 아니라는 걸 잘 아시면서……."

"지금 무슨 말을 하는 겁니까?"

"내가 한 말 그 이상도 이하도 아니오."

프랑쉬나 수사반장이 의혹의 눈길로 비욘을 쳐다봤다. 수사반장은 침묵으로 일관하는 비욘을 유치장으로 돌려보냈다. 다시 혼자가 되자 비욘이 심호흡을 했다. 꽉 쥐고 있는 주먹 안에서 공간이동의 진주가 마침내 불행은 끝났다고 중얼거리는 것 같았다.

9

우리의 위대한 사상가들 중 몇몇 사람은 데생 기술과 과학 기술은 양립할 수 없다고 주장하고 있다. 두 세상이 존재하는 것은 데생 기술과 과학 기술이 양립할 수 없다는 주장에서 비롯된다.

엘리스 밀 트루이프, 알제이트 아카데미 데시나퇴르 교수

"메시지를 잘 받았을까?" 살림이 걱정이 되는 얼굴로 물었다.

살림은 카미유, 마티유와 함께 시내에 있는 극장의 벽에 기대서 있었다.

카미유가 엄지손가락을 추켜올렸다.

"당연하지. 잘되고 있어."

"근데…… 카미유?"

카미유가 살림을 쳐다봤다. 명랑하던 살림이 근심스러운 표정이었다.

"왜 그래?"

"비온 형님이 나를 가만두지 않겠다던가, 뭐 그런 말 안 했어?"

카미유가 걱정스러운 얼굴로 답했다.

"붙잡히기만 하면 입을 꿰매버리겠다고 했던가……? 하여튼 그런 비슷한 암시는 했지."

카미유가 놀리고 있다는 걸 알아챈 살림이 안도의 숨을 내쉬었다. 그러나 마티유는 안심이 안 되는 얼굴을 하고 있었다. 그들은 곧장 경찰서로 향했다. 카미유는 비욘이 궁지에서 빠져나와 무사히 떠나는 걸 확인해야 마음 놓고 떠날 수 있을 것 같았다. 비욘이 시간을 오래 끌지 않고 공간이동의 진주를 사용할 것이기 때문에 그들도 서둘러야 했다.

마티유가 동생의 어깨에 팔을 얹었다. 어쩌면 이 길을 걷는 것도 마지막일지 모른다는 생각에 기분이 묘해진 마티유가 주위를 둘러보았고, 오빠의 생각을 읽은 카미유도 묘한 감정에 사로잡혔다.

카미유와 마티유, 살림은 경찰서 정문이 바라다보이는 작은 광장의 모퉁이 카페 테라스에 자리를 잡았다. 사람이 별로 다니지 않는 시간이었다.

마티유가 살림을 위해 샌드위치와 음료수 세 잔을 주문했다.

"어제 저녁부터 아무것도 안 먹었어." 살림이 말했다. "여러 가지 일이 생기니까 내가 다 식욕이 뚝 떨어지는 거야. 믿어져?"

"그럴 수 있지." 마티유가 고개를 끄덕이면서 공감한다는 표시를 했다.

"식욕이 떨어졌다면서 입은 여전히 살아 있네."

카미유가 놀렸다.

살림이 서운한 표정을 지었다.

"아! 이래도저래도 나는 이해받지 못하는 사람이구나. 이 무관심과 냉대! 누가 말했던가, 뿌린 만큼 거둔다고!"

마티유가 감탄의 휘파람을 불었다.

"와우, 멋진 표현이야."

"지금 이 상황과 아무 관계없는 말이거든!" 카미유가 전혀 개의치 않고 말을 잘랐다. "저기 좀 봐!"

카미유가 오빠의 팔뚝을 잡아서 경찰서를 가리켰다.

마티유와 살림이 고개를 돌리는 순간 경찰서 앞 차도로 진입하는 파란색 호송차가 보이는데 유리창에 철책이 쳐 있었다.

"저 차인가?"

살림이 말했다.

"가능성이 있어." 카미유가 나직한 소리로 말했다. "때가 된 것 같아."

빨간불이 들어오자 호송차가 정지했다. 그 순간 카미유는 앞좌석에 앉은 경찰관 두 명을 볼 수 있었다. 신호등이 초록 불로 바뀌고 다시 출발할 때 호송차가 심하게 흔들렸다.

처음에 그들은 차의 엔진에 이상이 있는 거라고 생각했지만 그게 아니라는 걸 금방 알아차렸다. 호송차 뒤쪽에서 우당탕…… 쿵!!! 요란한 소리가 났다.

그 소리에 놀란 경찰관 둘이 차를 멈추고 뛰어내리는 순간 뒷문이 활짝 열렸다. 비욘이 흡족한 얼굴로 나타났고, 그 뒤로 널브러진 경찰관 세 명이 보였다.

"아, 공기 좋다!" 비욘이 고함을 질렀다.

그러고는 비욘이 차도로 펄쩍 뛰어내렸다.

경찰관들이 총을 빼들고 비욘에게 뛰어갔다.

카미유는 이를 악물었다. 비욘은 왜 남몰래 사라질 생각을 하지 않는 걸까? 쥐도 새도 모르게 성공할 수 있는데! 카미유는 이미지네이션으로 들어갔다.

분명히 경찰관들이 비욘을 향해 총을 겨누고 있었는데…… 한 명은 권총 대신에 돌돌 만 신문지를, 다른 한 명은 말린 소시지를 들고 있었으니! 비욘이 동시에 두 경찰관의 멱살을 잡아서 박치기를 시켰고 그들이 쿵! 주저앉았다.

비욘이 돌아보자 언제 모였는지 그 장면을 구경하던 꽤 많은 사람들이 흠칫 물러섰다. 비욘이 호탕하게 웃었다. 그러고는 정중하게 허리를 굽히면서 우렁찬 목소리로 말했다.

"신사숙녀 여러분, 인사드립니다."

그러고 나서 갑자기, 비욘이 온데간데없이 사라졌다.

구경꾼들 속에서 일어나는 고함소리에 이어 경찰 사이렌이 울렸다.

"와. 멋지다!" 살림이 감탄했다. "영화의 한 장면 같아!"

"그래, 살림 네 마음에는 쏙 들기도 하겠다." 카미유가 핀잔을 주었다. "비욘이 하마터면 죽을 뻔했는데 그걸 멋지다고 생각하다니!"

"나는……"

"미안한데." 마티유가 끼어들었다. "우리도 여길 빨리 떠야 돼. 괜히 꾸물거리고 있다가 프랑쉬나 수사반장이라도 나타나서 너희를 알아보면 안 되잖아."

"맞다." 화제가 바뀐 것이 기쁜 살림이 동의했다. "빨리 가자."

그들은 조용히 일어나서 카페를 떠났다. 현장에는 구경꾼들과 경찰관들이 우글거리고 있었다. 세 사람은 공원으로 급히 발걸음을 옮겼다.

"이제 우리 차례인가?" 마티유가 물었다.

"응." 카미유가 대답했다. "준비됐지?"

"응, 준비됐어!" 살림이 대답했다.

"나도 준비됐어!" 마티유가 대답했다.

카미유가 이미지네이션으로 들어갔다.

메르윈은 두 번째 진주 덕분에 마티유가 비온과 함께 돌아올 수 있을 거라고 말했었다. 나에게 두 사람을 데려가는 능력이 있을까? 그렇지만 맨 처음 나의 축지술은 데생과 관계없이 일어나지 않았던가. 무한한 능력이 잠재되어 있다면…… 아무도 모를 일이 아닌가.

그들은 사라졌다.

검은 늑대

1

갈라드에게는 비욘의 가슴과 마니엘의 힘, 에드윈의 무술 능력이 있지만 유머가 없다. 그건 그냥 지나칠 수 없는 결점이다.

메르윈 릴 아발론

그들은 카미유가 머릿속에 새겨두었던 요새의 도서관에 유형화되었다. 에드윈 일행은 카미유와 마티유, 살림이 돌아올 때 도움이 필요할 경우를 대비해서 교대로 도서관을 지키고 있었다. 가죽으로 장정한 두꺼운 책을 읽고 있던 시암은 그들이 나타나자 사뿐히 일어나서 반갑게 맞았다.

"에윌란! 마침내 왔구나! 걱정하고 있었는데."

카미유가 활짝 웃었다. 애타게 기다렸다는 얼굴로 반갑게 맞아주는 시암을 보자 카미유도 기분이 좋아졌다.

"나도 여기 있는데!" 살림이 섭섭한 얼굴로 말했다.

시암이 사과하는 뜻으로 정중하게 허리를 굽혔다.

"미안해, 우리의 귀한 손님. 네가 너무 얌전하게 있으니까 알아채지 못했지 뭐야. 용서해주기 바란다. 여기는 네 오빠지, 에윌란? 나는 에드윈의 동생 시암이야."

시암이 마티유를 쳐다보면서 상큼한 미소를 보냈다. 예쁘게 땋은 금발, 커다란 회색 눈이 돋보이는 거무스레한 피부, 카미유는 시암이 아주 아름답다고 생각했다. 가녀린 몸매에도 불구하고 강인하면서도 우아한 느낌이 강하게 풍겼다. 카미유가 대답하려다가 갑자기 온몸이 굳었다.

이미지네이션이 열리고 있었다!

무슨 일이 일어나는지 알아채기도 전에 향기를 내뿜는 꽃다발이 마티유의 손에 나타나는 것이 아닌가! 카미유는 감탄해마지 않았다. 꽃다발은 데생으로 만든 것이 아니라 생화였으니! 요새 안에서는 데생이 불가능한데 오빠가 이미지네이션을 이용해서 어디인지도 모르는 곳에서 꽃을 찾아낸 것이었다. 그런 능력이 없다고 생각했던 오빠가 아닌가!

카미유는 물어볼 겨를이 없었다. 마치 천국에 이르러서 천사를 마주하고 있는 듯 마티유의 얼굴이 황홀경에 빠져 있었다. 마티유가 꽃다발을 내밀자 시암의 얼굴이 붉게 물들었다.

"내가 아키로, 아니 마티유야." 마티유가 꿈꾸는 듯한 목소리로 대답했다. "중요한 건 아니지만 아직은 아키로라는 이름이 낯설어서. 내가 늘 찾고 있던 것을 여기 와서 발견하게 될 줄은 생각도 못했어."

"뭘 찾고 있었는데?" 시암이 마티유의 눈을 뚫어져라 쳐다보면서 물었다.

"아름다움." 마티유가 대답했다. "우아함, 완벽함, 여성스러움, 절대미. 그 모든 걸 동시에 지닌……."

시암이 상큼하게 웃었다.

"살림, 좀 본받아. 오빠는 여자에게 어떻게 말해야 하는지 잘 알잖아!"

카미유는 가볍게 흘린 말이었는데 시암의 얼굴을 보니 마티유의 말에 감동을 받은 것이 역력했다. 카미유는 속으로 미소를 지었다. 시암 덕분에 오빠가 궨달라비르에 생각보다 쉽게 적응할 것 같았다.

"근데 비욘은 어디 있어요, 시암?" 카미유가 걱정스러운 얼굴로 물었다. "우리보다 10분 전에 떠났는데……."

"아니, 여긴 오지 않았어." 시암이 말했다. "내가 한 시간 전부터 이 방에서 책을 읽고 있었거든."

"말도 안 돼." 살림이 구시렁거렸다. "다른 데로 간 거 아닌가?"

카미유는 잠시 생각에 잠겼다.

"두옴 선생님은 어디 계세요?" 카미유가 물었다. "선생님에게 알려야 해요."

도서관을 나온 그들은 서둘러 두옴 선생님과 일행이 기거하는 곳으로 향했다.

가는 도중에 마주친 국경지대 주민들이 그들에게 정중하게 인사를 했다. 카미유는 시암이 요새의 영주 핸더 틸 일란의 딸로서보다는 그녀의 능력 때문에 사람들에게 존경을 받는다는 걸 알아차렸다. 카미유는 시암 덕분에 자신도 존중을 받고 있는 느낌이 들었다. 홀츠 킬 무이르트와 벌인 결투를 계기로 오랜 세월 국경지대에서 제국을 위해 싸워온 전사들이 카미유 편에 서지 않았던가. 무엇보다도 용맹을 존중하는 전사들은 카미유가 목숨을 잃을 위험을 무릅쓰고 결투에 응했다는 점을 높이 사고 있었다.

동생을 따라가면서 주변을 유심히 살피던 마티유의 눈길이 여러 번 시암에게 머물렀다. 요새는 건축가들의 전문지식을 토대로 데시나퇴르들이 놀라운 데생 기술로 만든 웅장한 건축물이었다. 미술에 조예가 있는 마티유는 특히 요새의 건축미와 크기에 감탄하지 않을 수 없었다.

그들이 막 현관을 나설 때 마침 에드윈과 엘라나가 들어오고 있었다.

"에윌란!" 엘라나가 외쳤다. "살림! 드디어 왔구나!"

살림이 마티유를 돌아보면서 말했다.

"봤지, 마티유 형? 내 존재를 기억해주는 사람들이 이렇게 있다니까……."

그렇게 말하다가 엘라나에게 던지는 마티유의 눈빛을 보면서 살림이 놀랐다.

"꽃다발을 다시 만들지그래?"

그러나 마티유는 늘씬한 몸매의 그림자걸음에게 홀린 것이 아니라 너무나 잘 어울리는 엘라나와 에드윈 커플에 대한 감탄이었다.

"아키로!" 에드윈이 마티유의 양 어깨에 두 손을 얹으면서 외쳤다. "너를 다시 보다니 정말 반갑구나. 퀜달라비르에 온 걸 환영한다. 에윌란, 예상보다 늦어져서 너희를 걱정하던 참이야!"

"생각보다 쉽지가 않았어요." 카미유가 말했다. "비욘이 걱정이에요. 우리보다 먼저 떠났는데 시암이 못 봤대요."

에드윈이 안심하라는 손짓을 했다.

"와 있으니까 걱정 마. 비욘이 공간이동의 진주를 사용해서 곧장 요새의 주방으로 왔다고 마니엘이 알려줬다. 지금 아마 닥치는 대로 먹어치우고 있을 거야."

카미유가 안도의 숨을 내쉬는 사이에 엘라나는 시암이 손에 든 꽃다발을 쳐다보고 있었다.

"도서관의 책 속에서 꽃이 피나?" 엘라나가 물었는데 놀리려는 것이 아니라 정말 신기해서 묻는 얼굴이었다.

볕에 그을린 시암의 얼굴이 붉게 물들었다. 잠시 머뭇거리던 시암은 잠자코 있기로 마음먹었다. 에드윈이 동생에게 놀라는 눈길을 던졌지만 아무 말도 하지 않았다.

바로 그 순간, 으르렁거리는 소리에 모두 돌아봤다. 두옴 선생님, 마니엘과 함께 오던 비욘이 살림을 발견하고 내지르는 소리였다.

"살림, 너 잘 만났다! 너를 묵사발로 만들어줄게!"

살림이 갑자기 불안한 얼굴이 되었다.

"모든 사람이 네 존재를 기억해주길 바라는 거 확실해?" 카미유가 기회를 놓치지 않고 놀렸다.

2

오늘날은 궨달라비르의 모든 아이가 에윌란 질 사이얀의 전설을 알고 있다. 극소수만 현실이 훨씬 아름답다고 생각한다.

도움 필 바티스, 제국의 연대기 작가

마티유는 이토록 유쾌한 사람들을 만난 적이 없었다.

허겁지겁 달아나면서 어딘가에 숨으려던 살림은 얼마 가지도 못하고 비욘에게 붙잡혔다. 살림을 머리 위로 답삭 들어올리고 빙글빙글 돌리면서 비욘이 고함을 질러댔다.

"배신자! 이기적인 거짓말쟁이, 교활한 녀석!"

그러고는 위협적인 말을 토해냈다.

"배신행위에 대한 대가를 치르게 해줄게! 그럼 네 꼴이 어떻게 되는지 알아? 아마 절벽에서 떨어진 생쥐라고 하면 딱 좋을 거다!"

질겁한 마티유는 살림을 어떻게 구해줘야 할지 궁리했다. 거구의 남자를 공격한다는 것은 경솔한 결정일 수 있었다.

"걱정하지 마." 엘라나가 마티유를 안심시켰다. "많이 보고 싶었다는 표시를 저런 식으로 하는 거니까."

그때 동생 카미유가 두옴 선생님을 묘사했던 모습과 일치하는 노인이 마티유에게 다가왔다. 범상치 않은 인상을 강하게 풍기는 노인은 비욘에게 들려서 공중에서 발버둥치는 살림에게 관심을 보이지 않는 것 같았다. 마티유에게 질문하고 싶어서 죽을 지경이지만 노인은 참고 있는 것이 역력했다. 마티유는 거인 마니엘을 보면서 유순한 표정과 차분한 목소리가 아니었다면 가히 공포감을 줄 만한 인물이라고 생각했다.

서로 인사를 나눈 뒤, 마티유는 일행의 안내를 받아 요새를 둘러보던 중에 국경지대의 영주 핸더 틸 일란과 마주쳤다. 영주가 마티유를 유심히 살펴본 뒤에 어깨에 손을 얹으면서 환영해주었다. 마티유는 조국으로 돌아온 게 실감이 났다.

"요새의 중요한 곳은 거의 다 봤어." 시암이 말했다.

비욘은 그새 또 배가 고픈지 마니엘과 함께 도중에 슬그머니 사라져버렸고, 에드윈과 엘라나는 다리를 약간 절뚝거리는 뮈르뮈르를 보살피러 갔다.

"비지를 방문하는 일이 남았지." 카미유가 말했다.

깜짝 놀란 두옴 선생님이 카미유를 쳐다봤다.

"불가능해. 네가 말했잖아, 아키로는……."

"오빠에게 능력이 전혀 없다고요? 그런 줄 알았는데 내가 잘못 생각한 거였어요. 안 그래요, 시암?"

마티유에게서 꽃다발을 받았던 시암이 고개를 끄덕였다.

"능력이 있는 건 확실한 것 같아요."

시암이 이유에 대해서는 구체적으로 말하지 않자 카미유가 윙크를 보냈다.

"비지?" 마티유가 어리둥절한 얼굴로 물었다.

"요새에서 가장 높은 탑 꼭대기에 있는 방이지." 두옴 선생님이 설명했다. "수준이 뛰어난 데시나퇴르들만 출입할 수 있는 곳이야. 내로라하는 데시나퇴르들이 시도했지만 출입 거부를 당하는 걸 여러 명 봤어."

"나는 데생에 대해서는 전혀 모릅니다." 마티유가 말했다.

마티유는 내가 지금 무슨 말을 한 거지? 하는 얼굴로 머쓱한 미소를 지었다. 미술학교의 친구들이 이 말을 들었다면…….

"그런 종류의 데생에 대해서는 모릅니다." 마티유가 말을 정정했다. "카미유가 데생하는 걸 봤는데 나한테는 낯선 것이었습니다. 내 능력은 그림의 색깔을 바꾸는 정도입니다. 동생을 만나기 전까지는 그것도 대단한 능력이라고 생각했는데 동생에 비하면 대수롭지 않은 수준이죠!"

그 말에서 질투심은 전혀 느껴지지 않았다.

"두옴 선생님, 그래도 오빠를 테스트할 필요가 있다고 생각하지 않으세요?" 카미유가 제안했다.

"어쩌면 희망이 생길 수도 있는데 당연히 그러고 싶지. 그런데 지금은 분석할 도구를 갖고 있지 않아."

"그래서 비지를 생각한 거예요." 카미유가 말했다. "아까 내가 축지술을 사용해서 두 사람이나 데려왔는데 아무 문제가 없었어요. 어쩌면 오빠가 자신도 모르게 나를 도와준 걸지 몰라요."

"데생 기술이 가장 중요한 것처럼 과장하지 마!" 시암이 끼어들었다. "나는 데생할 줄 모르지만 아주 행복하게 살고 있으니까."

마티유가 고마워하는 눈길을 보내자 시암이 말을 이었다.

"나는 검으로 적을 물리치면서 위기를 벗어나곤 했어. 그중에는 데시나퇴르도 있었다고!"

마티유의 불안을 알아채지 못한 두옴 선생님이 결정을 내렸다.

"그래, 비지로 가보자. 금방 알게 되겠지."

그래서 그들은 사과나무가 있는 마당으로 나갔다. 탑을 발견한 마티유가 휘파람을 불었다.

"와, 엄청 높다!"

"그건 내가 잘 알지!" 살림이 한마디했다. "마티유 형은 들어갈 수 있을지 모르니까 올라가보든가. 시암, 밑에서 기다릴 거죠?"

"싫어!" 시암이 대답했다. "어떻게 되는지 보고 싶어. 어릴 적에 그놈의 문으로 들어가고 싶어서 얼마나 노력했는지 몰라. 거의 강박관념이 될 정도였어. 온갖 방법을 다 써봤지만 번번이 실패했지. 하지만 나는 아직도 비지에 들어가는 꿈을 꿔. 내 마음 이해하겠니?"

그들은 벽에 바짝 붙어서 가능한 한 아래쪽을 보지 않으려고 애를 쓰면서 오르기 시작했다. 숨이 차서 헐떡이는 두옴 선생님이 여러 번 쉬어야 했기 때문에 층계참까지 이르는 데 30분쯤 걸렸다. 몇 미터 앞에 파란빛의 장막이 문을 가로막고 있었다.

"여기야?" 마티유가 물었다.

"아니, 비지는 맨 꼭대기에 있는 방이야." 카미유가 대답했다. "저 빛은 일종의 문이라고 할 수 있는데 무시해도 돼."

"그냥 머리로 벽을 쿵, 받아버리면 돼." 살림은 한술 더 떴다.

시암이 깔깔대고 웃었지만, 카미유는 어깨를 으쓱했다.

"살림의 말에 신경 쓸 필요 없어. 잘 봐, 아주 쉽다니까."

카미유가 앞으로 나서더니 주저 없이 빛의 장막을 통과했다.

"봤지?" 카미유가 다시 빛의 장막을 나오면서 말했다. "전혀 위험하지 않아."

그러나 마티유는 반신반의하는 얼굴이었다.

"에윌란만큼 쉽게 통과한 적은 없지만 내가 먼저 해보마." 두옴 선생님이 나섰다.

두옴 선생님이 파란빛의 장막 앞에 다가서서 심호흡을 하더니 한 발짝을 떼었다.

처음에는 빛의 장막이 거부하는 것 같더니 마치 점액 속에 갇힌 것처럼 두옴 선생님이 천천히 움직이다가 마침내 장막을 통과했다.

"이렇게 간단할 줄은 몰랐는데!" 두옴 선생님이 마티유에게 말했다. "네 동생은 정말 특별한 아이야! 나는 여기서 기다리마. 장난 삼아 들어온 게 아니니까."

"겁쟁이로 보이고 싶지 않지만 이 파란빛은 겁이 나네요." 마티유가 말했다.

"정말?" 시암이 깜짝 놀라는 얼굴을 했다.

마티유가 시암을 힐끔 쳐다보고 나서 어깨를 쫙 폈다.

"그래도 한 번 해볼게."

마티유가 이를 악물고 두옴 선생님 쪽으로 한 발짝을 떼었다. 그런데 정말 놀랍게도 빛의 장막 너머 두옴 선생님 옆에 와 있었다.

"해냈어요!" 마티유가 믿기지 않는 얼굴로 외쳤다.

두옴 선생님이 걱정과 기쁨이 섞인 눈으로 마티유를 쳐다봤다.

"아니, 전혀 그렇지 않아." 두옴 선생님이 말했다.

"그게 무슨 말씀이세요? 제대로 왔는데요."

"그렇지, 하지만 너는 빛의 장막을 통과한 게 아냐. 너는 그것보다 훨씬 힘든 축지술을 사용한 거니까."

마티유는 아직 층계참에 있다고 생각하면서 눈으로 동생을 찾았는데 카미유는 바로 옆에 와 있었다. 자랑스러움으로 가슴이 벅찬 카미유는 오빠를 꼭 끌어안았다.

"오빠, 축하해, 그런 줄도 모르고 내가 멍청했어."

두옴 선생님이 헛기침을 했다.

"이 테스트가 믿을 만한 건지 모르겠지만 너에게 능력이 있다는 건 명백한 듯싶구나."

마티유는 축지술을 사용하게 된 것이 기쁘지만 감정을 드러내지 않았다.

"이런 장치를 설치해놓은 이들을 비판할 생각은 아니지만 축지술을 사용해서 비지로 들어갈 수 있을 뿐만 아니라 원하는 사람까지 데리고 들어갈 수 있다면 이 장막은 무용지물인 것 같은데요."

두옴 선생님의 얼굴에 잠시 의혹의 빛이 감돌다가 다시 평온해졌다.

"일리가 있는 말이지만," 두옴 선생님이 말했다. "너는 중요한 걸 모르고 있어. 데생 능력이 없는 사람이 비지로 들어가는 건 절대로 불가능하거든. 누구를 막론하고."

마티유가 동생에게 윙크를 보내고 나서 사라졌다가 다시 시암 옆에 나타났다.

"축지술이 걷는 것만큼 쉽다는 걸 이제 알겠지?"

카미유가 물었다.

"사람마다 다르겠지." 마티유가 대꾸했다.

마티유가 귀에 대고 뭐라고 속삭이자 시암이 주의 깊게 듣고 있다가 고개를 끄덕였다. 시암의 얼굴이 밝아졌지만 약간 불안해하는 것 같았다. 마티유가 시암의 허리를 잡았다. 갑자기 그들이 온데간데없이 사라지고 없었다.

"요즘 젊은애들은 정말이지!" 두옴 선생님이 구시렁거렸다. "한 가지 성공하면 뭐든 다할 수 있다고 생각한단 말이야. 도대체 시암을 어디로 데려간 거지?"

몇 계단 위에서 마티유의 목소리가 울렸다.

"우리 여기 있어요. 시암이 비지에 들어가보는 것이 꿈이라고 했잖아요."

"내가 그건 불가능하다고 말했는데!" 두옴 선생님이 소리쳤다.

"우리 세상에 이런 말이 있어요." 마티유가 말했다. "'그들은 불가능이란 걸 몰랐고, 그래서 해냈다.' 멋지지 않아요?"

오빠의 말을 들으면서 카미유는 비지로 이르는 계단을 뛰어올라갔고, 두옴 선생님의 감탄하는 눈길을 보지 못했다.

"정말 놀라운 가족이야……."

낮에 보는 풍광은 밤에 볼 때보다 훨씬 눈이 부셔서 카미유는 얼이 빠졌다. 마티유도 거의 황홀경에 빠져 있었다. 두옴 선생님까지 감격할 정도였다.

그러나 가장 행복한 사람은 시암이었다. 시암은 경탄하는 얼굴로 얼음 국경을 응시하다가 고개를 돌려 샤알 평원과 아스타리울 고원을 바라보면서 연거푸 탄성을 자아냈다.

"저기!" 시암이 갑자기 외쳤다. "독수리!"

그들은 시암이 가리키는 방향으로 돌아섰다. 독수리 한 마리가 비지에서 10여 미터 떨어진 하늘을 맴돌고 있는데 그들을 본 체도 하지 않았다.

"와, 굉장히 크다!" 마티유가 탄성을 질렀다. "저렇게 큰데 날 수가 있다니!"

"오빠가 아직 담므의 영웅을 못 봐서 그래."

카미유가 끼어들었다.

"담므의 영웅이 뭔데?"

"드래곤."

"아, 너한테서 들었던 기억이 난다. 근데 난 너무 황당해서 믿지 않았어." 마티유가 말했다.

"우리 세상에는 이런 말이 있지." 두옴 선생님은 금방 복수할 기회를 갖게 된 것이 흡족한 얼굴로 마티유가 한 말을 그대로 흉내 냈다. "'그들은 드래곤이 존재한다는 걸 몰랐고, 그래서 드래곤을 만났다.'"

마티유가 미소를 지었다.

"무슨 말씀인지 알겠습니다. 앞으로는 말조심하겠습니다."

비지에서는 모든 사물이 커 보이는 특성이 있기 때문에 시암의 도움이 필요했다. 그들은 국경지대를 훤히 알고 있는 시암 덕분에 눈부신 햇살이 연출하는 풍광을 즐길 수 있었다.

두옴 선생님이 마지못해서 파노라마로 펼쳐지는 경관에서 눈을 뗴었다.

"우리는 영주님의 점심 초대를 받았어. 늦으면 곤란하니까 빨리 내려가야겠다."

마티유는 축지술로 시암을 데리고 빛의 장막을 넘었고, 뒤이어 카미유와 두옴 선생님도 층계참으로 나왔다.

"맙소사!" 카미유가 아연실색했다. "살림! 내가 살림을 까맣게 잊고 있었어."

아무리 둘러봐도 살림이 보이지 않았다.

"난 정말 이기적인 애야." 카미유가 자책했다. "살림이 혼자 남아 있다는 걸 한순간도 생각하지 않았어."

"하지만 왜 너를 부르지 않았을까?"

마티유가 물었다.

"마음의 상처를 받았기 때문일 거야. 살림은 늘 말이 많은데 입을 다물어버렸다는 건……."

카미유가 층계를 황급히 내려갔다.

카미유는 얼마 전에 결투를 벌였던 경기장의 낮은 담에 걸터앉아 있는 살림을 발견했다. 살림이 발소리를 듣고 고개를 들었지만 아무 말도 하지 않았다. 살림 앞에 선 카미유는 무슨 말로 사과해야 할지 궁리하면서 꼼짝 않고 있다가 말했다.

"미안해, 살림. 내가 정말 이기적으로 행동했어. 용서해줘."

"부당해." 살림이 중얼거렸다.

"알아, 살림. 정말 미안해……."

"아니, 내가 준비했던 말을 한마디도 꺼내지 못하고 있는 게 부당하다는 거야. 네가 나를 잊었기 때문에 나와버렸고, 화가 나서 원망하고 있었어. 그런데 막상 너를 보니까 난 아무 말도 못하고 있어. 네가 옆에 있는 순간부터 나는 행복하단 말이야. 정말 너무 부당해."

"난 네가……." 카미유는 말을 못하고 있었다.

"됐어." 살림이 담에서 펄쩍 뛰어내리면서 말했다. "밥이나 먹으러 가자."

살림이 팔을 잡아끌자 카미유는 말없이 따라갔다. 카미유는 가슴이 콩닥콩닥 뛰었다.

얼마 후, 카미유는 이상한 느낌 때문에 잠을 깼다. 뭔가 중요한 일이 일어났는데 주의를 기울이지 않은 것 같았다. 카미유는 그날 하루의 일을 하나하나 떠올리면서 놓쳐버린 것이 없는지 돌이켜보다가 갑자기 깨달았다. 오빠가 축지술을 사용했는데…… 그게 다가 아니었다. 아, 그거야! 오빠는 전혀 모르는 곳인데도 축지술을 사용할 수 있어!

3

길드에 속한 일원이 추천하면 그림자걸음으로 입문할 수 있지만 3년 동안 우리의 비밀을 전수받는 수련을 마친 뒤에야 인정을 받는다.

엘룬드릴 샤리아킨, 전설의 그림자걸음

식사하는 동안 화제의 중심은 마티유였다. 알탄과 엘리시아는 국경지대에 잘 알려져 있는 데다 존경받는 인물들이었기 때문에 부부의 아들이 돌아왔다는 것은 경사나 다름없었다. 사람들은 데생 능력이 없는 마티유가 축지술로 비지에 들어간 것에 대해 말하면서 동생과 마찬가지로 마티유도 부모의 뛰어난 재능을 물려받은 것이라고 입을 모았다.

마티유가 사람들이 생각하는 것만큼 재능이 뛰어나지 않다고 주장했지만, 다들 겸손으로 여겼다. 마침내 요새의 영주가 몸을 약간 뒤로 젖히고 팔짱을 꼈다.

"앞으로의 계획은?"

틸 일란 영주가 우렁찬 목소리로 물었다.

"오빠와 저는 가능한 한 빨리 남쪽으로 떠날 생각입니다."

카미유가 대답했다.

"살림이 여전히 우리와 동행할 마음이 있고, 엘라나가 반대하지 않는다면 같이 가고 싶어요. 부모님이 알린 군도에 억류되어 있다는 걸 알았기 때문에 하루라도 빨리 구해야 합니다."

틸 일란 영주가 당연히 그래야지, 하는 얼굴로 고개를 끄덕였다.

"숭고한 임무지만 아주 위험할 것이다. 알린족은 남대양을 누비고 다니는 해적들인데 군도로 들어가서 네 부모님을 구할 방법이 있을지 걱정이구나."

"어떻게든 방법을 찾을 겁니다."

마티유가 단언했다.

다시 한 번 영주가 고개를 끄덕였다.

"물론 그래야지. 사나이는 모름지기 말이 아니고 행동으로 평가되는 법이지. 나는 엘레아 릴 모리엔발이 갑자기 도망치듯 사라진 것이 바로 자신의 죄를 시인한 것이라고 황제에게 알렸다. 황제께서 내 능력껏 너희를 도와주라는 분부를 내리셨다. 그 모험에 너희들만 뛰어들 생각이니? 아니면 원정대를 받아들일 생각이니?"

"우리 없이는 안 될 겁니다!"

비욘이 주먹으로 탁자를 내리치면서 외쳤다.

"나도 가겠습니다!"

마니엘이 말했다.

"나도 가겠소!"

두옴 선생님도 나섰다.

틸 일란 영주가 에드윈을 향해 고개를 돌렸다.

"그럼 내 아들, 너는?"

"우리는 에윌란에게 빚이 있습니다." 에드윈이 차분한 목소리로 말했다. "이제는 우리가 에윌란을 도울 수 있습니다. 에윌란과 동행할 이유는 그것으로 충분하며, 에윌란의 어머니에게 내 명예를 걸고 약속했습니다. 끝까지 에윌란과 함께하겠다고."

카미유의 어깨에서 무거운 짐 하나가 사라졌다. 에드윈이 늘 도와주겠다고 말했지만 공개적으로 표명하는 것과는 차이가 있었다. 에드윈이 함께 있다는 것만으로도 미래는 희망적이었다.

"나도 살림을 데리고 가겠어요." 엘라나가 카미유에게 윙크를 보내면서 말했다. "이 말썽꾸러기 살림의 미래는 나중으로 미루는 거죠."

카미유가 안도의 숨을 내쉬었다. 일행이 재편성되고, 모든 것이 잘되고 있었다.

핸더 틸 일란 영주가 말을 이었다.

"너희는 정말 용맹한 전사들의 호위를 받고 있구나. 그렇지만 이 정도로는 충분하지 않아. 전쟁은 끝났지만 아직은 도처에 위험이 도사리고 있다. 제국 군대를 따라다니면서 농작물을 훔치거나 노략질을 일삼는 강도들은 황제가 머지않아 응분의 조치를 내리리란 걸 알고 마지막 기승을 부릴까 걱정이 된다. 따라서 우리 국경지대의 전사 두세 명이 알제이트까지 경호해주겠다."

카미유는 요새의 전사들이 얼마나 뛰어난지 잘 알고 있었다. 틸 일란 영주가 제안하는 호위대는 거의 확실한 안전을 보증하는 것이나 다름없었다.

그때 갑자기 시암이 외쳤다.

"제가 자원하겠습니다. 아버지, 에윌란과 아키로를 기꺼이 따라가겠어요."

"딸아, 충분히 생각하고 말하는 거니?" 핸더 틸 일란 영주가 눈살을 찌푸리면서 물었다.

"제가 아버지 수하의 전사들 못지않게 뛰어나다는 걸 의심하시나요?" 시암이 침착하게 말했다. "만약 그렇다면 그 전사들과 대결하겠어요. 그러면 그들이 나를 이길 가능성은 전혀 없다는 걸 알게 되실 테니까요. 저는 깊이 생각하고 말씀드리는 겁니다. 그리고 국경지대 영주의 딸이 우리 국민의 빚을 갚는 데 아무런 기여도 하지 않았다는 말을 듣는 일은 결코 없을 테니까 염려하지 마세요."

영주는 생각에 잠긴 얼굴로 수염을 어루만지고 나서 입가에 미소를 머금고 말했다.

"늘 그랬듯이 내가 반대할 수 없게 만들어놓고 네 뜻을 이루는구

나. 네 말은 너의 검 못지않게 위협적이야. 아주 대견하구나. 그래, 너도 동행하여라."

오후 내내 다음 날 아침 출발을 준비하느라고 모두 바빴다. 에드윈과 엘라나는 말들을 살폈고, 살림은 수레를 점검했다.

비욘과 마니엘이 앞으로 먹을 식량을 준비하기 위해 요새의 주방을 뒤지자 두옴 선생님은 꼭 필요한 것만 챙기라고 나무랐다.

시암은 마티유와 카미유를 마구간으로 데려갔다. 카미유는 아쿠아렐을 만나고 싶어서 죽을 지경이었고, 시암은 마티유에게 말을 골라줄 생각이었다.

"난 안장에 엉덩이를 대본 적도 없어." 마티유가 말했다. "그런 내가 어떻게 말을 타고 수백 킬로미터를 달릴 수 있겠어?"

"처음에 말을 탈 때 나도 오빠처럼 생각했어." 카미유가 안심시켰다. "하지만 금방 말을 탈 수 있었고, 그 이유를 알았지."

"이유가 뭔데?"

"어머니는 우리가 다른 세상의 상황에 적응하기 쉽게 하려고 우리의 기억을 지워버렸어. 우리의 뇌는 말 탈 수 있다는 걸 잊었지만 우리의 몸이 기억하고 있어."

시암이 마티유에게 얼룩빼기 종마를 보여주었다.

"이 말의 이름은 팽소야. 아주 순한 말이라서 둘이 잘 통할 거라고 확신해."

마티유는 의심스러워하는 얼굴이지만 용기를 냈다. 시암이 하라는 대로 팽소의 등에 안장을 얹고 올라탔다.

"어때?"

그사이에 아쿠아렐에 올라탄 카미유가 물었다.

"네 말대로 익숙한 느낌이 들고, 아주 편해. 우리 근처를 한 바퀴 돌아볼까?"

시암도 재빨리 자신의 말에 안장을 얹었다. 마티유와 카미유, 시암은 말을 타고 요새를 나갔다.

그들이 돌아왔을 때 살림이 마구간 옆에서 기다리고 있었다. 궨달라비르로 돌아온 뒤로 살림은 즐겁게 생활하려고 노력했지만 마음은 그렇지 않았다. 카미유는 마티유와 시간을 보내고 있고, 비욘과 마니엘은 붙어 다녔고, 엘라나는 살림의 그림자걸음 교육을 다시 시작하지 않고 있었다. 에드윈의 동생 시암은 그들 속에 자리를 쉽게 찾은 반면에 살림은 점점 소외되는 느낌이 들었다.

살림이 던지는 질투 어린 눈길을 알아챈 시암이 다가왔다.

"부탁이 있는데 도와줄래?"

"뭔데요?"

"몇 달 전에 조련을 끝낸 망아지 한 마리가 있어. 이제는 거의 다 컸는데 라이족과의 전쟁 때문에 아무도 그 말을 탈 겨를이 없었거든. 네가 알제이트까지 그 말을 타고 가면 좋겠는데……."

살림의 얼굴이 밝아졌다.

"나더러 그 말을 타라고요?"

"왜, 싫어?"

"아니, 내 말은 좋다는 거죠."

시암이 옅은 밤색 말을 데려왔는데 눈빛이 영리해 보였다. 말의 목덜미를 쓰다듬어준 다음 마티유만큼 능숙하게 올라탄 살림이 신이 나서 어쩔 줄 몰라했다.

"너무 멋져요!" 살림이 고함을 질러댔다. "이 말을 타고 달나라도 갈 수 있을 것 같아요."

"말의 귀에 대고 그렇게 소리를 지르면 낙마할 위험이 있어." 시암이 주의를 줬다.

"알았어요, 조심할게요!" 살림이 얼른 속삭이는 소리로 물었다. "이름이 뭐예요?"

"아직은 이름이 없어. 네가 지어줄래?"

살림은 대뜸 말했다.

"깜찍이! 깜찍이라고 할래요."

마티유가 잘 어울리는 이름이라는 뜻으로 고개를 끄덕였고, 살림이 자랑스러운 카미유는 미소를 지었다.

저녁 늦게 카미유와 마티유는 시야가 탁 트인 테라스에 단 둘이 있었다.

"내가 데생할 줄 몰라서 실망했어?"

마티유가 물었다.

"아니, 난 이렇게 오빠랑 같이 있는 것으로 충분해."

"나에게는 분명히 데생 능력이 없는데 내가 아까 꽃다발을 만들었어. 그건 어떻게 생각하니?"

"오빠는 그 꽃다발을 데생으로 만든 게 아냐. 내가 꺾어봤는데 분명히 생화였어. 오빠가 원했기 때문에 나타난 건데 오빠가 그걸 어떻게 한 건지는 나도 설명해줄 수가 없어. 하지만 오빠에게는 특별한 능력이 있어. 오빠는 다른 누구도 실현할 수 없는 걸 할 수 있으니까. 오빠는 축지술을 사용해서 전혀 모르는 곳으로 이동했잖아. 그건 대단한 능력이야. 어쩌면 우리가 알지 못하는 능력이 계속 나타날지도 몰라. 두옴 선생님도 데생 기술의 모든 잠재력을 파악하고 있는 것은 아니니까."

 마티유가 어깨를 으쓱하는 것으로 또 어떤 잠재력이 있는지 빨리 알고 싶은 마음이 없다는 표시를 했다. 마티유는 어두워지는 동쪽 하늘과 붉은빛과 황금빛 노을이 진 서쪽 하늘을 응시했다.

 "부모님을 찾을 수 있을까?"

 "물론이지."

 카미유가 힘주어 말했다.

 카미유가 손가락으로 지평선을 가리키면서 덧붙였다.

 "부모님이 저쪽에 계셔. 그 무엇도 우리를 막지 못해!"

4

알탄과 엘리시아 질 사이얀이 억류되어 있다는 것은 츨리쉬들과 엘레아 릴 모리엔발이 홀츠 킬 무이르트의 도움을 받아서 저지른 짓이 분명하다. 반역자 엘레아 릴 모리엔발이 알탄과 엘리시아를 죽일 계획을 세우고 감금했지만, 엘레아가 접근하지 못하는 것은 그 부부가 죽지 않았다는 것이다.

도움 필 바티스, 제국의 연대기 작가

요새를 떠난 지 사흘째 되는 날 처음으로 그들은 전쟁터를 지나게 되었다. 숲이 울창한 언덕에 둘러싸인 넓은 초원인데 초식동물이나 포식동물이 무리를 지어 살 법한 평온한 곳이었다.

인간 군대와 라이족 군대가 치열하고 처절하게 싸운 현장이었다. 땅바닥이 피로 젖어 있고, 여기저기 시체가 널려 있었다. 산산조각이 난 갑옷, 투구, 부서진 무기, 새와 동물들이 뜯어먹다 남긴 시체도 보였다.

원정길의 시작은 유쾌했다. 이동 생활에 익숙해진 그들은 잠시 휴식을 취할 때나 야영지에 이르렀을 때 각자 자신이 맡은 임무를 알았다. 마티유와 시암도 아주 자연스럽게 동화되었다.

에드윈의 동생 시암은 원정을 나서는 것이 처음이 아니었다. 어릴 적부터 요새의 전사들을 따라 원정길에 올랐기 때문에 시암은 그 지역을 잘 알았다. 동지애와 신의로 똘똘 뭉친 이들의 생활방식이 마음에 드는 마티유는 아주 행복했다. 그리고 시암에게 반한 것이 역력했다.

비욘은 카미유의 눈총을 받으면서도 사랑에 빠진 마티유를 짓궂게 놀렸다. 마티유를 정말 좋아하지만 비욘은 성격상 도저히 입을 다물 수 없었던 것이다. 그러나 엘라나가 보다 못해 비욘의 귀를 움켜잡았다.

"어떻게 해줄까요? 이 귀를 뽑아버려야 정신 차릴래요?" 엘라나가 거칠게 귀를 잡아 비틀면서 물었다.

비욘은 고통의 비명을 지르면서 간신히 빠져나왔고, 아침나절 내내 귀를 주물렀다. 그 뒤로는 마티유가 시암에게 눈길을 보내거나 말거나 아무도 아는 체하지 않았다.

한동안 분위기가 좋지 않아서 농담을 하거나 웃을 일이 없었다.

처참하게 죽은 시체들 옆을 지나가면서 카미유는 차마 볼 수가 없어서 여러 번 눈을 감았다. 에드윈까지 격전이 벌어졌던 중심지를 피해 우회하기로 결정할 정도였다.

"전쟁이란 참혹한 거야. 그런데 더 나쁜 것은 저들이야!"

에드윈이 손가락으로 가리켰는데 저 멀리 풀밭에서 바쁘게 움직이는 실루엣들이 보였다.

"이름만 인간인 도둑 떼야. 군대를 따라다니다가 전투가 끝난 뒤에 죽은 자들의 몸을 뒤져서 노략질하는 파렴치한 놈들이지. 저들의 눈에 띄는 부상병들은 불행한 최후를 맞게 돼. 반지나 갑옷을 빼앗기 위해 서슴지 않고 죽여버리니까."

제국을 위해 수없이 참전했던 마니엘이 참을 수가 없다는 듯 내뱉었다.

"우리가 해치우죠? 10여 명밖에 안 되는 것 같은데요."

비욘이 강력하게 동의했지만, 에드윈은 딱 잘라버렸다.

"어림없는 소리! 우리 눈에 보이는 것이 10여 명이지 궁지에 몰리면 위협적으로 돌변해서 떼거리로 몰려올 수 있어. 저들을 소탕하는 것은 제국의 정예군이 할 일이지 우리가 아니다."

그들은 계속 전진했고, 마티유는 구토증으로 괴로워했다. 텔레비전이나 신문을 통해 전쟁터의 모습과 학살 장면 등을 봤지만, 죽기 살기로 싸운 처참한 현장을 두 눈으로 직접 보고 있자니 마음이 불편했다.

게다가 마티유는 시암의 태도 때문에 놀랐다.

시암은 피비린내 나는 전쟁터를 보면서도 눈썹 하나 까딱하지 않았고, 마니엘이 도둑 떼를 공격하자고 하자 검의 손잡이를 만지작거리면서 냉소적인 미소를 지었다.

마티유는 시암의 우아함이 경솔한 남자들을 유혹하기 위한 함정은 아닌지, 여자라기보다는 야수가 아닌지 의문이 들었다.

마치 그 생각을 알아챈 것처럼 시암이 고개를 돌리고 그윽한 눈길로 쳐다봤다. 그 순간 불안과 의혹이 눈 녹듯 녹아버린 마티유는 그녀에게 가까이 가기 위해 말에 박차를 가했다.

어둠에 잠겨 있던 과거의 반사운동 감각이 되살아나면서 카미유가 예상한 대로 마티유는 숙련된 기사의 모습을 보이고 있었다.

살림은 힘들었다.

깜찍이는 온순하고 차분해서 걸음이 일정한 말이었다. 그렇지만 살림은 이내 엉덩이와 허벅지 근육에 통증이 일었다. 몇 시간쯤 말을 타고 달리다보니 자세를 어떻게 취해야 할지 알 수 없었고, 첫째 날 저녁이 되자 체면을 구기는 한이 있더라도 말을 포기하고 싶었다.

다음 날 아침에는 도저히 참기 힘들 정도로 엉덩이가 아팠다. 포기할 생각을 하던 살림은 비욘이 어찌나 놀려대는지 자존심이 상해서 이를 악물고 말에 올랐고, 가까스로 버텼다.

사흘 후, 편안한 건 아니지만 살림은 차츰 기사의 모습을 보이기 시작했고, 근육도 단단해지고 있었다. 그렇지만 에드윈이 저녁에 휴식을 취한다고 했을 때 안도의 숨을 내쉬었다. 살림이 카미유에게 다가갔다.

"누나야, 알제이트까지 축지술로 가는 게 어떨까? 내 엉덩이의 살가죽을 보호하기 위해서라도."

"그런 모험은 할 수 없어. 그리고 능력을 남용하지 말아야 한다는 걸 느껴. 내가 데생을 할 때는 현실을 속이는 거야. 무엇보다도 놀이라고 생각하면 안 돼. 위급할 때는 데생 기술을 사용하지만 지금은 전혀 급하지 않아. 엘레아 릴 모리엔발이 자유의 몸이 되었으니 음모를 꾸미고 있겠지. 하지만 메르윈이 부모님은 전혀 위험하지 않다고 단언했어. 나는 메르윈을 믿어. 그래서 우리는 다른 사람들과 마찬가지로 말을 타고 이동할 거야. 알았지?"

"나는 그러고 싶은데 내 엉덩이가 거부해서 말이야."

카미유는 하늘을 쳐다보다가 어이없는 웃음을 터뜨리고 말았다.

얼마 후, 원정대는 모닥불 주위에 모여 앉았다. 비욘이 전쟁터에서 주워온 부서진 수레의 널빤지들로 피운 불이 훨훨 타오르고 있어서 밤의 냉기를 몰아내는 것 같았다.

에드윈이 불침번 차례를 정하고 있을 때 멀지 않은 곳에서 말 한 마리가 거칠게 콧숨을 내뿜었다. 에드윈이 검의 손잡이를 잡았다.

"무슨 일이에요?" 마티유가 물었다.

시암도 이미 칼을 뽑아들었다.

그녀의 동작은 번개같이 빨랐다. 칼집을 나오는 금속 소리와 거의 동시에 어디선가 활시위를 떠난 화살이 그들을 향해 어둠 속을 날아왔다. 그 순간 마티유 코앞에서 시암의 검이 공기를 갈랐고, 화살은 마티유 발치에 맥없이 떨어졌다.

"불!" 에드윈이 고함을 질렀다.

엘라나가 양손에 단검을 쥐고 앞으로 나갔다. 또 하나의 화살이 엘라나의 머리를 지나 수레에 꽂혔고, 연달아 화살 두 개가 날아왔다. 카미유는 이미지네이션으로 들어갔다.

불! 불을 꺼야 했다. 불빛 때문에 공격자들이 그들을 정확하게 조준하고 있었다. 심장이 두방망이질 치는 카미유는 가까이 지나가는 첫 번째 이미지를 낚아챘다. 그 순간 뭔가가 터지는 것 같은 소리가 나면서 하늘에서 폭우가 쏟아졌다.

소나기 정도가 아니라 날아다니는 물탱크에서 엄청난 양의 물이 쏟아지는 것 같았다.

불은 즉시 꺼졌다. 그 충격으로 나자빠진 카미유는 삽시간에 진창이 된 땅바닥에 엎어졌다.

깜깜한 어둠 속에서 고함소리에 이어 검들이 부딪치는 금속성 소리가 요란하게 울려 퍼졌다.

반쯤 녹초가 된 카미유는 엎어진 채로 꼼짝할 수가 없었다.

"빛! 빌어먹을!" 에드윈이 소리쳤다.

카미유가 인상을 쓰면서 이미지네이션으로 들어갈 준비를 할 때였다.

"나한테 맡겨, 에윌란. 내가 할게."

두옴 선생님의 목소리였다. 진창에 엎어진 자세라서 머리끝부터 발끝까지 흙투성이였지만 카미유는 데생을 할 수 있었다. 주위가 환해졌다. 열두 명이 공격하고 있었다. 어둠을 이용해서 기습하던 놈들이 작전이 실패하자 당황한 것 같았다.

물에 빠진 생쥐 같은 모습으로 다섯 명이 버티고 있는데 아무도 자진해서 싸우고 싶지 않을 정도로 끔찍한 몰골이었다.

에드윈은 아주 침착하게 전투를 지휘했다. 에드윈 뒤에서는 비욘과 마니엘이 마치 밀을 베듯 무기를 휘둘렀고, 그 옆에서는 엘라나와 시암이 위협적인 무술을 보이고 있었다. 시암이 검을 다루는 솜씨는 오빠 에드윈 못지않았다. 나이와 키, 여자라고 얕잡아보고 시암을 선택한 놈들이 이내 후회를 했다. 1분도 지나지 않아서 적들이 픽, 픽 쓰러지자 비욘이 승리의 노래를 부르기 시작했다.

그들 뒤에서 두 놈이 다시 나타났는데 활을 들고 있었다. 간신히 진창에 일어나 앉아 있던 카미유가 스파이럴 안으로 들어가려고 했지만…… 그럴 필요가 없었다.

마티유가 활을 들고 있는 자의 등 뒤로 유형화되었다. 마티유는 비욘이 땔감으로 주워온 널빤지 하나를 휘두르다가 있는 힘을 다해서 머리를 내리쳤고 놈이 푹 고꾸라졌다. 또 한 놈이 빙글 돌면서 화살을 날렸지만, 멀리 허공으로 날아가고 말았다. 마티유는 이미 사라지고 없었다.

놈이 마티유를 찾을 겨를도 없이 커다란 덩치가 달려들었다. 깜짝 놀란 카미유는 동물이라는 걸 알아봤다. 개? 어디서 나타난 거지?

싸움은 끝이 났다. 열 명의 적이 진창에 널브러져 있는 반면에 원정대는 부상당한 사람이 아무도 없는 것 같았다. 남은 두 명이 재빨리 줄행랑쳤다.

카미유가 힐끔 주위를 둘러봤다. 마티유는 두옴 선생님을 부축해 일으키고 있었고, 에드윈과 다른 일행은 무기를 닦았다. 진흙투성이가 된 두옴 선생님이 어리둥절한 얼굴로 아무 말도 않다가 활짝 웃었다.

"에윌란, 꼭 그렇게 엄청난 물을 쏟아부어야겠니?"

카미유는 부끄러움으로 얼굴이 달아오르는 것 같았다. 일행을 도와주려다가 익사시킬 뻔했으니! 쥐구멍에라도 들어가고 싶은 심정이었다.

카미유는 태연한 체하면서 자신들을 구해준 시커먼 털의 동물을 향해 걸어갔다.

에드윈의 외침에 카미유는 그대로 멈췄다.

"안 돼, 에윌란! 가까이 가지 마!"

"하지만……." 카미유가 말했다. "우리를 위해 싸웠어요. 그리고……."

에드윈이 검을 든 채로 카미유 옆으로 갔다.

"이건 늑대야, 에윌란. 북방 늑대란 말이다!"

그 말에 카미유는 주먹으로 한 방 얻어맞은 것 같았다. 카미유가 고개를 돌리다가 갑자기 불안한 얼굴이 되었다.

"살림! 살림이 어디 있죠?"

어디에도 살림이 보이지 않았지만 분명히 멀리 갈 수 없는 상황이었다. 그 순간 뭔가 이상한 생각이 든 카미유가 늑대를 향해 걸어갔다.

"물러서!" 에드윈이 카미유의 어깨를 움켜잡으면서 명했다. "이 동물은 네가 쓰다듬어줄 수 있는 강아지가 아냐."

카미유가 고개를 세차게 흔들었다.

"살림이에요!"

"무슨 말을 하는 거니?" 두옴 선생님이 외쳤다.

"이 늑대가 살림이라고요!"

모두 아연실색해 있는 틈을 타서 카미유는 에드윈에게서 빠져나왔다. 그때 에드윈이 보내는 눈짓을 보고 엘라나가 수레로 달려가서 활을 집어들고 활시위를 메웠다.

두옴 선생님이 만든 빛이 희미해져 갔지만 늑대는 아직 잘 보였다. 어린 동물이지만 송곳니는 무시무시했다. 뒷발을 세우고 앉은 늑대가 두려운 기색이라곤 없이 그들을 응시하고 있었다.

카미유가 다시 늑대를 향해 걸어갔다. 늑대는 카미유에게 특별한 관심을 보이지 않다가 가까이 오자 이빨을 드러내면서 으르렁거렸다. 카미유가 멈춰 섰다.

"물러서." 에드윈이 작은 목소리로 말했다. "에월란, 갑자기 움직이면 안 돼."

엘라나가 활시위를 당기는 자세로 대기하고 있었다.

"물러서라는 말 안 들리니?" 에드윈이 말했다.

카미유는 들은 척도 않고 천천히 쭈그리고 앉아서 늑대를 뚫어져라 쳐다봤다.

"살림?" 카미유가 다정하게 말했다. "너 맞지?"

카미유는 자신의 직감을 확신했다. 앞에 있는 늑대는 친구가 틀림없었다.

"살림, 왜 늑대로 둔갑했어? 도와줄까?"

늑대가 더는 으르렁거리지 않았다. 그러면서도 경계를 하는지 귀를 곤두세웠다. 몇 분 동안 늑대는 카미유가 하는 말을 주의 깊게 들었다. 나머지 일행은 꼼짝하지 않은 채 늑대에게 들리지 않을 거라고 믿으면서 나직한 소리로 말하고 있었다. 그러나 그들의 말은 마치 고함을 지르는 것만큼 늑대의 귀에 들렸는데, 늑대는 전혀 관심이 없는 것 같았다.

반대로 어린 인간이 하는 말은 좀 달랐다. 그 말이 메아리처럼 울리면서 과거의 흐릿한 기억을 떠오르게 했다. 한동안 늑대는 어린 인간이 하는 말을 이해하려고 애를 쓰는 듯했다.

늑대가 싫증이 난 것 같지만 더 이상 불안한 기색은 없었다.

밤이 늑대를 부르고 있었다. 사냥하고 싶은 욕망이 끓어오르는 모양이었다. 늑대는 일어나자 보랏빛 눈의 어린 인간이 입을 다물었다. 늑대는 어린 인간을 마지막으로 쳐다보고 나서 몸을 돌렸다.

"살림!"

늑대는 어둠 속으로 사라졌다.

5

에윌란 질 사이얀은 두 번째로 궨달라비르에 왔을 때 에드윈 틸 일란이 있는 곳에 유형화되었다. 그토록 특별한 두 존재가 그렇게 만난 것을 우연으로 간주할 수 있을까? 메르윈의 개입이라고 주장하는 이들도 있고, 담므의 뜻이라고 말하는 이들도 있다. 하지만 나를 포함한 몇몇 사람은 아직 우리가 알지 못하는 신비한 일이 많다고 생각한다.

엘리스 밀 트루이프, 알제이트 아카데미의 데시나퇴르 교수

"확신해?" 마티유가 동생에게 물었다.

카미유가 고개를 끄덕였다.

"물론이야! 늑대가 살림이 아니라면 어디로 사라졌겠어? 우리가 공격받고 있을 때 없어졌잖아."

뭐라고 할 말이 없는 마티유는 난처한 얼굴로 입을 다물었다. 살림이 늑대로 둔갑한 것이든 아니든 늑대의 개입으로 위험한 순간을 넘긴 것은 사실이 아닌가. 마티유는 목숨을 구해준 시암의 검과 화살을 응시했다.

"나는 화살이 날아오는 것도 못 봤는데 어떻게 하면 그렇게 빨리 검으로 막을 수 있지?" 마티유가 감탄했다.

마티유의 얼굴 표정을 읽은 시암이 흡족한 미소를 지었다.

"훈련의 결과지! 훈련에 훈련, 또 훈련 말이야! 하지만 너도 멋지게 해냈어."

"정신을 바짝 차리고 그냥 내가 할 수 있는 걸 했을 뿐이야. 이런 상황에 익숙하지 않은 데다 내 동생이 만든 그 엄청난 물 때문에 최선을 다할 수밖에 없었고……."

시암이 카미유를 찾으려고 주변을 둘러봤다.

일행에게서 좀 떨어진 곳에 앉아 어둠 속을 뚫어져라 바라보고 있는 카미유는 비욘이 식사를 하자고 불러도 대답하지 않았다. 비욘이 에드윈에게 불안한 눈길을 보냈다.

"지금은 어두워서 흔적을 찾을 수 없어." 에드윈이 외쳤다. "이리 와, 에월란. 내일 아침에 찾아보자."

"배고프지 않아요." 카미유는 돌아보지도 않고 대꾸했다.

비욘이 일어나려고 하자 엘라나가 팔을 잡았다. 마니엘이 첫 번째 보초를 섰고, 그들은 아무 말없이 식사를 했다. 식사를 끝냈을 때 두옴 선생님이 인상을 쓰면서 일어났다.

"나는 밤중에 젖은 풀밭에서 소풍놀이를 할 나이는 지났어. 이런 데 있으면 삭신이 쑤시거든."

사실, 그들은 좀 전의 싸움으로 시체들이 쓰러져 있는 데다 카미유가 만든 물 때문에 진창이 된 곳을 떠나 다른 데로 이동해 있었다. 두옴 선생님이 불평을 한 것은 밤의 습기를 의미하는 것이었다.

두옴 선생님이 다리를 질질 끌면서 불빛이 이르지 않는 어둠 속에 앉아 있는 카미유에게 다가갔다.

"너무 걱정하지 마라, 에윌란." 두옴 선생님이 옆에 앉으면서 말했다.

카미유는 못 들은 척했다.

"살림에게 일어난 일은 메르윈과 관련이 있어." 두옴 선생님이 카미유의 침묵을 기분 나빠하지 않고 말을 이었다. "나는 모든 게 잘될 거라고 확신한다. 메르윈이 개입하고 있으니까 나쁜 일은 절대로 일어나지 않을 거야."

카미유는 다른 생각에 잠겨 있는 것처럼 말했지만 목소리가 낭랑했다.

"데생 기술을 사용해서 살림에게 메시지를 보냈어요. 그건 아주 쉬웠어요. 하지만 정신과 접촉하는 데는 실패했어요. 정말 사라진 거면 어떡하죠? 돌아오지 않을까 봐 걱정이에요."

두옴 선생님이 헛기침을 했다.

"네가 잘못 생각하는 것 같구나, 에윌란."

"그래도 희망을 가질 거예요."

두옴 선생님은 대답하지 않았다.

뭐라고 덧붙일 말이 없었다.

늑대의 종적이 묘연한 가운데 밤이 지나갔다.

동이 트자마자 에드윈이 늑대의 흔적을 찾기 시작했다. 거의 아무것도 찾지 못한 채 돌아온 에드윈이 말했다.

"북방 늑대를 추적한다는 건 불가능한 일이야. 찾을 가능성이 전혀 없어."

"하지만 이대로 포기하고 그냥 떠날 수는 없어요!" 카미유가 폭발했다. "늑대가 아니라 살림이라고요!"

잠시 침묵하고 있다가 에드윈이 설명했다.

"어느 방향부터 찾아야 할지 알 수가 없어. 언덕 너머로 갔을지도 모르고, 여기서 50킬로미터 떨어진 북쪽, 아니면 남쪽으로 갔을지도 몰라. 어쩌면……."

"혹시……." 마티유가 말을 잘랐다.

모든 눈길이 마티유에게 쏠렸다.

"혹시 네가 제대로 부르지 않은 걸지도 몰라." 마티유가 동생을 쳐다보면서 말했다.

"오빠, 지금 뭐라는 거야? 아무것도 모르면서." 카미유가 더 차갑게 쏘아붙이고 싶은 걸 간신히 참으면서 응수했다. "여러 번 접촉을 시도했고, 분명히 잘되고 있었는데 성공하지 못했단 말이야."

"네 능력이 뛰어난 건 틀림없는데…… 내가 설명을 잘못한 거 같다. 살림이 늑대로 둔갑했으니까 살림이 아니라 늑대와 접촉하는 시도를 해야 할 것 같아. 지난번에 달아난 말들을 어떤 방법으로 돌아오게 했는지 나한테 말했잖아."

카미유가 갑자기 오빠의 뺨에 입맞춤을 했다.

"오빠는 천재고 나는 바보야!" 카미유가 외치면서 뛰어갔다.

마티유가 보내는 무언의 질문에 두옴 선생님이 말했다.

"정신을 집중해야 하는 아주 힘든 기술이라서 멀리 떨어져서 하려는 거지."

"메시지를 전하는 것으로는 충분하지 않아." 에드윈은 한술 더 떴다. "지금은 인간적인 부분보다 동물적인 부분이 우위에 있기 때문에 무슨 말인지 이해를 해야 늑대가 돌아오는 거니까."

카미유는 야영지에서 30여 미터 떨어진 곳에서 멈춰 섰다. 그러고는 풀밭에 앉아서 정신을 집중했다.

"우리는 짐을 챙겨야겠군." 에드윈이 말했다. "여기 계속 머무를 수는 없으니까."

그들이 수레에 짐을 거의 다 실었을 때 카미유의 고함소리가 울려 퍼졌다. 자리에서 일어난 카미유가 멀리서 달려오는 시커먼 형체를 바라보고 있었다.

"기다려, 에윌란!" 에드윈이 소리쳤다.

너무 늦었다.

카미유는 이미 늑대를 향해 뛰어가고 있어서 붙잡을 수가 없었다. 에드윈이 뒤쫓아 달렸지만 따라잡을 가능성이 전혀 없었다.

전속력으로 뛰어가던 카미유는 늑대와의 거리가 10여 미터쯤 될 때 나무뿌리에 걸려 넘어지면서 데굴데굴 굴렀다.

에드윈이 욕설을 내뱉었다. 뒤에서 뮈르뮈르의 발굽소리가 들리지만 엘라나가 도착하려면 좀 더 있어야 하는데…….

일어나려던 카미유는 달려드는 늑대에게 깔리고 말았다.

에드윈이 검을 뽑아들고 달려오면서 내지르는 소리로 동물의 주의를 돌리려고 했지만 아무 소용이 없었다.

늑대는 앞발 두 개로 카미유의 어깨를 누르면서 얼굴을 핥고 있었다. 카미유가 버둥거리면서 웃었다.

"그만해, 살림! 넌 너무 무겁고 냄새가 고약하단 말이야. 그리고 친구의 얼굴을 그렇게 핥으면 어떡해!"

6

에윌란의 모험! 전쟁을 승리로 이끌어서 국민의 염원을 이룬 에윌란의 모험에 관련된 전설이 제국의 방방곡곡에 퍼져 있다. 몇 년 사이에 에윌란의 모험은 메르윈의 전설과 같은 반열에 오르게 되었다.

도움 필 바티스, 제국의 연대기 작가

원정대는 북부지방의 평원을 조용히 지나고 있었다.

마을은 그리 많지 않았지만 주민들이 뜨겁게 환영해주었다. 그 지역에 사는 농부들은 용맹한 국경지대 주민들과 에윌란의 개입으로 라이족의 침입을 물리쳤다는 걸 알고 있었다. 그래서 마을 사람들은 에드윈과 일행이 식량을 구입하면서 내는 돈을 한사코 받으려고 하지 않았다.

그러나 마을 사람들은 원정대와 함께 이동하는 검은 늑대에 대해서 불안감을 감추지 않았다. 야생동물인 데다 조금이라도 가까이 가면 으르렁거리면서 경계심을 보이기 때문이었다.

그렇지만 보랏빛 눈의 소녀가 뭐라고 하면 늑대가 조용해지면서 순종했기 때문에 상인이나 여인숙 주인들이 안심했다. 그것도 이야깃거리가 되어 소문으로 퍼져나갔고, 아마도 그렇게 해서 에윌란의 전설이 궨달라비르 제국의 방방곡곡으로 퍼진 것인지도 몰랐다.

요새를 출발한 지 열흘이 지나면서 결속력이 더 강해진 원정대는 구르 강의 둑에 이르렀다. 폴리마즈 강의 지류와 연결되는 구르 강의 거센 물줄기가 요동치는데 숲에서 뿌리째 뽑힌 커다란 나무들이 쓸려 내려오고 있었다.

"우리는 서쪽으로 접어들 것이다." 에드윈이 말했다. "북쪽 비포장도로를 따라가다가 센 다리로 구르 강을 건널 것이다."

"내 고향이에요!" 비욘이 기뻐했다. "근처를 지나게 되면 할아버님의 농장에 가서 식료품을 구입할 겸 잠시 들렀다 가죠. 할머님이 궨달라비르에서 최고로 맛있는 파이를 만들어주실 거예요."

"그렇게 먹어대는데 왜 아직까지 당신이 비만이 아닌지 의문이에요." 엘라나가 내뱉었다.

비욘이 너털웃음을 터뜨렸다.

"내 몸은 지방과 근육이 골고루 섞였거든요. 나처럼 매력적인 남자가 이렇게 멋진 몸을 유지하려면 골고루 잘 먹어야 한단 말이죠."

예전 같으면 이쯤에서 당연히 살림이 한마디 내뱉을 순간이었다. 모두 그런 생각을 했는지 "살림, 자니? 너 왜 아무 말도 안 하냐?" 하는 얼굴을 하고 있다가 카미유를 쳐다봤다.

강물을 바라보는 카미유는 머릿속 비밀의 바다에서 표류하고 있는 것처럼 보였다. 카미유 왼쪽에는 아쿠아렐이 서 있고, 오른쪽에는 늑대가 앉아 있었다. 살림이 늑대로 둔갑한 것 때문에 엄청난 충격을 받은 카미유는 많이 성숙해 있었다. 두옴 선생님도 살림에게 일어난 현상에 대해서는 속수무책이었다.

카미유는 친구가 영원히 늑대로 둔갑해 있을 수는 없을 거라고 생각했다. 하지만 카미유도 이제는 체념하고 살림이 얼마 동안은 늑대의 모습으로 따라다닐 수밖에 없다는 걸 받아들였다. 카미유는 살림에게 메시지를 보내는 데만 성공했을 뿐 친구에게서는 아무런 메시지도 받지 못했다.

카미유를 졸졸 따라다니면서 이상할 정도로 애정을 보이는 것만 제외하고 늑대의 모습은 영락없는 야생늑대였다.

늑대는 마치 오래전부터 카미유를 아는 것처럼 애정 표시를 했다. 반면에 원정대의 다른 사람들이 다가갈라치면 곧바로 공격적으로 돌변했다.

카미유는 많은 시간을 늑대와 보내고 있기 때문에 다른 일행과는 얘기할 기회가 없었다. 그런데 이번에는 일행의 대화를 듣고 있다

에윌란의 모험

가 비욘을 쳐다보면서 말했다.

"엘라나의 말이 맞아요. 비만이 될 가능성이 있어요. 멋진 몸매는커녕 매력조차 없어질까 봐 걱정이에요."

깜짝 놀란 비욘의 눈이 휘둥그레졌다.

"내가 비만이라고? 매력이 없다고? 맙소사, 에윌란, 너마저 그렇게 노골적으로 말할 줄이야. 나의 영원한 친구 맞는 거야?"

"물론이에요, 비욘. 친구가 진실을 말해주지 않으면 누가 하겠어요? 적어도 10킬로그램은 체중을 빼야 해요. 그러면 건강에도 훨씬 좋고, 아마 누구든 매력적이란 말이 저절로 나올 거예요. 하지만 비욘이 너무 뚱뚱해서 문으로 드나들 수 없게 되더라도 나는 계속 좋아할 거예요. 그게 우정이니까."

"내 건강이나 내 매력에 대해서는 걱정하지 마. 상태가 나빠지면 다이어트를 할 테니까. 하지만 지금은 어림없어!"

엘라나가 졌다는 얼굴로 하늘을 쳐다봤다.

"그만두자, 에윌란. 아무래도 뇌가 있어야 할 자리에 위가 들어 있는 게 확실해. 쇠귀에 경 읽기라니까!"

비욘이 호탕하게 웃음을 터뜨리면서 일행 모두 한바탕 웃음꽃을 피웠고, 모처럼 화기애애한 분위기를 되찾았다. 카미유는 더 이상 살림에 대한 걱정에 갇혀 있지 않기로 마음먹었다.

구르 강은 제국을 남북으로 가르고 있었다. 북쪽은 사냥꾼과 농부들이 사는 마을이 드문드문 있는 척박한 땅이라서 인구가 많지 않았다. 반면에 남쪽은 대도시가 형성되어 있는 데다 경작지가 많고, 유리와 강철, 천 등의 공예 수공업이 발달되어 있었다.

셴 다리에 이르려면 강기슭을 따라 한나절을 가야 했고, 그동안 많은 여행객과 마주쳤다. 알셴은 도시의 크기로 보나 인구로 보나 알제이트 못지않은 대도시였다.

구르 강을 가로지르는 셴 다리는 양쪽에 아치를 세운 멋진 건축물이었다. 강 건너편으로 큼직큼직한 돌로 포장된 도로가 보였다. 그 뒤로 밀과 보리를 심은 경작지가 광활하게 펼쳐 있었다. 추수를 끝낸 뒤라서 드넓은 밭이 거의 비어 있고, 울타리를 친 초원에 유유히 풀을 뜯어먹는 시플레르 떼가 보였다.

시플레르에게 관심을 보이는 늑대가 욕망을 억제하도록 카미유는 손가락으로 엑스 표시를 했다. 늑대가 카미유 옆에 바짝 붙어서 다니기 때문에 사람들은 덩치가 큰 개라고 생각하고 주의를 기울이지 않았지만, 가축을 노릴 때는 위험한 상황으로 바뀌었다. 잠시 휴식을 취할 때 카미유가 불안한 마음을 털어놓자 에드윈이 방법이 없다는 표시로 두 팔을 벌렸다.

"특별히 해줄 게 없구나. 이 녀석을 가까이에서 감시하고, 굶주리는 일이 없도록 실컷 먹게 살펴줘야지. 그리고 이 녀석이 사냥하고 싶은 유혹을 억제하길 바라는 수밖에."

늑대에게는 이름이 없었다.

아무도 선뜻 늑대를 살림이라고 부르지 못했고, 다른 이름으로 부르는 것도 불가능했다. 그래서 그냥 늑대로 지칭하고 있었다. 늑대는 카미유 곁에 거의 붙어 다니다가도 이따금 한밤중에 달아났고, 사냥을 했는지 한두 시간쯤 후 주둥이에 피를 묻혀 가지고 돌아왔다.

"말이야 쉽죠." 카미유가 한숨을 내쉬었다. "그래도 끈으로 묶고 다닐 수는 없어요."

그 대화를 듣고 있던 마니엘이 카미유 옆에 얌전히 앉은 늑대의 무시무시한 턱을 유심히 살폈다.

"걱정 안 해도 될 것 같아요."

두옴 선생님이 다가왔다.

"그렇지만 방법을 찾아야 해. 내일은 알센으로 들어갈 건데 그 도시의 사람들은 지금까지 만났던 마을 주민들처럼 관대하지 않아."

두옴 선생님이 잠시 망설이다가 확신이 없는 목소리로 말했다.

"이 늑대는 제국의 두 번째 큰 도시에서 할 일이 전혀 없어. 우리를 난처하게 만들 뿐이야. 자유롭게 해주지 않을 이유가 없는데…….”

두옴 선생님의 말이 어찌나 냉정한지 모두 깜짝 놀라는 눈길을 교환했다. 카미유의 입가에 경련이 일었다.

“늑대가 아니라 살림이에요!” 카미유가 또박또박 말했다. “살림을 자유롭게 해주려면 모습을 되찾을 수 있게 도와주어야지 떼어 버리는 것이 아니에요. 살림이 귀찮다면 우리는 여기서 헤어지면 되는 거예요. 각자 갈 길을 가세요. 나는 살림을 떠나지 않을 테니까. 절대로!”

카미유는 차분하게 말하고 있지만 한마디, 한마디에 힘을 주었다. 마티유가 동생의 어깨에 손을 얹는 것으로 지지하는 표시를 했다. 카미유는 미소로 고마움을 표시했다. 다른 사람들의 반응도 비슷했고, 두옴 선생님은 비난하듯 자신을 쳐다보는 일행의 따가운 눈총을 받게 되었다.

“두옴 선생님의 말뜻은…….”

에드윈이 입을 열었다.

두옴 선생님이 손짓으로 에드윈의 말을 중단시켰다. 자신이 엄청난 실수를 저질렀다는 걸 이제야 깨달았다는 듯 부끄러워하는 얼굴빛이었다.

“미안하구나, 에윌란. 내가 너무 경솔했어. 그 말은 잊어주기 바란다. 그래줄 수 있겠니?"

 카미유가 고개를 끄덕였다. 두옴 선생님은 경솔한 사람이 아니지만 어쩌다 생각보다 말이 먼저 튀어나왔다는 걸 알고 있었다.

 "뭘 잊어요?" 카미유가 쾌활하게 말했다. "이미 아무것도 기억나는 게 없어요."

7

폴리마즈 강은 엄청나게 크지만 유량은 망망대해 같은 셴 호수의 일부에 불과하다. 어마어마한 양의 지하수가 강과 호수에 물을 공급하고 있어서 궨달라비르의 지표면 밑에 또 하나의 세상이 존재하고 있음을 추측하게 한다.

지식과 힘의 백과사전

이른 아침부터 원정대는 털가시나무가 드문드문 흩어져 있는 숲 사이로 난 길을 따라 올라가고 있었다. 가을이 성큼 다가왔는지 공기는 서늘했지만 날씨는 좋았다.

말들 옆에서 따라오던 늑대가 이따금 뒤처져서 덤불숲으로 사라졌다가 카미유가 부르면 재빨리 돌아와서 알 수 없는 뭔가를 기다리는 것처럼 노란 눈으로 뚫어져라 쳐다봤다. 말들은 늑대에게 적응이 되었는지 덤불에서 갑자기 튀어나와도 더 이상 놀라지 않았다.

그들은 돌무더기로 경계를 표시한 네거리에 이르렀는데 화살 모양의 표지판에 '전망 좋은 집'이라고 새겨 있었다. 비욘이 만족스러운 얼굴을 했다.

"이 지역에서 가장 좋은 여인숙이에요. 마침 식사 시간도 다 됐는데……. 마티유, 배고프지 않아?"

마티유는 시암에게 검술 훈련을 받느라 왼손 검지에 붕대를 감고 있었다.

시암은 마티유에게 검술의 기초를 주입시키는 훈련을 시작했다. 저녁마다 검술 선생 역할을 하는 시암의 모습이 보였다. 전날 시암은 무기를 재빨리 뺐다가 도로 집어넣는 것이 얼마나 중요한지 설명해주었다. 도둑 떼의 공격을 떠올리면서 마티유는 최선을 다해 검술 훈련에 열중했다.

"검을 도로 집어넣기 전에 칼날을 털어야 한다는 걸 잊지 마." 시암이 강조했다. "그렇지 않으면 칼날에 묻은 피 때문에 칼집에 들러붙거든. 그러니까 검지를 구부리고 검을 미끄러지듯 훑어서 깨끗이 닦은 다음에 칼집에 집어넣어."

마티유는 시암이 아무렇지도 않은 얼굴로 피에 대해 말할 때마다 거북했다. 하지만 눈이 마주치는 순간 어찌나 아름다운지 시암이 시키는 대로 손가락이 아릴 때까지 훈련에 훈련을 거듭했다.

검지의 살갗이 벗겨지고 피가 줄줄 흘렀다. 마티유는 카미유가 결투를 할 때 사용했던 검으로 훈련하고 있었다. 카미유의 검은 마티유에게는 좀 작았지만, 위협적인 무기였다.

마티유가 비명을 질러도 시암은 동요하지 않고 냉정하게 훈련을 계속했다.

"그냥 살갗이 벗겨졌을 뿐이야. 그 상처 때문에 상대에 대한 주의가 흐트러지면 그다음은 치명상을 입게 돼. 자세를 바로 하고 정신을 바짝 차려야 해."

마티유는 자신이 아직도 시암을 사랑하고 있는지 의심하면서 복종했다. 그렇지만 훈련이 끝난 후 시암이 붕대를 감아줄 때는 서운한 감정이 눈 녹듯 녹아내리고, 검술이 향상되었다는 칭찬을 들으면 얼굴이 대번에 밝아졌다.

"배 안 고프냐고?"

비욘의 말에 위가 즉각적으로 반응했다. 궨달라비르에 온 뒤로 마티유는 2인분을 거뜬히 먹어치우고 있지만, 비욘과는 달리 체중이 늘지 않았다. 날마다 말을 타고 달리느라고 운동량이 많기 때문이었다. 이렇게 행복한 적이 없었고, 식욕이 점점 왕성해졌다. 식탐을 부리는 오빠를 보면서 카미유가 엘라나에게 말했다.

"오빠가 저렇게 먹다가 비욘처럼 될까 봐 걱정이에요. 시암이 시키는 훈련으로는 충분하지 않아요. 언니가 오빠도 맡아주면 안 될까요? 오빠가 바다표범처럼 뚱뚱해지는 건 싫은데."

"왜 나를 갖고 그래?" 비욘이 버럭 소리를 질렀다. "너무들 하는 거 아냐?"

엘라나는 비욘의 항의에 아랑곳없이 카미유에게 말했다.

"미안해, 나에게는 이미 제자가 있어. 지금은 쉬고 있지만 머지않아 때가 되면 보충 훈련을 시켜야 하거든."

카미유가 살림을 생각해주는 엘라나에게 고마워하는 눈길을 보냈다. 카미유는 다른 일행과 마찬가지로 엘라나가 늑대로 둔갑한 살림 때문에 애통해한다는 걸 알고 있었다. 전날 진심으로 사과했던 두옴 선생님까지 마치 동료에게 주듯 자신이 먹을 식사의 절반을 늑대에게 주었다.

"마티유 걱정은 하지 마." 시암이 끼어들었다. "내가 몸매에 신경을 쓸 거니까……."

비욘이 마티유의 어깨를 툭툭 치면서 말했다.

"조심해, 마티유. 싸울 수 없을 때는 기회가 왔을 때 도망치는 게 상책이야!"

비욘은 마티유가 시암에게 보내는 의미심장한 눈길을 봤다.

"이런, 너무 늦었군!" 비욘이 비장한 어조로 말했다. "사랑에 빠진다는 건 얼마나 어리석은 짓인지……."

그렇게 말하던 비욘의 눈이 동그래지더니 얼른 두 손으로 귀를 잡았다.

"아니, 아니, 엘라나, 방금 한 말 취소예요!"

빨리 피하는 것이 상책이라고 생각한 비욘이 자리를 떴다.

여인숙은 바다처럼 광활한 셴 호수를 한눈에 볼 수 있는 둥근 언덕에 서 있었다. 여인숙 입구에서 10여 미터 떨어진 길가에 한 그루의 아름드리 삼나무가 보였다.

마티유는 말을 멈춰 세우고 탄성을 질렀다.

"벌써 바다에 오다니! 이상하네, 바다는 서쪽이 아니라 남쪽에 있어야 하는데. 그리고 훨씬 멀리 있어야 하는데……."

웬일로 마니엘이 나서서 설명했다.

"바다가 아니라 셴 호수야. 이 높은 데서도 끝이 어딘지 볼 수 없을 정도로 큰 호수야. 고래도 사는 것 같은데 우리가 식물인간들을 구하러 가기 위해 호수를 지날 때 네 동생이 봤지."

"고래가 아니라 담프예요!" 카미유가 끼어들었다. "드래곤의 담프……."

마티유는 마지못해서 호수에서 눈길을 떼고 마니엘, 카미유와 함께 여인숙으로 향했다.

안으로 들어가기에 앞서서 카미유가 몸을 숙이고 늑대의 귀에 대고 속삭였다.

"내 옆에 꼭 붙어 있어야 해. 눈에 띄면 안 돼, 알았지?"

늑대가 카미유를 물끄러미 쳐다보다가 따라 들어갔다.

많은 여행객이 머무르고 있는지 여인숙 식당은 꽤 넓은데도 거의 꽉 차 있었다. 안쪽 벽 옆에 있는 빈 테이블을 차지한 비욘이 손을 흔들었는데 검은 늑대 때문인지 일제히 쏠리는 손님들의 시선을 느낀 카미유는 가슴이 쿵쿵, 뛰었다.

"가자."

카미유가 속삭이면서 한숨을 내쉬었다.

휴, 혼자였다면 저 따가운 시선들을 어떻게 감당하겠어. 카미유는 마티유와 특히 마니엘이 옆에 있어서 정말 든든했다.

중앙 통로를 지나갈 때 카미유는 모퉁이 자리에 앉은 남자를 봤는데 검정 가죽 옷차림에 초췌한 얼굴이었다. 남자의 눈길이 계속 자신을 따라오고 있다는 걸 느낀 카미유는 자기도 모르게 소스라치게 놀라면서 등골이 오싹해졌다.

그때 갑자기 으르렁거리는 소리에 카미유가 돌아봤다.

무리를 지어 앉은 사냥꾼 중 한 명이 숙적인 늑대를 알아보고 흥분해서 날뛰는 개의 줄을 꽉 잡느라고 진땀을 빼고 있었다.

사냥꾼이 개 줄을 놓아주려고 할 때 늑대가 홱 돌아봤다. 노란 눈으로 사냥개를 노려보던 늑대가 으르렁거리면서 무시무시한 송곳니를 드러냈다. 대단한 효력이었다.

가까이 있던 손님들이 후닥닥 물러났고, 사냥개가 마치 살려달라는 듯 바닥에 납작 엎드렸다. 사냥개의 주인이 벌떡 일어났는데 큼직한 단검을 들고 마니엘 앞에 버티고 섰다.

 전투를 할 때는 누구보다 용맹하게 싸우는 마니엘이지만 평소에는 순하고 과묵한 데다 거의 내성적인 성격이라서 2미터가 넘는 키에 체중이 150킬로미터에 이르는 거인이라는 사실을 자주 잊을 정도였다. 기세등등하던 사냥꾼이 갑자기 사태 파악을 한 듯이 주눅든 모습을 보였다.

 마니엘이 사냥꾼의 어깨에 커다란 손을 얹으면서 으름장을 놓았다.
 "뭐요?"
 "그게…… 이 동물은 늑대……."
 사냥꾼이 어물어물 말했다.
 "아니오!" 마니엘이 딱 잘라 말했다. "늑대가 아니라 친구요! 근데 이 녀석이 당신에게 무슨 문제라도 일으켰소?"
 사냥꾼은 알아들을 수 없는 말을 중얼거렸다.
 "그럼 됐으니까 식사나 맛있게 드시오."
 그렇게 말하면서 마니엘이 어깨에 얹은 손에 힘을 주며 누르자 사냥꾼은 꼼짝 못하고 얼른 자리에 앉았다. 사냥꾼 무리가 잠시 망설이다가 마니엘 일행을 훑어보고는 포기하기로 마음먹었는지 조용히 앉아 있었다.
 늑대는 사냥개에게 관심이 없었다. 카미유는 늑대의 허리를 쓰다듬어주면서 안도의 숨을 내쉬었다. 갑자기 검정 가죽 차림의 남자를 기억한 카미유가 돌아봤지만 이미 사라지고 없었다.
"가자." 마니엘이 말했다. "비욘이 우리를 기다리지 않고 다 먹어 치울라."

8

　아서 왕을 보좌하는 원탁의 기사 퍼시발의 동료 중 불멸의 거인으로 통하는 기사가 있었는데 그의 별명은 천하무적이었다. 언아더 월드의 이 시대에는 마니엘이란 이름이 알려져 있지 않았다.

메르윈 릴 아발론

　마니엘이 그렇게 사냥꾼 무리를 제압한 뒤로는 아무 일도 일어나지 않았다. 그들이 모두 테이블에 자리를 잡고 앉았고, 늑대도 카미유가 앉은 의자 옆에 편안하게 엎드려 있었다. 늑대는 다른 인간들에게 눈길도 주지 않았다.

　카미유는 검정 가죽 차림의 남자에 대해 말하려다가 생각을 바꿨다. 섬뜩한 느낌을 받았지만 확실하지도 않은데 아무것도 아닌 일로 일행을 불안하게 할 필요는 없었다.

　여인숙 식당을 나오자 뜻밖에도 날씨가 흐렸다. 하늘에 몰려오는 구름이 점점 시커메졌고, 바람까지 불었다. 길을 나선 지 30분도 안 돼서 빗방울이 비치는가 싶더니 가랑비가 내리면서 주위가 온통 을씨년스러운 회색 풍경으로 변했다.

온종일 비가 추적추적 내렸다.

카미유는 코끝만 보일 정도로 외투의 두건까지 뒤집어쓰고 있는데도 옷 속을 파고드는 습기 때문에 몸이 덜덜 떨렸다. 시정 거리가 몇 미터밖에 되지 않아서 성벽 앞에 이르러서야 알셴에 도착했다는 걸 알아차렸다.

대도시 알셴의 거리와 건축물들은 알제이트를 연상시켰다. 거리에서 마주친 행인들이 비를 피할 곳으로 뛰어가고 있었다. 어느새 소나기로 변한 비는 그칠 기미가 없어 보였다. 어디로든 들어가야지 마냥 비를 맞는다는 건 미친 짓이었다.

알셴을 잘 아는 비욘이 조용한 동네에 있는 한 여인숙으로 안내했다. 여인숙 앞에 이르렀을 때 그들은 카미유가 만든 물을 뒤집어썼을 때처럼 비에 흠뻑 젖어 있었다. 한 청년이 마구간 문을 열어주자 그들은 마침내 비를 피할 수 있게 되어 안도의 숨을 내쉬었다.

일단 말들부터 물기를 닦아주고 털을 긁어준 다음 그들은 마른 옷으로 갈아입고 여인숙으로 들어갔다. 손님은 별로 없었고, 여인숙 주인인지 빨간 머리의 뚱뚱한 부인이 그들을 따뜻하게 맞아주다가 늑대에게 눈길이 머물렀다.

"이 동물은 뭡니까?"

여인숙 주인이 물었다.

"개예요." 비욘이 싱글벙글 웃으면서 대답했다. "훈련을 잘 받은 개라서 말썽을 부리지는 않을 겁니다."

"그럼 나는 슐리쉬요!" 여인숙 주인이 응수했다. "이 동물은 받아들일 수 없어요."

엘라나가 카미유의 귀에 대고 속삭였다.

"매력적이라고 그렇게 자랑하더니 아줌마한테도 안 통하네, 뭐."

비욘의 농담은 완전한 실패였다. 그렇다고 이런 날씨에 벽난로의 열기로 따뜻한 데다 구수한 스튜 냄새가 진동하는 식당을 박차고 빗속으로 다시 나갈 수는 없는 일이었다. 하지만 살림이 머무를 수 없다면……

그때 두옴 선생님이 나섰다.

"자, 이렇게 합시다. 이 개의 숙박비로 한 사람의 몫을 지불하겠소. 만약 개가 말썽을 일으킬 경우는 군소리 없이 변상하겠소."

비욘의 미소보다는 이 협상이 마음에 드는지 여인숙 주인이 잠시 생각을 하더니 마음을 정했다.

"좋습니다. 하지만 숙소로 데리고 들어오는 건 안 됩니다. 밤에는 마구간에서 재우세요."

두옴 선생님이 힐끔 쳐다보자 카미유가 잠자코 고개를 끄덕였다.

"좋소."

식사를 끝낸 후, 그들은 불가에 모여 앉아 잠시 휴식을 취하면서 다음 날 길을 나서는 데 필요한 것들을 이것저것 챙겼다.

늦은 저녁, 대화 내용이 엘레아 릴 모리엔발에 관한 것으로 바뀌면서 의견이 갈라졌다. 에드윈은 엘레아는 더 이상 문제를 일으키지 않을 거라고 생각하는 반면에 두옴 선생님은 아직은 위험하다고 판단했다.

"도망쳤다는 것이 불리하게 작용하겠지. 하지만 알탄과 엘리시아가 다시 나타나지 않는다면 그녀는 제국에서 중요한 자리를 차지하고 말 거야. 그러면 다른 파수병들보다도 더 그녀를 비난할 수가 없게 돼. 게다가 에윌란 살해 시도의 책임을 전적으로 홀츠 킬 무이르트에게 떠넘겨버렸으니까. 엘레아의 계획은 나름대로 성공한 셈이니 지금도 어디선가 에윌란을 없애기 위해 호시탐탐 기회를 노리고 있겠지. 따라서 엘레아와의 싸움은 아직 끝나지 않았어."

카미유는 두옴 선생님의 말에 동의하지만 아무 말도 하지 않았다. 엘레아 릴 모리엔발이 카미유의 미래에 암울한 그림자를 드리우고 있었다. 조만간 맞서게 될 거라고 느끼는 카미유는 벌써부터 불안해하지 않기로 했다.

마티유가 제일 먼저 기지개를 켰다.

"침대에서 잔 게 언제였는지 기억도 안 나네요. 기회가 왔을 때 편히 자고 싶어요. 다들 안녕히 주무세요."

마티유는 동생에게 윙크를 보내고 나서 자리를 떴다. 이어서 하나둘 자리에서 일어나면서 카미유와 에드윈, 엘라나만 남았다.

"내가 마구간에서 자면서 늑대를 지킬게요."

카미유가 말했다.

"나도 같이 갈게."

엘라나가 얼른 말했다.

"고맙지만 두 사람이나 그럴 필요는 없어요."

"정말 괜찮겠니?"

"물론이죠!"

"나는 정말 침대에서 안 자도 돼." 에드윈이 말했다. "땅바닥에서 자는 게 습관이 돼서 하룻밤 더 자는 것쯤이야……."

"고맙지만 침대에서 편히 주무세요." 카미유가 사양했다.

그렇게 말하고 나서 결심을 보여주려는 듯 카미유가 일어났다. 한 시간 전부터 벽난로 앞에서 자고 있던 늑대가 한쪽 눈을 뜨더니 늘어지게 기지개를 켰다.

"가자." 카미유가 말했다. "모습을 되찾으면 두고 봐, 너!"

마구간은 서늘했지만, 카미유는 일단 짚자리에 자리를 잡고 누웠다. 늑대가 옆에 바짝 붙어서 따뜻하게 해준 덕분인지 침대 못지않게 포근함을 느꼈다.

"잘 자, 친구야." 카미유가 속삭였다. "나랑 같이 이렇게 자고 싶어서 네가 연기하는 것이 아니길 바란다."

그렇게 말하다가 카미유는 웃음이 나왔다. 마음이 편안해지면서 카미유는 이내 잠이 들었다.

얼마나 지났을까, 카미유는 눈을 떴다.

비가 그쳤는지 밤이 아주 고요했다. 말들의 숨소리만 정적을 깨고 있었다. 몸이 으스스 떨리는 순간 카미유는 추워서 잠을 깼다는 걸 알아차렸다. 카미유가 팔을 내밀고 옆자리를 만져봤다.

늑대가 사라지고 없었다.

9

두 가지 위험, 알린족과 카오스 용병대가 아직도 제국을 위협하고 있습니다. 츨리쉬들보다는 덜 강력하지만 그들과 싸우는 것은 힘든 일입니다. 그들은 인간들이기 때문에!

실 아피안 황제, 제국의 평의회 담화문

카미유는 짚자리에 앉았다.

외투로 몸을 감싸면서 주위를 둘러봤다. 마구간 문이 약간 열려 있었다. 카미유는 일어나서 늑대를 찾아보다가 가슴이 철렁 내려앉았다. 혹시나 하는 생각에 데생으로 불빛을 만들어서 마구간을 밝히고 구석구석을 살폈다. 늑대는 밖으로 나간 것이 틀림없었다.

카미유는 이 밤중에 늑대를 찾으려고 알셴의 거리를 뒤지고 다닐 마음이 전혀 없지만, 그렇다고 그냥 내버려두면 늑대가 위험해질 수 있었다. 늑대에게 메시지를 전할 수 있다는 것이 생각난 카미유는 마음을 가다듬고 돌아오라는 지시를 내리기로 했다.

카미유는 이미지네이션으로 들어가서 늑대를 향해 정신을 집중했다. 대번에 접촉이 됐는데 부상당한 늑대가 고통스러워하는 소리가 들렸다.

충격을 받은 카미유는 하마터면 늑대와의 접촉이 끊어질 뻔했다. 늑대와 의사소통을 한다는 것은 아주 복잡한 일이었다. 늑대에게 필수적인 냄새와 소리 등 카미유가 이해할 수 없는 요소가 많아서 아직은 상황을 정확하게 파악할 수 없었다.

카미유는 다시 안간힘을 다해 정신을 집중했고, 차츰 늑대의 이미지가 명확해졌다. 늑대는 100미터 이내의 그리 멀지 않은 거리에 있지만 움직이지 못하는 상태였다.

좀 더 정신을 집중하던 카미유는 안도의 숨을 내쉬었다. 늑대는 헛간 같은 곳의 구덩이에 빠져 있었는데 떨어지면서 약간 다친 것이 틀림없었다. 늑대는 다쳐서 생긴 통증보다는 자유롭게 움직이지 못하는 것에 대한 불안 때문에 고통스러워하고 있었다. 카미유는 마구간 문을 밀고 나가면서 중얼거렸다.

"내가 금방 갈게. 기다려."

밤이라서 쌀쌀했고, 구름이 걷힌 밤하늘에 별이 총총했다. 땅이 진창이라서 질퍽거렸고, 곳곳에 달빛을 받아 반짝이는 물웅덩이가 보였다. 카미유는 어두컴컴한 골목길에서 늑대가 있는 헛간을 쉽게 발견했다.

카미유는 문을 찾기 위해 데생으로 불빛을 만들었다. 헛간의 문이 약간 열려 있어서 얼굴을 들이밀고 나직한 소리로 불렀다.

"여기 있니?"

으르렁거리는 소리가 났다.

"이런 바보 같은 짓을 하다니! 어쩌다가 이렇게 된 거야? 너는 사람이니까 늑대처럼 굴면 안 돼!"

카미유가 문을 밀고 헛간으로 들어갔다.

손가락 끝에서 흔들리던 불빛이 마치 보이지 않는 손이 건드리는 것처럼 맥없이 꺼져서 카미유는 깜짝 놀랐다. 다시 불빛을 만들려고 했지만 불가능했다. 스파이럴에도 들어갈 수가 없었다.

그 순간 카미유는 이런 느낌을 경험했던 기억이 뇌리를 스쳤다. 능력을 방해하는 충격파를 발산하는 고피르! 여인숙에서 남몰래 엿보던 검정 가죽 차림의 남자가 그럼? 두꺼비와 민달팽이의 잡종 같은 동물의 이미지와 그 남자의 이미지가 겹쳐졌다. 모든 것이 분명해졌다. 카오스의 용병이 여기 숨어 있는 거야!

카미유가 튀어나가려는 순간 손 하나가 어깨를 움켜잡았다. 카미유는 비명을 지를 수도 없었다. 구덩이에 빠진 늑대가 울부짖는 소리로 분노를 표시했다. 카미유는 있는 힘을 다해서 버둥거렸지만 소용없었다. 어깨를 짓누르는 힘이 어찌나 강력한지 카미유는 온몸의 근육이 수축되는 느낌이 들면서, 몇 미터를 질질 끌려갔다.

쇠사슬 소리가 나더니 카미유의 손목에 수갑 같은 것이 채워졌다. 카미유를 공격하는 용병은 어둠 속을 이동하는 데 불빛이 필요 없는 것 같았다. 그렇지만 잠시 후 라이터로 불을 켜는 소리가 들렸다. 아주 가까운 데서 불빛이 보였다.

카미유는 쇠사슬로 나무 기둥에 묶여 자물쇠로 채워졌다. 눈앞의 구덩이 안에서 늑대가 빙빙 돌고 있었다. 그 모습에 안도했지만 그것도 잠시 카미유는 카오스 용병에게 정신을 집중했다.

전날 여인숙 식당에서 엿보던 남자가 분명했다. 남자의 눈에서 이미 카미유를 죽이려고 했던 두 용병과 똑같은 증오의 빛이 번뜩이고 있었다. 왼쪽 어깨에 둘러멘 검은, 뱀의 혀처럼 날이 구불구불했다. 고피르는 보이지 않지만 스파이럴 접근이 차단된 것은 가까운 어딘가에 숨어 있다는 거였다. 용병이 벽에 매달린 횃불을 뽑아 들었는데 좀 전에 라이터로 붙인 것이 이 횃불인 모양이었다.

"그러니까 아르카멘타이를 죽인 벌레 같은 계집애가 바로 너로구나!"

용병의 목소리가 얼음장같이 차갑고 칼날처럼 날카로워서 카미유는 소름이 끼쳤다.

"너를 죽이는 대가를 받지 않았더라도 나는 너를 없애버렸을 텐데. 복수하면서 돈까지 받는다! 이런 걸 일석이조라고 하던가, 통쾌함에다 실리까지 챙기게 되었으니!"

뚝, 뚝…… 용병이 천천히 손가락마디 꺾는 소리를 내다가 말을 이었다.

"고뫼르는 모든 사람의 이미지네이션 접근을 불가능하게 하지. 자기 주인의 이미지네이션까지 포함해서. 그것이 유일한 단점이지. 네가 죽기를 바라는 사람이 너를 붙잡으면 연락하라는 지시를 내렸다. 따라서 잠깐 나가서 연락하는 동안만 살려두지. 하지만 걱정하지 마, 곧 돌아와서 죽여줄 테니까. 너의 늑대를 이쪽으로 유인하는 데 시간이 많이 걸리는 바람에 곧 동이 트게 생겼으니 너랑 놀아줄 수 없는 것이 유감이구나. 내가 바라던 것보다 너를 훨씬 빨리 죽이게 됐으니. 어쨌든 금방 돌아올게. 얌전히 기다리고 있어."

그렇게 말하고 나서 용병이 황급히 나갔다.

고뫼르에 대해 말하면서 용병은 자신도 모르게 헛간의 어두운 구석을 턱으로 가리켰다. 카미유가 구덩이 쪽을 보면서 정신을 집중했다. 밤의 냉기에도 불구하고 이마에서 땀이 흘러내렸다.

"살림!" 카미유가 이름을 불렀다. "살림!"

늑대는 꼼짝 않은 채로 귀를 쫑긋 세웠다.

"살림, 정신 차리고 이리 올라와. 지금 위험에 빠졌단 말이야!"

늑대가 주의 깊게 카미유의 말을 듣고 있었다.

"살림, 카오스 용병이 우리를 죽이려고 해. 네가 빨리 인간의 모습으로 돌아오지 않으면 내가 죽어!"

카미유는 위급한 상황이라는 걸 이해시키려고 애를 썼고, 늑대의 눈에서 알아듣는 것 같은 빛이 반짝였다.

그러나 그것으로는 충분하지 않았다.

카미유는 단념했다.

그러고는 늑대가 있는 쪽을 뚫어져라 응시하면서 준비했던 말에 감정을 추가했다. 그건 두려움과는 관계가 없는 감정, 때를 기다리면서 가슴속에 간직하고 있던 감정이었다. 이제까지 한 번도 살림에게 드러내지 않았던 감정이었다.

"네가 필요해, 살림. 정신 차려."

카미유는 중얼거렸지만 그 말이 화살처럼 날아가서 늑대의 영혼에 꽂혔다.

아니, 살림의 심장에 꽂혔다.

동물이 마치 자신에게 일어난 일을 거부하는 듯 몸을 부르르 떨다가 갑자기 없어지더니…… 그 자리에 살림이 웅크리고 있었다. 살림이 카미유를 향해 얼굴을 들었다.

"안녕, 누나야." 살림이 허스키한 목소리로 말했다.

카미유의 뺨을 타고 눈물이 주르륵 흘러내렸다.

"서둘러, 연체동물!" 카미유가 속삭였다. "이제 곧 용병이 나타날 거야."

살림이 인상을 쓰면서 몸을 일으켰고 구덩이 밖으로 나왔.

그러고는 카미유를 향해 뛰어왔다.

"내가 무슨 꿈을 꿨는지 알아?" 살림이 자물쇠와 쇠사슬을 풀려고 애를 쓰면서 말했다.

"그건 나중에 들을게, 살림, 나중에!"

연장 없이는 쇠사슬을 풀 수가 없었다.

"아마 안 될 거야. 고피르부터 찾아야 해. 그 동물을 처치해, 그다음은 나한테 맡기고. 저쪽 구석에 있는 게 틀림없어."

카미유가 용병이 가리켰던 쪽으로 턱을 움직였다. 살림이 횃불을 들고 뒤지기 시작했다.

"빨리, 용병이 금방 돌아올 거야."

그때 헛간 문이 열리고 용병이 들어섰다.

"넌 또 뭐야?"

소년의 모습에 안심한 용병이 공격하기 전에 질문을 해서 천만다행이었다. 눈 깜짝할 사이였다. 더 이상 용병의 목소리도, 숨소리도 들리지 않았다.

소년의 모습이 흐릿해지더니…… 시커먼 늑대가 펄쩍 뛰어서 용병에게 달려들었던 것이다. 무시무시한 송곳니들이 번쩍번쩍하면서 용병의 목을 물었다.

용병은 영문도 모른 채 죽었다.

늑대의 공격은 순식간에 끝났다. 카미유는 두 눈을 감았다. 카미유가 눈을 떴을 때 늑대는 옆에 앉아서 옆구리에 머리를 기댄 채 장난스러운 눈빛으로 쳐다보고 있었다. 주둥이를 따라 피가 흘러내리지 않았다면 웃고 넘어갈 수 있으련만.

"살림?"

늑대는 움직이지 않았다. 카미유의 눈에서 불길한 전조의 빛이 어렸다.

"살림." 카미유가 엄한 어조로 외쳤다. "셋까지 셀게. 하나, 둘, 셋……"

동물의 모습이 흐릿해지더니 늑대가 있던 자리에 살림이 웅크리고 있었다.

"유머를 잃었어, 누나야?"

카미유는 엄청난 노력으로 감정을 다스렸다.

"빨리 고뫼르부터 찾아줄래?"

카미유는 조용히 말했지만 위험을 느낀 살림이 고뫼르를 찾기 시작했다. 살림이 낡은 바구니 뒤에 숨어 있는 혐오스러운 동물을 발견했다. 살림이 큼직한 벽돌로 고뫼르를 해결한 순간 이미지네이션이 열렸다.

쇠사슬이 바닥으로 떨어지면서 카미유는 자유로워졌다.

"할 얘기가 너무 많아." 살림이 시작했다. "내가 어떤 경험을 했는지 알아?"

"기다려줄게, 살림."

"뭐라고? 뭘 기다려?"

"먼저 할 일이 있을 것 같은데."

"무슨 말이야?"

"살림, 다른 것부터 빨리 하는 게 나을 텐데."

"뭘?"

카미유가 아주 진지한 얼굴로 친구를 쳐다봤다.

"뭐냐 하면…… 옷을 입어야 할 텐데."

눈을 내리깔던 살림이 비명조차 지르지 못했다.

알몸이었으니!

10

> 엘레아 릴 모리엔발은 머리가 좋은 출중한 데시나퇴르였지만, 만족할 줄 모르는 야심뿐만 아니라 도덕 불감증이 심각한 수준이었다. 인간을 말살시키려는 츨리쉬들과 아직은 의도를 알 수 없는 카오스 용병대와 손을 잡지 않은 것이라면 그녀의 반역 행위를 어떻게 설명할 수 있을까? 엘레아 릴 모리엔발은 츨리쉬들과 카오스 용병대를 조종하려고 했지만 오히려 그들에게 이용당한 것이었다.
>
> 도움 필 바티스, 제국의 연대기 작가

재회의 기쁨으로 원정대의 분위기가 화기애애해졌다.

카미유는 담요를 뒤집어쓴 살림을 데리고 여인숙으로 돌아오자마자 일행을 깨웠다.

소란스러운 소리 때문에 잠을 깬 여인숙 주인이 나타났다. 두옴 선생님이 거의 만찬에 가까운 아침 식사를 여주인에게 부탁하자 비욘과 마니엘은 한술 더 떠서 맥주와 고기, 소시지와 햄을 추가로 주문했다. 꼭두새벽부터 그렇게 많은 음식을? 하는 얼굴이지만 여주인은 거창한 아침 식사를 준비하러 부리나케 주방으로 달려갔다. 얼마 후 그들은 푸짐한 음식이 차려진 공동식당에 모여 앉았다. 그사이에 살림은 옷을 갈아입었고, 일행의 뜨거운 환영을 받았다. 동물의 감각에 떠밀려서 인간의 정신을 찾을 수 없었던 살림은 꿈

속의 장면들처럼 기억이 흐릿했지만 생각나는 대로 얘기했다.

"뭐라고 표현하기 어렵지만 나는 인간이자 늑대였기 때문에 나는 나이기도 하고 내가 아니기도 했어요. 이해하겠어요?"

비욘이 맥주를 단숨에 들이켜고 나서 말했다.

"물론이지!"

살림이 놀란 얼굴로 비욘을 쳐다봤다.

"이해해요? 정말 내가 겪었던 걸 이해할 수 있어요?"

비욘이 눈을 동그랗게 떴다.

"내가 이해한다고 했어? 그런 말이 아닌데……."

"하지만 물론이라고 했잖아요!"

"말하자면 그렇다는 거니까 별 뜻 없이 한 말이야……." 당황한 비욘이 말끝을 흐렸다.

"아, 그렇다면 안심이에요. 난 또 내가 없는 동안 형님도 동물로 둔갑했다는 말인 줄 알고 깜짝 놀랐잖아요."

살림이 깔깔대고 웃었지만, 살림이 돌아온 뒤로 유심히 살피던 엘라나는 늑대로 변하는 경험으로 인해 소년이 많이 달라져 있다는 걸 알아차렸다. 이제부터 살림의 정신은 늑대의 정신과 분리할 수 없게 결합되어 있었다.

살림은 호기심이 발동한 두옴 선생님의 질문에 대답했다. 살림은 자신의 의지대로 늑대로 변신할 수 있지만 시범을 보여줄 수 없다고 잘라 말했다. 늑대가 되는 것은 이유 없이 해보기에 너무 끔찍한 경험이기 때문이었다.

간밤에 일어난 사건으로 대화가 이어지자 모두 얼굴이 어두워졌다.

"그런데 황제께서는 왜 아직까지도 그 가증스러운 용병들이 활개를 치고 다니게 내버려두는 겁니까?" 마티유가 주먹으로 식탁을 쾅, 내리치면서 말했다.

"어디를 쳐야 할지 모르기 때문이야." 에드윈이 설명했다. "카오스 용병대는 길드와 마찬가지로 제국 곳곳에 흩어져 있는데 그들의 본거지는 궨달라비르가 아닌 다른 곳일 수도 있으니까. 용병들에 대해 알려진 것이 전혀 없지만, 뭔가를 알아내기만 하면 실 아피안 황제는 가차 없이 일망타진할 것이다."

엘라나가 카미유에게 물었다.

"그자가 너를 죽이라는 의뢰를 받고 온 용병이란 말이지?"

"그런 뜻으로 말했어요."

카미유가 단언했다.

"엘레아 릴 모리엔발이 틀림없어!" 두옴 선생님이 소리쳤다. "그런 짓을 할 사람은 그 여자밖에 없어!"

살림이 고개를 갸웃하면서 두옴 선생님을 쳐다보는 순간 문득 한 이미지를 떠올리면서 카미유는 속으로 말했다. '보름 동안 졸졸 따라다녔던 늑대의 모습이랑 똑같네.'

"맞아요." 살림이 큰 소리로 외쳤다. "엘레아가 위험한 여자라는 걸 우리는 오래전부터 알고 있었어요. 이젠 정말 그 여자에게 복수를 해야 돼요!"

한마디, 한마디 힘주어 말하는 살림을 보면서 카미유는 소스라치게 놀랐다. 눈 깜짝할 사이에 친구의 입에서 번뜩이는 송곳니를 봤던 것이다.

1

알린족과 알라비리 사람들은 언제부터 갈라졌을까? 아니, 단일 민족을 이뤘던 때가 있기는 했을까?

카르보이스트 수도원장, 7서클의 회고록

다시 길을 나선 지 일주일 후, 그들은 알제이트에 이르렀다.

제국의 남부지방은 완연한 가을이었고, 차가운 비에 흠뻑 젖으면서 단풍이 곱게 물들어 있었다.

살림이 제 모습을 찾으면서 원정대의 분위기는 확연히 달라졌다. 비욘과 살림의 한결같은 말싸움, 그리고 마니엘의 공정한 심판이 다시 시작되면서 원정길이 한층 유쾌해졌다.

시암이 내어준 말 깜찍이를 만난 살림은 재회의 기쁨을 맘껏 누렸다. 이제는 말 타는 것이 힘들지 않았고, 날이 갈수록 늠름한 기사의 모습을 보이고 있었다. 살림은 엘라나와 약속한 대로 그림자 걸음 훈련도 다시 시작했다.

마티유는 시암의 엄격한 지도를 받으며 검술 훈련에 열중했고,

어느덧 초보 딱지를 떼기 시작했다. 동작이 점점 유연하고 민첩하며 정확해졌다. 가죽 옷차림의 마티유, 햇볕에 그을린 피부, 미술학교의 친구들이 봤다면 알아보지 못할 정도였다.

언덕 꼭대기에 이르렀을 때 드러나는 알제이트의 모습을 보면서 마티유가 탄성을 내질렀다. 말을 멈춰 세운 마티유의 눈이 휘둥그레졌는데 마치 마비가 된 듯 입을 멍하니 벌리고 있었다. 이 순간을 기다렸던 카미유는 오빠가 놀라는 모습을 흐뭇하게 지켜봤다.

몇 백 미터 앞에 자수정 문이 열려 있고, 그 앞으로 흘러내리는 폭포수가 보랏빛으로 환상적인 장면을 연출했다. 고원에서 쉼 없이 떨어지는 물이 물리적 법칙을 조롱하듯 완벽한 원을 그리며 도시를 둘러싸는 강물로 흘러들고 있었다.

성벽 너머로 알제이트의 탑들이 하늘을 찌를 듯 높이 솟아 있고, 반짝거리는 돔 지붕이 태양과 경쟁이라도 하듯 광채를 발하고 있었다. 마티유가 정신을 차리기까지는 시간이 오래 걸렸고, 카미유는 처음 알제이트를 봤을 때 탄복하던 자신의 얼굴 표정도 똑같았을지 궁금했다.

그들은 군중에 섞여서 수도 알제이트로 들어갔다. 마티유는 황궁에 이르렀을 때 비로소 진정이 되었다. 하인들이 그들에게 가벼운 식사를 가져왔고, 잠시 후, 친위대원 한 명이 와서 실 아피안 황제가 곧 그들을 만나러 올 것이라고 알렸다.

그들이 접견실에 들어섰을 때 퀜달라비르 제국의 황제가 뜨겁게 맞았다. 정중하게 허리를 굽히는 그들에게 고개를 들라고 말한 다음 황제가 에드윈을 끌어안았다.

"자네가 해냈어, 친구!" 황제가 외쳤다. "자네가 해냈어! 우리가 전쟁에 이겼어!"

황제가 한 발짝 물러서서 그들을 차례로 쳐다보고 나서 말을 이었다.

"제국을 구해줘서 정말 고맙소, 동지들! 그대들의 업적에 대한 고마운 마음을 어찌 말로 다 표현할 수 있겠소. 우리가 큰 빚을 졌으니 두고두고 갚는 수밖에."

카미유는 살림 옆에 서 있었다.

카미유는 황제의 치하가 그들의 진가를 올바로 평가했다고 생각하면서 무심코 친구를 쳐다봤다. 살림의 태도가 불안했다. 친구가 입이 근질근질해서 힘들어하고 있다는 걸 알아챈 카미유는 눈에 힘을 주고 살림을 힐끗 쳐다보면서 입술을 깨물었다. 살림의 눈에서 무례하고 모욕적인 말을 내뱉을 것 같은 빛이 번뜩이고 있었다. 강제로 살림의 입을 다물게 해야 했다.

실 아피안 황제가 그들의 모험을 담은 그림을 보여주는 순간 카미유는 눈을 부릅뜨면서 살림의 발을 밟았다.

살림을 유심히 살피고 있던 엘라나도 같은 생각을 하고 있었는지 살림의 또 다른 발을 짓밟았다. 맙소사, 뒤에서는 비욘과 마니엘이 목을 조르고, 심지어 두옴 선생님까지 반쯤 몸을 돌리고 검지로 명치를 찌르지만 않았다면 살림이 얼굴을 찡그리는 일은 없었으련만!

"……이 승리는 일치단결한 그대들의 화목에 의한 것이며…….."

살림이 갑자기 비명을 지르면서 두 발을 주무르다가 목을 문지르고 배를 만지면서 펄쩍펄쩍 뛰었다.

"……그대들의 우정이 정말 부럽소!" 황제가 말을 맺었다.

황제가 미소를 지으면서 그들의 대화를 중단시켰다. 그러고는 쾌적한 응접실로 그들을 데려갔고, 거기서 제국의 고관 10여 명과 함께 식사를 했다.

얼마 후, 저녁이 되자 그들은 실 아피안 황제가 내어준 숙소에 모였다.

비욘과 마니엘은 네 사람이 앉을 수 있는 소파를 차지하고, 안락의자에 앉은 시암은 습관대로 팔걸이에 두 다리를 걸쳐놓은 자세였다. 다른 사람들은 탁자에 퀜달라비르의 남부지방 지도를 펼쳐

놓고 둘러앉아 있었다.

단단히 삐친 살림이 드디어 불만을 쏟아냈다.

"정말 너무해요. 어떻게 모두 나한테 그럴 수가 있어요? 야만인들도 아니고!"

카미유가 살림을 째려보며 말했다.

"그럼 네가 황제 폐하의 말을 가로막으려고 하지 않았다는 거야?"

"그렇긴 하지만……."

"그럴 생각이었던 건 인정하지?"

"그게……."

"설마 아직도 억울한 건 아니겠지? 네가 황제의 말씀을 방해하려고 했던 것이 확실해졌고, 그것으로 우리가 왜 그랬는지도 이유를 알았으니까."

머쓱해진 살림이 말을 돌렸다.

"알린 군도는 왜 이렇게 지도가 명확하지 않아요?" 살림이 남대양을 가리키면서 물었다.

"거기 갔다가 돌아온 사람이 아무도 없어서 지형을 제대로 그릴 수 없었기 때문이지." 에드윈이 짤막하게 설명했다.

"그럼 우리는 헤엄쳐서 가나요?"

카미유는 친구의 손을 톡톡 쳤다.

"그러고 싶으면 너는 헤엄쳐서 가도 돼. 우리는 황제께서 내어주는 배를 탈 거니까."

"배?" 살림이 깜짝 놀랐다. "그건 더 위험하지 않나? 아무도 돌아오지 않았다는 그 섬 주위에 해적들이 우글거리는데 배를 타고 간다고?"

"살림, 우리도 너 못지않게 알린 군도에 대해서 대충은 알고 있거든!" 카미유가 발끈했다. "그리고 가능한 한 눈에 띄지 않게 상륙해야 하기 때문에 지금 머리를 짜고 있단 말이야. 이제 됐니? 또 다른 질문 있어?"

"화내지 마, 그냥 물어본 거니까. 언제 출발하는데?"

"내일 남서쪽으로 출발한다." 에드윈이 지도를 둘둘 말면서 대답했다. "그 연안까지 가는 데 사흘이 걸리니까 혹시 네가 계속 쓸데없는 소리를 하면서 까불더라도 너를 손봐줄 시간은 충분하지."

2

알린 군도 먼바다에서 마주친 항해사들에게서 섬에 경작된 토지가 있다는 보고를 받았습니다. 따라서 알린족은 농사를 짓고 가축을 사육하고 있을 가능성이 큽니다. 그것은 알린족을 약탈이나 일삼는 단순한 해적으로 볼 수 없다는 것인데 제국에는 불리한 시나리오가 아닐 수 없습니다.

사이 힐 무란 영주, 황제에게 보내는 편지

"뭐 아는 거 있어, 누나야?"

"아니. 하지만 곧 알게 될 것 같아."

살림은 이번만은 친구의 성의 없는 대답이 기분 나쁘지 않았다. 둘은 바위에 올라앉아 있었다. 오른쪽으로는 언덕 중턱에 지은 보통 크기의 도시 파란지가 보이는데 하얀 성벽이었다. 발밑으로는 오랜 세월 선원들의 발길에 닳고닳아 반들반들한 부두로 이어지는 항구에 수십 척의 작은 배들이 정박해 있고, 먼바다에 닻을 내린 세 척의 선박이 보였다.

그 지방의 특산물을 파는 상인들과 오가는 사람들로 북적거리는 장터도 보였다. 살림은 눈앞에 펼쳐진 망망대해를 뚫어져라 바라보았다.

"바다를 처음 봤어."

살림이 짤막하게 툭 내뱉었지만 깊이 감동한 목소리라 카미유는 잠자코 미소를 지어 보이면서 손을 잡아주었다. 둘이 그렇게 말없이 앉아 있자 비욘이 부르는 소리가 들렸다.

"에월란! 살림! 선실을 정해야 하니까 빨리 가자!"

전망이 좋은 곳을 찾다가 둘이 올라간 바위 밑에서 비욘이 내려오라는 손짓을 했다.

둘은 마지못해서 시키는 대로 했다.

"우리가 타고 갈 배를 찾았어요?"

살림이 물었다.

"응, 저기 정박해 있어. 흰색 돛 두 개를 반쯤 말아 올린 배인데 배의 이름이 '알구스 오요'야. 할 닐 브라운드* 선장이 육지에 나와 있어서 찾는 데 시간이 많이 걸렸지만 해결됐어. 짐은 다 실었고, 선원들도 배에 올랐어. 우리는 내일 아침에 출항이야."

"에드윈이 말을 두고 간다는 생각을 바꾸지 않았어요?" 카미유가 물었다.

"응, 마구간에 있어. 눈에 띄지 않게 섬에 들어가야 하니까 우리는 걸어서 이동할 거야."

보트를 타고 배에 올랐는데 센의 진주호보다 훨씬 작았다. 항해하는 데는 선원 네 명이면 충분했다. 알린족 해적의 공격을 받을까 두려워하는 어부들이 먼바다로 나가기를 꺼려하기 때문에 제국에는 배가 그리 많지 않았다. 상인들은 이미 오래전부터 바다를 통한 상품 운송을 단념하고 남대양의 주도권을 해적들에게 넘기고 있었다.

츨리쉬들이 스파이럴 접근을 막기 전까지 연안지방의 마을은 데시나퇴르들의 보호를 받고 있어서 해적들이 접근하지 못했다. 그러나 몇 년 전부터 파수병들의 반역을 기회로 삼은 알린족의 기습 공격이 점점 격렬해지고 있었다. 주저치 않고 연안지방에 침투한 알린족은 지나는 마을마다 모조리 약탈하면서 쑥대밭으로 만들었다. 지금은 파수병들이 돌아왔지만 그렇다고 해서 알린족은 단기간에 해치울 수 있는 만만한 상대가 아니었다.

"제국의 데시나퇴르들이 왜 아직까지 해적 문제를 해결하지 못하죠?" 카미유가 두옴 선생님에게 물었다.

두옴 선생님은 갑판의 난간을 잡고 서 있었다. 모두 나서서 두옴 선생님에게 알제이트에 남아 있으라고 설득했지만 소용없었다. 에드윈이 마지막으로 다시 한 번 말렸을 때 두옴 선생님이 어찌나 큰 소리로 분통을 터뜨리는지 궁전이 쩌렁쩌렁 울릴 정도였다. 다혈질에다 고집이 센 노인은 끝까지 원정을 떠나겠다고 주장했고, 아무도 설득하지 못했다. 따라서 지금 원정대와 함께 배를 타고 있는 것이었다.

"알린족 중에도 데시나퇴르들이 있어. 게다가 바다와 배에 대한 조예가 깊어서 우리보다 유리하거든."

"그럼 우리도 위험하잖아요?"

두옴 선생님이 어깨를 으쓱했다.

"놀러 가는 건 아니라고 할 수 있지."

알구스 오요호에는 선원들이 잠자는 화물창 외에 선장 전용 방을 포함한 선실이 두 개 있었다.

"시암과 카미유, 내가 남은 선실을 쓸게요." 엘라나가 말했다.

"하지만……." 비욘이 입술을 실룩거렸다.

"뭐가 하지만이에요!" 엘라나가 말을 잘랐다. "우리는 여자들이니까 그럴 권리가 있어요. 동의 못하겠어요?"

"연약한 여성을 위한 규정에는 기꺼이 동의하지만 당신의 경우는 아니죠. 최근 몇 주 동안 당신이 얼마나 무시무시한 모습을 보여 줬는지 생각하면…….”

엘라나가 냉소적인 미소를 지어 보였다.

“그래도 내 말에 거역하겠다면 그러시든가!”

잠시 침묵을 지키면서 엘라나의 섬세한 근육을 힐끔힐끔 쳐다보던 비욘이 아무래도 불길한 예감이 들었는지 순순히 백기를 들었다.

“화물창도 괜찮아 보이던데.” 비욘이 단언했다. “내 짐을 갖고 내려갈 테니까 나중에 봅시다!”

배낭을 둘러멘 비욘이 배의 밑바닥으로 이르는 사다리를 내려갔다. 비욘이 사라지자 카미유가 엘라나를 쳐다보면서 말했다.

“너무 심하다고 생각하지 않아요?”

“걱정하지 마.” 엘라나가 깔깔대고 웃으면서 외쳤다. “비욘도 내가 친구라는 걸 아니까.”

“하지만 비욘에게는 너무 냉정한 것 같아요.”

엘라나가 진지한 얼굴로 카미유를 뚫어져라 쳐다봤다.

“비욘은 병사야. 마니엘과 마찬가지로 비욘에게도 병사의 습관이 있어. 내가 강한 모습을 보이지 않으면 그들은 나를 보호해주고 보살펴줘야 한다고 생각할 거야. 내 자유가 걸려 있는 문제야, 에윌란. 난 남자들이 아무리 좋은 의도라고 해도 내 자유를 짓밟게 내버려둘 수 없어.”

엘라나는 마치 어른을 상대하는 것처럼 카미유에게 말했다. 그렇지만 다른 사람의 의견을 알고 싶은 카미유가 눈짓으로 시암에게 물었다. 시암이 기꺼이 대화에 끼어들었다.

"난 어릴 적부터 내가 여자라는 이유로 나보다 뭐든 잘할 수 있다고 확신하는 소년들과 치고받고 싸우면서 자랐어. 그때부터 스스로 나를 지키기로 결심했어. 엘라나의 말에 동의해. 우리는 자유로워야 하고, 아무리 힘들어도 강해져야 해!"

엘라나가 거의 강압적으로 획득한 선실로 향하면서 카미유는 한참 동안 두 여자의 말을 생각했다. 그 생각에 전적으로 동의할 수는 없지만 나중에 잘못된 길을 가고 싶지 않으면 깊이 생각해봐야 할 문제라고 느꼈다.

다음 날 이른 새벽, 카미유는 요란하게 삐걱거리는 소리에 놀라서 잠을 깼다. 카미유는 눈을 번쩍 뜨고 일어났다.

밤새도록 배가 물결에 일렁거렸고, 파도가 점점 거세지는지 중심을 잃지 않으려면 탁자에 매달려야 했다. 카미유는 시암과 엘라나의 침대 쪽으로 고개를 돌렸다. 엘라나는 이미 나갔는지 선실에 없지만, 시암은 아직 이불 속에 웅크리고 있었다.

"우리 배가 돛을 올렸나봐요." 카미유가 소리쳤다.

"으음, 난 더 잘 거야." 시암이 구시렁거렸다.

카미유는 침대 위로 뛰어올라서 시암을 깨우고 싶은 마음을 억누르면서 후닥닥 옷을 갈아입고 밖으로 뛰쳐나갔다. 동쪽 하늘이 장엄한 일출을 알리는 오렌지 빛으로 물들고 있었다. 육지는 이미 멀어져 있고, 검푸른 파도가 알구스 오요호의 측면에 부서지면서 물거품을 일으켰다. 할 닐 브라운드 선장이 펼친 흰색 돛 두 개가 바람에 펄럭였다. 선원들이 돛 주위에서 분주하게 움직이고 있었다. 에드윈과 엘라나만 갑판에 나와 있는 걸 보면 다른 사람들은 자고 있는 모양이었다.

엄청난 물보라를 뒤집어쓰면서 카미유가 외쳤다.

"와우!"

알구스 오요호는 정남향으로 질주하고 있었다. 카미유는 입술에 닿는 공기에서 톡 쏘는 맛을 느꼈다. 뱃머리에 앉은 카미유는 두 발을 허공에 둔 채 망망대해를 바라봤다. 쌀쌀한 아침에 옷까지 흠뻑 젖는 바람에 으슬으슬 춥지만 카미유는 모처럼 행복하고 자유로운 느낌이 들었다.

궨달라비르 제국의 해안이 안개 속으로 사라지고 난 뒤 얼마 후 비욘과 마니엘이 나타났다. 카미유는 그들의 일그러진 얼굴을 보면서 움직이는 배 밑바닥의 화물창에 누워 있는 것이 경험 없는 이들에게는 얼마나 괴로운 일인지 이해할 수 있을 것 같았다. 살림이 마지막으로 갑판에 올라왔는데 잠을 설쳤는지 뿌루퉁한 얼굴이었다.

뱃머리에 올라앉아서 넘실거리는 검푸른 물을 향해 몸을 숙이고 있는 카미유를 발견한 살림이 달려왔다.

"내려와!" 살림이 고함을 질렀다. "그러다 떨어진단 말이야!"

바닥으로 펄쩍 뛰어내린 카미유가 잠시 살림을 뚫어져라 쳐다보다가 활짝 웃어 보였다.

"진정해, 친구야. 내가 뭘 하는지 알고 있으니까……."

"아니, 넌 몰라! 그러니까 위험한 줄도 모르고 그렇게 몸을 숙이고 있지! 그러다 배가 거센 파도와 부딪치면 물에 빠진단 말이야. 네가 아무 생각이 없을 때 그런 바보 같은 짓을 한다는 걸 난 너무 잘 알아!"

살림이 언성을 높이자 일행의 눈길이 일제히 쏠렸다. 카미유는 어이없다는 얼굴로 주위를 둘러보다 엘라나와 시암의 눈길과 마주쳤다. 흥분한 살림이 사람들의 시선을 의식했는지 급기야 분노를 터뜨렸다.

"제발 아무 생각 없이 행동하지 말란 말이야! 알았어?"

살림은 카미유에게 그런 어투로 말한 적이 한 번도 없었다. 앞에 서 있는 살림이 내 친구가 맞나? 하는 얼굴로 쳐다보던 카미유는 문득 엘라나와 시암의 충고가 기억났다.

카미유는 오른쪽 주먹을 불끈 쥐고 빙그르르 돌면서 살림의 턱을 가격했다.

불시에 턱을 얻어맞은 충격으로 뒤로 밀려나던 살림이 갑판에 벌렁 나자빠졌다. 손이 아팠지만 내색할 수가 없는 카미유는 누워 있는 살림에게 다가갔다. 그러고는 어리둥절한 얼굴로 쳐다보는 살림에게 내뱉었다.

"난 내가 하고 싶은 걸 해! 내가 원하는 곳에서, 내가 원할 때는 언제든! 알았어?"

카미유는 대답을 기다리지 않고 홱 돌아서서 뱃머리로 돌아갔다. 비욘이 엘라나에게 의혹에 찬 눈길을 던졌다.

"에윌란에게 무슨 말을 한 거예요?"

엘라나가 시치미를 뚝 떼고 천연덕스럽게 대꾸했다.

"무슨 말인지 모르겠는데요."

비욘이 살림을 향해 몸을 숙였다.

"가자." 비욘이 살림을 일으키면서 말했다. "내가 여자들에 대한 몇 가지 진실을 말해줄게. 너도 이제는 알아야 하니까……."

비욘은 카미유를 힐끔힐끔 쳐다보는 살림을 부축하면서 멀어져 갔다. 또다시 뱃머리에 올라앉아서 바닷속의 비밀을 알아내려는 듯 시선을 고정한 카미유는 살림에게 아무런 관심이 없었다.

정오에 그들은 식사를 하기 위해 배의 식당에 모였다. 모두 좀 전의 일을 잊어버린 얼굴을 하고 있었다. 살림이 이따금 턱을 문지르자 시암과 엘라나는 남몰래 미소를 지었다.

할 닐 브라운드 선장이 모처럼 함께 점심을 먹으면서 그들의 질문에 성실하게 답변했다.

"이제는 모두 알린 군도의 위치를 알고 있지요. 여기서부터 정남향에 위치해 있는데 나도 한두 번 본 적은 있지만 접근한 적은 없어요. 해적들이 배들로 가로막으면 알구스 오요호는 상대하기가 힘들죠. 바다에 빠져 물고기 밥이 되고 싶지 않으면 해적선에서 멀리 떨어져 있는 것이 상책이죠."

"그럼 어떻게 할 생각인데요?" 마티유가 불안한 얼굴로 물었다.

선장이 안심하라는 몸짓을 했다.

"내일 저녁에는 군도가 보일 겁니다. 밤에 여러분의 목적지인 큰 섬에 이르면 여러분은 하선하고, 나는 선원들과 함께 떠날 겁니다."

"떠난다고요?" 마티유가 물었다.

두옴 선생님이 헛기침을 했다.

"그 문제에 대해서는 황제 폐하와 오랫동안 의논을 했어. 우리는 할 닐 브라운드 선장에게 기다려달라고 부탁할 수 없다. 너무 큰 위험을 무릅쓰게 할 수 없기 때문에……."

"그럼 우리는 어떻게 돌아가죠?"

"축지술을 써야지, 아키로! 축지술을 할 수 있는 사람이 두 명이나 있잖아, 그리고 네 부모님 알탄과 엘리시아를 찾으면 네 명이 되는데 그 정도면 충분하지."

마티유는 확신이 없는 표정이지만 두옴 선생님에게 감히 반박하지 않았다.

선장은 알린 군도에 대해 알고 있는 모든 정보를 말해주었다. 알린 군도의 큰 섬에 도시가 있다는 소문은 단순한 풍문으로 생각할 일이 아닌 게 확실했다. 해적들이 약탈한 것들을 모아놓은 곳이 있으며, 거기서 배를 만들거나 수리를 하는 것이 틀림없는데 아무도 그 위치를 알아내지 못하고 있었다.

식사가 끝났을 때 일행은 갑자기 불안에 휩싸였다. 그들은 갑판에서 휴식을 취하거나 바다를 감상하면서 오후를 보냈다. 알구스 오요호는 순풍을 타고 전속력으로 달렸다.

다음 날, 날치 한 마리가 갑판에서 낮잠을 자던 비욘의 뚱뚱한 배에 달려드는 웃지 못할 사건이 일어났다. 자신의 배 위에서 파닥이는 물고기를 보고 질겁한 비욘이 내지르는 비명소리에 모두 웃음을 터뜨렸다. 화가 난 비욘은 물고기를 잡아서 바다로 패대기치듯 던져버리고는 멋쩍은 웃음을 흘렸다.

할 닐 브라운드 선장이 손가락으로 가리키면서 외쳤다.

"큰 섬이다! 직진!"

저 멀리 해안의 윤곽이 드러나고 있지만 아직 또렷이 보이지는 않았다. 몇 시간 동안 불안에 사로잡혀 있던 선장은 임무를 완수하는 순간이 다가오자 긴장을 풀고 있었다.

그때였다. 한 선원이 내지르는 고함소리에 선장의 얼굴에서 웃음기가 사라졌다.

"우현에 해적선들이다!"

3

담므와 드래곤은 우리의 상상을 초월하는 신비한 사랑을 하고 있는 것이 틀림없다.

카르보이스트 수도원장, 7서클의 회고록

알구스 오요호는 순풍을 맞아 파도를 타고 질주하면서 해적선들과의 거리를 점점 더 벌렸다. 해적선들을 따돌렸다고 판단한 할 닐 브라운드 선장은 해가 수평선에 닿는 순간 배의 속도를 늦추었다. 그때 어디서 나타났는지 해적선 한 척이 거침없이 접근해왔다. 선장이 욕설을 내뱉었다.

"밤이 되기 전에 우리를 따라잡게 생겼어! 빌어먹을! 우리 배보다 돛이 많으니……. 다른 배 두 척도 곧 따라붙게 생겼으니!"

"내가 저 배의 속도를 늦춰볼게요." 카미유가 말했다.

할 닐 브라운드 선장이 무슨 헛소리야? 하는 얼굴로 카미유를 쳐다봤다.

"네가? 어떻게 할 생각인데?"

카미유의 말뜻을 알아차린 두옴 선생님이 찬성했다.

"그래, 어서 해봐, 에윌란. 선장한테는 내가 설명할 테니까."

카미유는 무작정 스파이럴에 뛰어들었다. 해적들의 배를 침몰시키는 것은 생각할 수 없는 일이었다. 해적들은 주저 없이 사람을 죽이겠지만, 직접적으로 위협을 받지도 않았는데 사람들을 죽인다는 것은 있을 수 없는 일이야. 어떻게 하지? 아, 바람! 그래, 바람을 이용하자!

카미유는 아주 복잡한 데생을 그려야 한다는 걸 깨달았다. 알구스 오요호를 방해하지 않는 바람을 그려야 했다. 카미유는 해적선 뒤에서 불어오는 바람에 맞설 수 있는 강력한 바람을 만들어서 해적선을 향해 힘껏 떠밀었다.

환호성이 터지자 카미유는 성공했다는 걸 알았다. 해적선들의 속도가 느려지더니 거의 멈춰 있었다. 스파이럴에서 나오던 카미유는 강력한 데생이 만들어지는 걸 느꼈다. 해적선에 데시나퇴르가 있다는 걸 알아차리는 순간 카미유의 데생이 산산조각이 나고 말았다. 재능이 뛰어나지 않아도 바다와 바람에 조예가 깊은 데시나퇴르와 대적한다면 카미유에게 승산이 없었다.

"실패했어요." 화가 난 카미유가 신경질적으로 말했다.

"그럼 놈들이 공격해오면서 우리 배를 침몰시키려고 할 텐데……." 선장이 말했다. "이제 우리 목숨은 파리 목숨이군요."

"빌어먹을!" 에드윈이 분통을 터뜨렸다. "에윌란, 네가 나를 놈들의 배에 데려다주기만 하면 우리를 공격할 마음이 싹 달아나게 할 텐데!"

카미유가 미안하다는 표시로 두 팔을 벌렸다.

"내가 모르는 곳으로 갈 때는 축지술을 할 수가 없어요. 나는……."

카미유가 갑자기 말을 중단하고 마티유를 쳐다보면서 외쳤다.

"오빠! 오빠는 할 수 있어!"

"하지만 난 할 줄 모르는……."

"그런 말 하지 마, 오빠! 오빠는 해내야 해! 에드윈을 해적선에 이동시켜놓고 돌아와서 다른 사람들을 데려가. 그 방법밖에 없어."

"좋아, 시도해볼게." 마티유가 심호흡을 하면서 말했다.

마티유는 에드윈의 팔을 잡고 정신을 집중했다. 마티유의 눈빛에 광채가 번뜩이더니 두 사람이 사라졌다.

"성공!" 비욘이 고함을 질렀다. "아키로가 놀라운 능력을 지니고 있을 거라고 내가 진작 알아봤지! 다음은 누구죠?"

"나요!" 엘라나와 시암이 동시에 외쳤다.

두 여자가 미소를 지으면서 카미유를 쳐다봤다.

"아키로가 두 사람을 데려갈 수 있을까?" 엘라나가 물었다.

"그건 불가능해!" 두옴 선생님이 잘라 말했다.

"아니, 가능해요!" 카미유는 두옴 선생님의 말에 반박했다.

두옴 선생님이 대꾸할 겨를도 없이 마티유가 그들 앞에 유형화되었는데 많이 놀랐는지 눈이 휘둥그레져 있었다.

"해적의 수가 많아요." 마티유가 헐떡거리면서 말했다. "적어도 30명, 그보다 많을 수도 있어요."

"그러니까 빨리 우리를 데려가!" 시암이 말했다.

마티유가 대답할 겨를도 없이 엘라나와 시암이 양쪽에서 손을 잡았고, 그들은 순식간에 해적선으로 이동했다.

에드윈이 해적들에게 둘러싸인 상태로 현란하게 검을 휘두르고 있었다. 맨살을 드러낸 상반신이 문신으로 가득하고, 수염을 기른 해적 10여 명이 야만적으로 에드윈을 공격했다. 해적 세 명이 갑판에 쓰러져 있지만, 에드윈은 불리한 상황이었다. 도끼와 검의 빗발치는 공격을 아직까지는 막아내고 있지만 오래 버티지 못할 것 같았다.

마티유는 비욘과 마니엘을 데리러 다시 가야 했다. 하지만 위험을 무릅쓰고 싸움에 뛰어든 시암을 두고 가려니 발걸음이 떨어지지 않았다.

엘라나가 펄쩍 뛰어오르는 동작으로 해적들의 관심을 끌었다. 곧바로 엄청나게 큰 도끼를 쳐든 거구의 해적 하나가 엘라나에게 덤벼들었다. 바닥에 엎드리면서 해적의 칼을 피한 엘라나가 데굴데굴 구르다가 발딱 일어났다.

해적은 도끼를 휘두를 수 있는 거리를 만들기 위해 한 발짝 물러서려고 했지만 눈 깜짝할 사이에 엘라나의 단검 두 개가 날아갔다. 푹 쓰러진 해적이 꾸르륵, 숨넘어가는 소리를 냈다.

다른 해적 두 명이 쓰러진 동지를 도우려고 달려오다 시암과 맞닥뜨렸다. 해적들은 땋아 늘인 금발과 가녀린 몸매를 보면서 잠시 머뭇거리는 치명적인 실수를 저질렀다.

시암은 검으로 해적의 배를 찌르는 한편 왼쪽 발꿈치로 또 다른 해적의 목을 가격했다.

에드윈에게 달려들 기회를 엿보던 10여 명의 해적들이 황급히 달려들었지만, 엘라나와 시암은 그렇게 만만한 상대가 아니었다.

빙글빙글 돌다가 위아래를 붕붕 날아다니는 엘라나의 공중곡예 때문에 해적들은 공격다운 공격을 할 수가 없었다. 시암은 효율적으로 검을 다루고 있었다. 갑판 위에서 미끄러지듯 움직이면서 해적들의 공격을 피했고, 그녀가 지나간 자리에는 죽음의 자국을 남겼다.

마티유는 아연실색했다. 두 여자의 현란한 무술에 홀린 마티유는 혈전이 벌어지고 있는 현장이라는 걸 잊을 정도였다.

그때였다. 마티유는 카미유의 목소리에 소스라쳤다.

'오빠, 무슨 일이야?'

카미유가 머릿속으로 메시지를 보낸 적이 없었지만 마티유는 본능적으로 어떻게 해야 하는지 알아차렸다.

'별일 아냐. 금방 갈게.'

마티유는 즉시 축지술로 알구스 오요호의 갑판으로 돌아갔고, 마니엘과 비욘이 무기를 든 채 기다리고 있었다.

비욘과 마니엘의 얼굴에서 평소의 온화한 기색은 전혀 찾아볼 수 없었다. 그들은 목숨을 걸어야 하는 위험한 전투에 뛰어들 각오를 하고 있었다.

마티유는 지체 없이 비욘의 팔을 잡고 사라졌다. 순식간에 돌아온 마티유가 이번에는 마니엘의 손을 잡았다.

"나 데려가는 거 잊지 마." 마티유가 사라지기 전에 카미유가 외쳤다.

마티유는 고개를 끄덕였다. 잠시 후, 카미유와 살림도 해적선에 합류했다. 전투는 절정에 달해 있었다.

마니엘과 비욘이 에드윈의 양옆에 버티고 있었다. 그들은 커다란 덩치와 무술을 이용해서 주위의 해적들을 해치웠다. 칼날이 부딪치는 소리가 요란하게 울리고 있지만 광분한 해적들이 지르는 고함소리에는 비교도 되지 않았다. 해적들로서는 자기들의 배에서 전투를 벌인다는 자체가 처음 있는 일인데 어찌 안 그렇겠는가! 치욕적인 불명예는 피로 씻을 수밖에 없으니 목숨은 전혀 중요하지 않았다.

　카미유가 조심하라고 외쳤지만, 마티유는 검을 뽑아들고 전투에 뛰어들었고, 곧바로 언월도를 휘두르는 해적과 맞섰다. 마티유는 해적의 연이은 공격을 가까스로 피했다. 피가 끓어오르고 있었다. 마티유가 시암에게서 배운 검술을 이용하여 맹렬한 기세로 응수하자 그보다 훨씬 덩치가 큰 해적이 뒷걸음쳤다.

　카미유는 배 어딘가에 숨어 있는 데시나퇴르가 원정대를 해치지 않는지 감시하기 위해 그 싸움에서 시선을 돌려야 했다. 카미유는 정신을 집중했고, 데시나퇴르가 스파이럴에 들어오는 순간 알아챘다.

　다른 해적들과 마찬가지로 상반신에 푸른색 문신이 가득하고 수염을 기른 알린족 데시나퇴르가 앞 갑판에 서 있었다. 전투는 아직 혼전 상태였다. 자기편을 다치게 할까 봐 불안한지 데시나퇴르가 데생 기술 사용을 주저하고 있었다.

　알린족 데시나퇴르가 첫 번째 데생으로 만든 커다란 쇳덩어리가 마니엘의 머리 바로 위에 유형화되었다. 천하무적의 장수라도 쇳덩어리가 떨어지면 치명적이었다.

　쇳덩어리가 그대로 멈췄다.

　카미유가 강철 쇠사슬로 쇳덩어리를 큰 돛대에 묶어놓았던 것이다. 카미유는 알린족 데시나퇴르가 갑판 위에서 흔들거리는 자신의 작품을 멍하니 쳐다보고 있는 틈을 이용했다.

쇳덩어리가 거대한 추처럼 크게 흔들리더니 갑자기 데시나퇴르를 향해 날아갔다. 데시나퇴르가 바람을 이용하여 막아보려고 했지만 족히 150킬로그램은 나갈 것 같은 쇳덩어리의 방향을 바꾸기에는 역부족이었다. 우지끈, 쇳덩어리에 배를 정통으로 맞고 뼈가 으스러진 데시나퇴르는 그대로 쓰러졌다.

아주 가까이서 싸우는 소리에 카미유는 소스라쳤다. 카미유가 이미지네이션에 들어가 있는 동안 해적 한 명이 다가와 있었다. 그러나 해적은 느닷없이 죽일 기세로 달려드는 검정 늑대와 싸워야 했다. 인간과 동물이 한데 엉켜서 뒹굴고 있지만 우세한 입장에 놓인 늑대가 당장이라도 목을 물어뜯을 것 같았다. 카미유는 시선을 돌렸다. 늑대가 목숨을 구해준 것이었다.

그때였다. 아주 섬세한 데생이 만들어지고 있었다.

카미유는 데생이 만들어지는 걸 느끼지 못하고 있었다. 공기를 가르며 날아오는 은빛 낫을 보지 못했다면 자칫 목숨을 잃을 뻔한 순간이었다. 휴!

카미유는 잽싸게 바닥에 엎드렸고, 낫은 아슬아슬하게 머리를 스쳐지나갔다. 카미유는 옆으로 데굴데굴 구르다가 일어났다.

그런데 알린족 데시나퇴르라고 생각하던 사람이……?

엘레아 릴 모리엔발이었다니!

바로 그 순간, 두 번째 낫이 포물선을 그리면서 날아왔지만, 이번에는 카미유도 준비가 되어 있었다. 번쩍거리는 낫이 궤적을 벗어나 엘레아 릴 모리엔발 쪽으로 날아갔다. 아연실색한 얼굴로 쳐다보던 엘레아가 가까스로 자신이 만든 낫을 사라지게 했다.

엘레아가 카미유를 향해 초록빛이 반짝이는 구슬들을 내던졌다. 무슨 역할을 하는 것들인지 모르지만 카미유는 구슬들의 방향을 바꾸는 것으로 만족했다. 구슬들은 바다로 떨어졌다.

그 순간 카미유는 분노가 머리끝까지 끓어올랐다.

"반역자!" 카미유가 고함을 질렀다.

카미유의 소리에 응답하듯 뚝, 하고 부러지는 요란한 소리가 났다. 부러진 앞 돛대가 엘레아 릴 모리엔발 쪽으로 쓰러지고 있었다.

엘레아가 재빨리 돛대를 얽어매는 줄을 만들었고, 돛대는 그녀의 얼굴에서 1미터도 안 되는 거리에서 멈췄다. 그녀가 힘을 모으려는 듯 심호흡을 했지만, 좀 전보다 훨씬 크게 부러지는 소리가 나더니 큰 돛대가 쓰러졌다.

카미유에게 당했다는 걸 알아차린 엘레아 릴 모리엔발의 눈에서 공포의 빛이 스쳤다. 그녀는 돛대에 깔리기 직전에 사라졌다. 카미유는 마지못해서 스파이럴을 나왔다. 엘레아 릴 모리엔발이 축지술을 사용했기 때문에 카미유는 쫓아갈 수 없었다.

해적을 해치운 늑대가 카미유 옆에서 여전히 경계를 하고 있었다. 전투는 종료되었다. 비욘의 도끼를 피해 달아나던 마지막 해적이 에드윈의 칼을 맞고 쓰러졌다.

정적이 흘렀다.

온통 피로 얼룩져 있는 갑판, 찢어진 돛과 뒤얽힌 채 쓰러진 돛대들…… 눈뜨고 보기 힘든 처참한 모습이었다.

아직 살아 있다는 것이 놀라운 마티유는 자신이 때려눕힌 해적에게서 시선을 떼기가 힘들었다. 모두 충격을 받은 얼굴을 하고 있는데 엘라나와 시암만 태연했다. 마치 그 전투로 우정을 확인했다는 듯 두 여자가 뜨거운 포옹을 했다.

그때 마티유가 소리쳤다.

"다른 배들이 오고 있어요. 어떡하죠?"

일행이 뱃머리 쪽으로 뛰어갔다.

해적선 두 척이 몇 백 미터 떨어진 데에 있었다.

"아키로." 비욘이 불렀다. "우리를 알구스 오요호로 다시 데려가야 해! 빨리!"

"뭐 하러?" 에드윈이 끼어들었다. "놈들이 금방 따라잡을 텐데. 우리 배보다 훨씬 빠르기 때문에!"

"그럼 계속 싸울 겁니까?" 비욘이 놀란 얼굴로 물었다.

"다른 방법이 있나?"

엘라나가 찢겨나간 돛에 대고 단검에 묻은 피를 닦았다.

"자신 없는 친구들은 떠나도 돼요." 엘라나가 단호한 목소리로 내뱉었다. "우리는 이 전투에서 승산이 없으니까!"

해적선 두 척이 뱃전을 거의 나란히 한 상태로 돌진해오고 있었다. 인정사정없이 충돌해서 공격할 계획인지 돛을 내린 상태였다. 갑판에서 부산하게 움직이는 실루엣들이 보였다.

카미유는 영화에서나 볼 법한 장면에 눈이 휘둥그레졌다.

'이 세상에는 훨씬 놀라운 일이 많이 일어나지.'

갑자기 머릿속에서 울리는 소리에 카미유는 소스라치게 놀랐다. "누구세요?" 카미유가 큰 소리로 외쳤다.

깜짝 놀란 시선들이 카미유에게 쏠렸지만 대답이 다시 울렸다.

'누군지 모르겠니? 나야!'

잠시 어리둥절해 있던 카미유는 머릿속이 번쩍했다.

"담므!" 카미유가 외쳤다. "담므가 왔어!"

그 순간 마치 화산이 폭발하듯 바다가 들리면서 담므가 머리를 드러냈다.

모습을 완전히 드러낸 회색 고래의 길이는 배 열 척을 더한 것보다 길었다. 물속을 나오며 일으킨 거대한 파도 위로 고래가 치솟으면서 물보라를 일으키는 장관을 연출했는데 그야말로 바다의 여신 같은 모습이었다. 고래가 잠시 해적선들 위로 솟구쳐 올랐다가—알제이트의 탑만큼 높이, 위엄 있게—우레와 같은 소리를 내면서 떨어졌다.

그 충격으로 산더미 같은 파도가 일면서 배가 어찌나 심하게 흔들리는지 카미유 일행은 필사적으로 난간을 붙잡고 매달려야 했다.
'안녕, 에윌란. 네가 모험하는 동안 내내 성공을 빌게.'
바다가 한동안 요동치다가 마침내 잔잔해졌고, 담므도 사라졌다.
알린족 해적들은 흔적조차 없었다.

4

재능을 지혜롭게 사용하도록 유의하라! 데생을 그린다는 것은 실재와 겨루는 것을 의미한다. 따라서 창조 행위는 존중받을 수 있는 것이어야 한다. 자연에 대한 존중, 다른 사람들에 대한 존중, 자기 자신에 대한 존중…….

엘리스 밀 트루이프, 알제이트 아카데미의 데시나퇴르 교수

포근한 밤이고, 휘영청 밝은 보름달 덕분에 이동하기가 수월했다. 할 닐 브라운드 선장은 텅 빈 해변에 그들을 내려주고 알구스 오요호로 돌아가기에 앞서서 작별 인사를 했다.

"죽었다고 생각했는데 이렇게 살아서 돌아가게 해주시니 정말 고맙습니다. 하지만 나는 그 무엇보다도 배가 소중한 사람입니다. 알린족은 배를 침몰시키는 걸 너무 좋아하지요. 성공적으로 임무를 완수하고 무사 귀환하시기 바랍니다. 담므가 여러분을 지켜주기를 빕니다."

알구스 오요호가 멀어져 가다 어둠 속으로 사라졌다.

"이제 어느 쪽으로 가야 하지?" 엘라나가 물었다.

"메르윈은 이 섬과 운명의 봉우리라고만 했기 때문에 그 이상은

몰라요." 카미유가 말했다.

"운명의 봉우리는 아마 산에 있을 거야." 에드윈이 끼어들었다. "여기서는 안 보일 테니까 일단 전진해야지."

한 시간쯤 바다를 따라가자 해안이 바위투성이로 변했다. 그들은 바다를 굽어보는 고원으로 올라가기 시작했다. 잎이 뾰족뾰족한 나무들과 향을 뿜는 빽빽한 덤불숲, 궨달라비르 제국의 최남단에서 볼 수 있는 식물 군락과 아주 흡사했다. 작은 동물들이 남긴 흔적만 있을 뿐 인적이라곤 없었다.

고원에 거의 다 오른 일행은 육지 안으로 깊이 휘어 들어온 내포와 그 주위에 펼쳐 있는 상당히 큰 규모의 도시를 발견하고 깜짝 놀랐다. 늦은 시간인데도 많은 집에 불이 켜 있고, 거리마다 활기가 넘치는 것 같았다.

에드윈이 휘파람을 불면서 감탄했다.

"말로만 듣던 알린족의 전설적인 도시로군! 이 도시에 대한 소문이 무성했지만 위치는 전혀 알려지지 않았지. 실 아피안이 이 소식을 들으면 몹시 기뻐하겠어."

상당히 많은 배가 항구에 정박해 있었다. 그 배들을 보면서 카미유는 황제가 남대양을 평정하고 싶다면 그 이름에 걸맞은 함대를 만드는 것이 바람직하리라는 생각이 들었다.

엘라나가 언덕 위의 외딴 집을 턱으로 가리켰다.

"운명의 봉우리, 이런 이름이라면 여기 사람들이 모를 리 없을 거예요. 가다가 주민에게 물어보는 게 어때요?"

"농담이죠?" 비욘이 놀란 얼굴로 엘라나를 쳐다봤다.

"천만에. 이 섬에 있는 산을 다 올라갈 수는 없어요. 그렇다고 누군가 친절하게도 정보를 가져다주길 기다릴 수도 없고. 저 집에 알고 있는 사람이 산다면 정보를 알아낼 수 있다고 장담해요."

엘라나의 말에 아무도 이의를 달지 못했다. 그들은 낮은 건물 두 채와 네모난 탑으로 이뤄진 집으로 살금살금 다가갔다. 탑에서 불빛이 보였다. 10여 미터 앞에 이르자 엘라나가 열린 창문을 가리켰다.

"내가 저 창문으로 들어갈게요."

집이 철책으로 둘러싸여 있지만, 그림자걸음에게 철책을 넘는 것쯤은 식은 죽 먹기였다. 엘라나가 덤불 사이로 들어갔고, 일행은 나무 뒤에 숨어서 기다렸다.

"잘될까요?" 카미유가 불안한 얼굴로 물었다.

"그림자걸음은 그들만의 신비한 능력을 지니고 있지." 에드윈이 설명했다. "너도 알다시피 그림자걸음은 노래로 사람들을 마비시킬 수 있어. 재능이 뛰어난 그림자걸음은 상대에게 최면을 걸어서 원하는 정보를 알아내는 능력까지 있다는데…… 아마 엘라나가 그런 사람 중 하나일 거야."

야행성 새들의 울음소리와 일행이 속삭이는 소리만 간간이 들릴 뿐 정적이 흘렀다.

　에드윈과 시암은 엘라나가 도움을 청할 경우를 대비해서 주의 깊게 건물을 살피고 있었다. 도끼를 쥐고 있는 비욘, 마니엘의 팽팽한 근육, 마티유와 살림의 단호한 표정, 모두 당장이라도 엘라나를 돕기 위해 뛰어들 기세였다.

　바스락거리는 소리가 나더니 엘라나가 불쑥 나타났다.

　"됐어요!" 엘라나가 깜짝 놀라는 일행의 모습에 재미있다는 듯 생글생글 웃었다.

　"뭐가 됐다는 건가?" 두옴 선생님이 물었다.

　"알아왔다는 거죠. 운명의 봉우리는 남쪽 해안국경에서 하루도 채 걸리지 않는 황무지에 솟아 있는 바위산이에요. 유명한 곳이었어요. 7년 전부터 알 수 없는 방벽에 막혀서 아무도 접근할 수 없기 때문에……."

　엘라나의 말에 모두 아연실색했다.

　"근데 그걸 어떻게 알아냈어요?" 비욘이 물었다.

　"자존심 상하게 하고 싶지 않은데 설명해도 당신은 이해하지 못할 텐데 어쩌나." 엘라나가 친절하게 대답했다. "피를 본 것도 고통을 준 것도, 누군가를 죽이지도 않았어요. 문짝 하나 부수지 않았다는 것만 알아둬요. 난 그냥 적당한 방법을 사용해서 정보를 알아냈으니까."

"하지만······."

비욘이 중얼거렸다.

"아, 거 참, 비욘, 걱정 잡아매라고요. 특히 너무 심한 근육질의 전사들에게 없는 섬세함을 이용한 거니까."

"정말 대단해요!"

카미유가 외쳤다.

"맞아." 엘라나가 거들먹거리면서 대꾸했다. "하지만 지금은 빨리 떠나야 해. 저 위에서 누군가 의식이 돌아오면 시끄러워지니까······."

그들은 어둠 속에서 반짝거리는 흰색 바위가 드문드문 보이는 황량한 곳을 꽤 오랫동안 걸었다. 마침내 에드윈이 정지 신호를 보냈다.

"엘라나가 알아온 정보에 따르면 운명의 봉우리는 멀지 않은 것이 틀림없다. 내일을 위해 휴식을 취할 필요가 있어."

그들은 서둘러서 저녁을 먹고, 에드윈이 첫 번째로 보초를 섰다. 카미유는 에드윈이 잘 생각이 없다는 걸 알아차렸지만 걱정되지 않았다. 피로라는 걸 모르는 사람이라고 해야 하나, 에드윈은 지친 내색을 한 적이 없었다. 카미유는 둥그런 바위 옆의 덤불 속에 웅크리고 누워서 눈을 감았다. 몇 시간 후면 정말 부모님을 만나게 되는 건가······?

성가신 햇살 때문에 잠을 깬 카미유는 일어나 앉아서 주위를 살폈다. 아직 날이 밝은 건 아니지만 바위투성이의 황량한 풍경이 보였다.

커다란 바위에 걸터앉아서 비웃듯 내려다보는 에드윈의 눈길을 받으면서 다른 일행도 하나둘 잠을 깼다.

"이리 올라와, 에윌란. 네가 보면 놀랄 거다."

카미유는 기지개를 켜고 나서 바위로 올라갔다. 카미유는 에드윈이 가리키는 방향을 쳐다보다가 아침 햇살에 오렌지 빛으로 물들고 있는 뾰족한 바위산을 발견했다. 그들이 있는 곳에서 10여 킬로미터 떨어진 곳에 우뚝 솟아 있었다.

"저게 운명의 봉우리예요?" 카미유가 물었다.

"그런 것 같아." 에드윈이 대답했다.

"오빠, 빨리 올라와서 봐!"

카미유가 막 일어나서 눈을 비비는 마티유를 소리쳐 불렀다. 마티유가 부리나케 바위로 올라왔.

"다 왔어!" 카미유가 손가락으로 가리켰다.

"경비가 있을까요?" 마티유가 물었다.

에드윈이 어깨를 으쓱했다.

"뭐 때문에 경비가 있겠니? 알탄과 엘리시아가 저기 있는 건 알린족 때문이 아닌데. 알린족은 7년 동안이나 바위산을 감시할 이유가 전혀 없어."

"어제 엘레아 릴 모리엔발이 해적선에 있었다는 걸 잊었어요?"

카미유가 상기시켰다.

"잊지 않았다. 운명의 봉우리에 간다는 것은 생각만큼 쉽지 않을 수도 있어. 하지만 우리는 그걸 확인하는 방법밖에 없어."

마티유는 꼼짝하지 않았다. 저 멀리 솟아 있는 바위산을 보면서 마티유는 자신이 정말 살아 있다는 확신이 들었다.

5

　엘레아 릴 모리엔발은 전설 속의 반역자로, 야심에 찬 교활하고 양심의 가책이란 것이 없는 인물로 기록되어 있다. 그래도 그녀는 알린족과 교류한 최초의 데시나퇴르였다.

도움 필 바티스, 제국의 연대기 작가

　불을 피우지 않는 것이 현명하다고 판단한 카미유 일행은 간단하게 아침을 먹은 뒤에 출발했다. 섬을 통과하는 것은 예상했던 것만큼 그리 힘들지 않았다. 야생 시플레르 떼의 발길이 만들어놓은 것이 틀림없는 오솔길 덕분에 그들은 바위투성이의 길을 전진할 수 있었다. 정오가 될 무렵 그들은 언덕에 이르렀는데 분지가 내려다 보였다.

　오렌지 빛이 도는 노란색 모래투성이의 거대한 분지가 보이고, 빗물에 파인 고랑이 수없이 많았다.

　100여 미터 떨어진 분지 중앙에 굴곡이 심한 바위산이 우뚝 솟아 있고, 그 꼭대기에 동굴의 시커먼 입구가 뚜렷이 보였다. 카미유는 호흡이 가빠지는 걸 느꼈다.

카미유가 입을 열려는 순간 발 앞에서 유형화된 작은 동물이 울음소리를 냈다.

"슈쇼테르!" 카미유가 외쳤다. "돌아왔구나!"

카미유가 몸을 숙이자 회색 털의 슈쇼테르가 가르랑거렸다.

"메시지를 전달하러 온 거니? 아니면 나를 환영해주러 온 거야?" 카미유가 물었다.

슈쇼테르에 대해서 이미 들은 적이 있기 때문에 일행이 가까이 다가섰다. 그러자 마치 전원이 모이길 기다렸다는 듯 슈쇼테르가 데생을 그렸다. 데생 능력이 없는 사람들조차 무슨 일이 일어나고 있는지 알 수 있었다.

"어머니의 메시지예요." 카미유가 나직한 소리로 말했다.

슈쇼테르가 전달하려는 말이 실재로 바뀌려는 순간 고통의 신음소리가 났다. 카미유의 손에서 슈쇼테르가 경련을 일으키더니 입가에 피가 흘러내렸다. 마침내 짧은 다리가 뻣뻣해지다가 슈쇼테르는 숨이 끊어졌다.

슈쇼테르를 응시하는 카미유의 눈에 눈물이 글썽글썽했다.

"이게 어떻게 된 거죠?" 카미유는 아연실색했다.

엘라나가 카미유의 손에서 죽은 슈쇼테르를 빼앗아 치우는 사이에 두옴 선생님이 불안한 목소리로 말했다.

"슈쇼테르가 죽기 직전에 다른 데생을 느꼈어. 혹시……."

에드윈과 시암이 동시에 칼을 뽑아들고 주위를 휙 둘러봤다. 황량한 풍경 속에 새소리만 들릴 뿐 고요했다.

"데시나퇴르가 슈쇼테르를 죽인 걸까요?" 마티유가 물었다. "혹시 모리엔발이?"

"단언할 수는 없지만 가능성이 있어." 두옴 선생님이 대답했다.

"그럴지도 모르죠. 어쨌든 저 바위 뒤에 군대가 숨어 있을지라도 우리는 가야 하니까 이제 출발합시다."

그들은 심각한 얼굴로 분지를 향해 내려가기 시작했다. 모래밭으로 미끄러지듯 내려가자마자 그들은 황토색 먼지를 뒤집어썼다. 만약을 대비하여 시암과 에드윈이 여전히 검을 뽑아든 상태였고, 마니엘과 비욘도 검과 도끼를 들고 있었다. 그렇지만 그들은 무사히 바위산 자락에 이르렀다.

"다 왔네요." 살림이 외치면서 손을 내밀었다.

손이 암벽에 닿기도 전에 살림은 비지를 가로막고 있던 것과 비슷한 투명한 방벽 같은 것에 막혔다.

"내가 말했던 방벽이 틀림없어요." 암벽에 접근하려다 실패한 엘라나가 말했다. "목적지에 도착한 것이 확실하네요."

"너희는 이제 끝났다!"

쩌렁쩌렁 울리는 목소리에 그들이 소스라치게 놀라서 주위를 살폈다.

처음에는 아무도 보이지 않더니 좀 전까지 그들이 있다가 내려온 언덕에 실루엣이 나타났다.

"모리엔발!" 카미유가 소리쳤다. "저 교활한 여자는 수 킬로미터 떨어진 거리에서도 알아볼 수 있어요!"

"제법이구나!" 엘레아가 대꾸했다.

거리가 멀리 떨어져 있는데도 엘레아의 목소리가 그들에게 잘 들렸고, 그녀 역시 그들의 말이 잘 들리는 모양이었다. 분노에 사로잡힌 카미유가 스파이럴로 뛰어들었지만 즉시 밀려났다.

"첫 번째 충고." 엘레아 릴 모리엔발이 비아냥거렸다. "네 부모가 거기 있는 것은 츨리쉬의 능력과 두 사람의 의지력이 합해진 놀라운 결과야. 그리고 스파이럴이 막혀 있기 때문에 운명의 봉우리 밑에서는 데생 기술이 불가능하지."

한순간 카미유는 이미지네이션으로 들어가려고 애를 쓰다가 포기했다. 엘레아 릴 모리엔발의 말은 사실이었다.

카미유가 사실을 확인하기를 기다렸다는 듯이 엘레아가 말을 이었다.

"두 번째 충고. 내가 있는 이곳에서는 데생 기술을 사용할 수 있어. 너희의 모험은 이제 곧 끝날 것이다. 너희 중 한 사람은 즉시 끝장을 내주지."

엘레아가 손짓을 하자 에드윈의 가슴에서 5미터도 안 되는 거리에 화살이 나타났다. 화살이 도저히 피할 수 없는 속도로 날아오고 있었다. 에드윈이 눈만 깜빡거리고 있을 때 엘라나는 화살보다 더 빨랐다. 엘라나가 어찌나 빠르게 움직이는지 초점이 흐려서 보이지 않을 정도였다.

눈 깜짝할 사이에 에드윈 앞을 가로막는 순간 가슴에 화살을 맞은 엘라나가 딸꾹질 소리를 내면서 뒤로 쓰러지고 있었다. 에드윈이 재빠르게 안아서 엘라나를 조심스럽게 땅바닥에 눕혔다.

엘레아 릴 모리엔발이 경멸하듯 비웃음을 흘렸다.

"국경지대 인간, 당신을 해치울 생각이었는데 우연이라는 것이 이렇게 나를 도와줄 줄이야! 당신이 화살을 맞는 것보다 더 고통스러울 테니까!"

에드윈은 엘레아의 말을 듣고 있지 않았다. 그는 힘겹게 숨을 몰아쉬는 엘라나를 살피고 있었다. 고통 때문에 얼굴이 일그러진 엘라나의 입가에 장밋빛 거품이 고였다.

"이제 세 번이에요." 엘라나가 가까스로 말했다. "당신의 목숨을 세 번 구한 거예요. 난 늘 약속을 지키거……."

"쉿! 말하지 마요." 에드윈이 속삭였다.

엘라나가 떨리는 손을 들어 에드윈의 얼굴을 어루만졌다.

"지금 말하지 않으면 다시는 기회가 없을지도 몰라요." 엘라나가 얼굴을 찌푸리면서 속삭였다. "에드윈, 더 가까이 와요. 지금 꼭 말해야 돼요."

에드윈은 어찌나 이를 악물었는지 턱뼈 근육이 불거졌다. 에드윈이 몸을 숙이고 엘라나의 입에 귀를 갖다댔다.

엘라나가 하는 말이 다른 사람에게는 전혀 들리지 않았지만 에드윈이 몸을 세웠을 때 눈빛이 반짝거렸다.

"나도요." 에드윈이 짤막하게 대꾸했다. "나도."

엘라나가 미소를 지으면서 살며시 눈을 감았다.

"안 돼! 안 돼! 괴물 같은 여자!" 비욘이 분노에 차 고래고래 소리를 질렀다. "내가 가만두지 않겠다!"

비욘이 도끼를 휘두르면서 엘레아 릴 모리엔발을 향해 달려갔다.

"잠깐!" 시암이 소리쳤다.

그러나 비욘은 누구의 말도 듣지 않기로 작정한 것 같았다. 분노 때문에 이성을 잃은 비욘은 엘레아를 죽이겠다는 마음밖에 없었다. 그가 반쯤 달려갔을 때 엘레아 옆에 수십 명의 전사가 나타났다.

"세 번째 충고." 엘레아가 말했다. "너희의 적은 내 친구들이다. 알린족은 너희가 배들을 침몰시킨 것을 아주 기분 나빠하고 있다. 알린족은 너희에게 복수를 하려고 광분하고 있거든."

수염을 기른 알린족 전사들이 고함을 지르면서 비욘을 향해 비탈길을 질주했다.

"빌어먹을!"

마니엘이 소리치면서 비욘을 도우러 달려갔다.

그러나 마니엘은 비욘이 있는 데까지 갈 시간이 없었다.

갑자기 구름 같은 모래바람을 일으키면서 집채만 한 크기의 어마어마한 덩치가 비욘 옆에 착륙했던 것이다.

"담므의 영웅! 드래곤!"

카미유가 외쳤다.

드래곤이 분지에 웅크린 자세로 날개를 접은 채 알린족 전사들을 향해 파충류의 긴 목을 내밀었다.

미친 듯이 달려오던 알린족 전사들이 멈춰 섰고, 사태 파악이 됐는지 공포의 비명을 지르면서 혼비백산했다.

드래곤이 문짝만 한 아가리를 쩍 벌리고 귀청이 떨어질 정도로 으르렁거리더니 20여 미터에 이르는 불을 뿜어냈다. 다가오는 불길을 피해 걸음아 날 살려라 도망치는 알린족이 순식간에 사라졌고, 엘레아 릴 모리엔발의 모습도 온데간데없었다.

드래곤이 비욘을 내려다봤다.

어마어마한 덩치 옆에 서 있는 비욘은 정말 왜소하게 보였다. 용기를 내려고 했지만 비욘은 자신이 호랑이 앞에 있는 파리만큼이나 하찮게 느껴졌다. 그는 침을 꼴깍 삼켰다.

뚫어져라 응시하는 금빛을 띤 적갈색 눈에 주눅이 들린 비욘은 도망칠 엄두조차 못 내고 있었다. 그때 머릿속에서 울리는 소리에 소스라쳤다.

'내 불이 네 목숨을 두 번 구해주었다, 조무래기야.'

조무래기……? 어린 시절에나 듣던 말이지만 비욘은 화를 내기는커녕 가련한 미소를 지으면서 어물어물 말했다.

"고맙습니다, 드, 드래곤……."

드래곤이 나타나는 바람에 멈춰 섰던 마니엘이 아연실색한 얼굴로 그 모습을 지켜보고 있었다. 그는 친구를 도와주러 달려갈 필요가 없다는 걸 알아차렸다.

'나에게 고마워할 필요 없다. 내 사랑 담므의 바람이었으니까.'

대화는 그것으로 끝났다는 듯이 드래곤은 거대한 몸을 일으켰다. 드래곤이 날개를 반쯤 펼치는 순간 압사될 것 같은 두려움에 비욘이 후닥닥 뒤로 물러섰다. 드래곤이 날아갈 준비를 할 때 고함소리가 울려 퍼졌다.

"기다려요!"

드래곤이 머리를 돌렸다. 카미유가 달려오고 있었다. 카미유는 손이 닿을 수 있을 정도로 가까이 드래곤에게 다가섰다.

'너를 알아, 어린 인간아. 츨리쉬들의 함정에 빠져서 파수병들을 감시하는 신세가 되었을 때 나를 구해줬지. 다시 만나서 기쁘구나.'

"지금은 내가 도움을 받아야 하는 상황에 처해 있어요."

'말해봐라.'

"내 친구가 많이 다쳤어요. 죽어가고 있어요."

'인간의 수명은 짧으니까…….'

"안 돼요!"

카미유가 고함을 질렀다. 순간 드래곤의 눈에서 노란색 광채가 번뜩였다.

"그녀가 죽으면 안 돼요." 카미유는 힘껏 소리쳤다. "담므가 나를 구해줬던 것은 내가 필요했기 때문이에요. 이번에는 담므가 그 빚을 갚아야 할 차례예요. 담므는 엘라나를 살려줘야 해요!"

드래곤이 긴 송곳니를 반짝거리면서 카미유의 얼굴을 향해 뜨거운 숨결을 내뿜었다.

'그 누구도 담므에게 그런 식으로 말할 수 없다. 담므는 어제 너희를 도와줬고, 나는 오늘 너희를 도와주었다. 따라서 더 이상 빚은 없어!'

카미유의 눈에 눈물이 글썽거렸다.

"제발 부탁이에요. 제발……."

한동안 드래곤은 꼼짝하지 않았다. 온 세상이 정적에 잠겨 있는 것 같았다. 이윽고 드래곤이 긴 꼬리로 모래밭을 내리쳤다.

'너희 중 누군가 내 친구를 내 등에 태우고 단단하게 붙잡고 있어야 한다. 그러면 담므에게 데려가겠다.'

카미유가 환호성을 지르면서 외쳤다.

"비욘, 엘라나를 데려와요. 빨리!"

비욘이 즉시 뛰어갔다가 유리상자라도 되는 듯 조심스럽게 엘라나를 안은 에드윈과 함께 돌아왔다. 두 눈을 감은 엘라나의 가슴이 숨을 쉬고 있는지 걱정이 될 정도로 아주 약하게 들썩거렸다. 화살은 여전히 가슴에 꽂혀 있었다.

카미유는 에드윈에게 드래곤의 제안을 짤막하게 설명했다.

"엘라나를 데리고 가세요."

에드윈은 선뜻 결정을 내리지 못하고 머뭇거렸다.

"하지만 나는 너와 끝까지 함께하겠다고 약속했어."

"괜찮으니까 빨리 가세요." 카미유가 재촉했다. "이제 다 끝났잖아요. 더 이상 위험이 없으니까 우리끼리 해낼 수 있어요. 그리고 다른 누구보다도 엘라나 곁에 있어야 하는 사람이잖아요."

에드윈은 의미심장한 눈길로 카미유에게 고마운 마음을 표시하고 드래곤을 향해 돌아섰다. 머릿속에서 드래곤의 소리가 울렸을 때 에드윈은 놀라지 않았다.

'내 사랑 담므는 그 여자를 구할 수 있지만, 우리가 담므에게 데려가야 한다. 내 등에 올라탈 용기가 있는가? 지금까지 어떤 인간에게도 해본 적이 없는 제안인데…….'

"필요하다면, 그래서 이 여자를 살릴 수만 있다면 당신과 싸울 수도 있습니다. 하지만 중상을 입은 상태라서 그 여행을 견딜 수 있을지 걱정입니다."

'여자의 상태가 악화되지 않게 할 수 있다. 내 사랑 담므의 능력과 비교할 수는 없지만 내 능력을 얕잡아보지 마라. 내 등에 타고 있으면 여자는 죽지 않아. 나를 믿어.'

"당신을 믿습니다. 그렇지만 여기서는 데생 기술을 사용할 수 없어요. 그리고 담므가 당신에게 소중한 것만큼 이 여자는 내게 소중한 사람입니다."

드래곤이 하늘을 향해 아가리를 들더니 포효하듯 으르렁거리면서 불을 뿜었다.

질겁한 비욘이 후닥닥 뒷걸음쳤지만, 에드윈과 카미유는 무슨 뜻인지 알기 때문에 눈썹 하나 까딱하지 않았다. 드래곤이 비웃고 있는 것이었다.

'그런 바보 같은 말은 하지 마라, 인간아! 담므와 내가 어떻게 결합되어 있는지 전혀 모르면서. 인간 데시나퇴르들의 제한된 능력은 나와 아무 관계가 없다. 나는 스파이럴에 들어가서 능력을 사용하지 않는다. 그런 금지는 나에게 아무런 의미가 없다. 이제 올라타라, 네 여자가 죽어가고 있다.'

드래곤이 왼쪽 날개를 펼쳤다.

에드윈은 의식을 잃은 엘라나를 안고 드래곤의 어깨에 이를 때까지 날개 위를 걸었다. 목덜미의 돌기부분에 앉는 데 성공한 에드윈이 엘라나를 꼭 끌어안았다.

두 사람이 자리를 잘 잡았는지 확인한 다음 드래곤은 비상할 준비를 했다. 드래곤이 이륙하는 장면을 이미 본 적이 있는데도 카미유는 비상을 위해 힘을 쓰는 드래곤 앞에서 얼이 빠진 얼굴이 되었다. 알폴 아카데미의 지붕을 뚫고 나갈 정도로 엄청난 힘이 아니었던가!

잠시 후, 드래곤의 모습은 보이지 않았다.

모두 잠자코 하늘을 바라보고 있었다. 이윽고 그들은 운명의 봉우리로 향했다. 드래곤이 희망을 줬지만 엘라나의 부상 때문에 그들은 마음이 무거웠다.

"네 번째 충고. 알린족은 비겁할지 모르지만 나는 절대 포기하지 않는다!"

그들이 운명의 봉우리로 불리는 바위산으로 향하고 있을 때였다. 언제 나타난 걸까, 엘레아 릴 모리엔발이 또다시 공격을 시도했다. 엘레아가 손짓을 하자 불쑥 나타난 화살이 카미유를 향해 날아왔다.

이번에는 시암이 준비하고 있었다.

시암이 쏜살같이 휘두르는 검에 부딪힌 화살이 부러진 상태로 땅바닥에 떨어졌다. 두 번째, 세 번째 화살이 날아왔지만 역시 두 동강이 났다.

거의 보이지 않을 정도로 화살이 연이어 날아왔지만 시암은 마치 육감에 따라 움직이듯 검으로 화살을 저지했다. 시암은 누구도 흉내 낼 수 없는 놀라운 솜씨를 발휘했다. 그렇지만 언제까지 계속 그러고 있을 수는 없었다.

엘레아 릴 모리엔발은 비웃음을 흘리면서 한 사람, 한 사람을 겨냥하여 화살을 날렸다. 다른 일행은 그 화살을 도저히 피할 수 없기 때문에 시암이 혼자서 막아냈다. 시암은 매번 개입해서 화살의 방향을 바꾸는 데 성공했다. 엘레아는 도깨비처럼 빙글빙글 돌면서 시암이 만드는 장벽을 아직까지 뚫지 못하고 있었다. 그렇지만 얼마나 오래갈 수 있을까, 이제 시간문제였다.

시암이 검으로 마지막 화살을 막아낸 다음 짧은 소강상태를 이용해서 마티유의 눈을 뚫어져라 응시했다. 날이 갈수록 관계가 두터워진 마티유와 시암의 눈빛 교환이 순식간에 이뤄졌다. 두 사람은 상상했던 것보다 훨씬 끈끈한 관계가 형성되어 있었던 걸까.

마티유는 시암이 보내는 눈빛의 의미를 대번에 알아차렸다. 앞으로 나선 마티유가 시암의 어깨에 손을 얹었다. 그다음 상황은 슬로모션처럼 전개되었다.

엘레아 릴 모리엔발이 화살을 쏘기 위해 팔을 드는 순간 시암이 검을 쳐들었다. 시암이 화살을 막는 순간 마티유는 축지술을 사용했다.

마티유는 스파이럴을 전혀 모르지만 자신이 원할 때 원하는 곳으로 갈 수 있다는 것은 알고 있었다. 그것이 유일한 재능이지만 무한

한 능력이었다.

　엘레아 릴 모리엔발은 두 사람이 사라지는 걸 봤지만 눈 깜짝할 사이라서 무슨 일인지 알아차리지 못했다. 운명의 봉우리 밑에서는 그 누구도 데생 기술을 사용할 수 없는데…….

　시암의 검이 엘레아의 어깨부터 엉덩이까지 휙, 지나갔다.

　엘레아 릴 모리엔발이 푹 쓰러졌다.

6

데생 기술의 힘은 한계가 있지만, 사랑의 힘은 무한하다.

메르윈 릴 아발론

"오빠가 축지술을 한다는 건 우리를 저 위로 데려갈 수도 있다는 건데……."

카미유는 초조한 얼굴로 오빠의 대답을 기다렸다.

마티유와 시암은 마치 방금 있었던 일로 서로의 마음을 확인했다는 듯이 손을 잡고 돌아왔다.

"그래, 해보자." 마티유가 짤막하게 대답했다.

카미유는 오빠의 팔을 잡았다.

카미유와 마티유는 운명의 봉우리 꼭대기에 있는 동굴의 입구 앞에서 유형화되었다. 봉우리에서는 이미지네이션으로 들어갈 수 있다는 걸 대번에 알아차린 카미유는 데생으로 불빛을 만든 다음 동굴 속으로 들어갔다.

동굴은 그리 깊지 않았고, 고운 모래가 깔려 있었다. 공기가 건조하고 아주 뜻밖에도 박하 향이 진동했다.

알탄과 엘리시아는 안쪽 깊숙한 곳에 서로의 몸에 기댄 채로 꼼짝 않고 있는데 묘한 미소를 머금고 있었다. 먼지가 쌓여 있는 것으로 보아 그들이 오랜 시간 그렇게 움직이지 못했다는 걸 짐작할 수 있었다. 그런데도 두 사람의 표정은 평온했다.

아들 아키로가 조심스럽게 아버지의 가슴에 손을 얹었지만 알탄은 미동도 하지 않았고, 카미유가 바람에 흩날려서 얼굴에 흘러내린 몇 가닥의 금발을 이마 위로 넘겨주었지만 엘리시아도 눈썹 하나 까딱하지 않았다.

부부는 죽을 수도 있었지만 죽지 않았던 것은 기다리는 것이 있어서였다.

몇 년 동안 그들은 아들과 딸을 기다리고 있었던 것이다.

카미유는 천천히 스파이럴 속으로 들어갔다.

부모님은 츨리쉬들이 만든 가공할 끈에 묶여 있었다. 거의 파괴할 수 없을 정도로 복잡하게 얽힌 끈이지만 그건 중요하지 않았다. 카미유는 그동안 스파이럴을 돌아다니면서 한 번도 보지 못하던 길이 이 동굴까지 인도했다는 걸 알아차렸다. 혼자였던 적이 없었고, 부모님이 늘 곁에 있었다는 걸 깨달았다. 카미유가 그린 데생은 부모님이 가슴에 품고 있는 사랑의 모습이었다.

강렬하고, 억제할 수 없는 무한한 사랑이었다.

알탄과 엘리시아는 자유의 몸이 되었다.

7년이란 긴 이별의 시간이 한순간에 날아갔다.

행복이 절정에 이르면서 7년간의 부동 상태가 종지부를 찍었다.

에윌란과 아키로는 부모님의 품에 안겼다.

그들은 그렇게 말없이 끌어안은 채 오랫동안 꼼짝 않고 있었다.

이윽고 엘리시아가 자식들의 얼굴을 보기 위해 한 발짝 물러섰다. 엘리시아를 응시하는 카미유의 입에서 말이 튀어나왔다. 부르게 될 날이 올 거라고 기대도 하지 못했던 말이었다.

"엄마……."

카미유는 눈앞이 흐려지면서 눈물이 주르륵 흘러내렸다.

"엄마!"

카미유는 크게 소리쳐 불렀다. 갑자기 공포가 엄습하면서 카미유는 속이 뒤틀리는 것 같았다.

이제껏 수많은 장애를 넘을 수 있게 해주던 초인적인 힘은 어디로 가고 카미유는 어린아이처럼 약해지는 느낌이 들었다. 엘리시아는 창백해진 딸을 보면서 여느 어머니처럼 공포에 사로잡힌 자식을 달래주었다.

딸을 품에 안은 엘리시아는 귀에 대고 다정한 말을 속삭이면서 꼭 끌어안았다. 어머니는 하염없이 눈물을 흘리는 딸이 울음을 그칠 때까지 기다렸고, 한참 후 딸이 진정되자 아기를 달래듯 부드럽게 흔들어주면서 속삭였다.

"오, 사랑하는 내 딸, 엄마 여기 있어. 늘 네 곁에 있을게. 다시는 헤어지지 않아."

7

라이족과의 종전은 새로운 세기가 시작되었음을 의미합니다. 우리는 너무 오랜 세월 궨달라비르의 국경 안에만 갇혀 있었습니다. 이제 세상을 탐험할 때가 도래하였습니다.

실 아피안 황제, 제국의 평의회 담화문

"성공이다. 부모를 찾았다!"

두옴 선생님의 말에 환호성이 터져 나왔다.

"정말이에요?" 살림이 물었다.

두옴 선생님이 미소를 지었다.

"다시는 목소리를 듣지 못할 거라고 생각하던 친구, 에윌란과 아키로의 아버지로부터 메시지를 방금 받았다. 그들은 조금 있다가 내려올 거야. 지금은 가족 상봉의 기쁨을 나누고 있거든. 아, 이렇게 좋을 수가!"

두옴 선생님이 시암을 잡아끌면서 뺨에 두 번이나 입맞춤을 했다. 이어서 환하게 웃는 마니엘의 손을 움켜잡고 덩실덩실 춤을 췄다. 비욘까지 살림을 꼭 끌어안고 빙글빙글 돌기 시작하자 시암이 깔깔대고 웃었다.

　해가 질 무렵, 카미유와 마티유가 부모님과 함께 내려왔다. 그들은 서로 부둥켜안으면서 기쁨을 표시했다. 이윽고 카미유가 소개했다.

　"두옴 선생님과는 오래전부터 아는 사이다." 알탄이 미소를 지으면서 말했다. "시암도 알고 있어. 우리가 마지막으로 시암을 만났을 때는 어린 나이였는데……." 알탄이 아들을 쳐다보면서 덧붙였다. "지금은 어엿한 숙녀가 되었어."

　얼굴이 약간 붉어진 마티유가 시암과 눈빛을 주고받는데 몇 마디 말보다 더 의미심장했다.

　"여긴 비욘과 마니엘이에요. 이분들이 없었다면 아무것도 해내지 못했을 거예요. 정말 용맹하고 충성스럽고 정의로운 기사분들이에요."

　평소에 들어보지도 못한 칭찬 세례에 거북해진 비욘과 마니엘은 어찌할 바를 몰랐다. 알탄이 얼른 두 남자를 와락 끌어안았다.

　"우리 아이들과 우리 부부를 위해 애써줘서 정말 고맙소."

　비욘이 거의 알아들을 수 없는 말을 어물어물 더듬는 반면 감격해서 말문이 막힌 듯 마니엘은 고개를 끄덕이는 것으로 만족했다.

　"그리고 네가 살림이구나."

　그렇게 말하면서 엘리시아가 다가서자 살림은 감정이 복받치는 느낌이 들었다.

카미유와 똑같은 보랏빛 눈을 반짝이면서 다정하게 말을 건네는 부인은 상상하던 모습보다 훨씬 아름다웠다. 카미유의 어머니가 어찌나 온화한지 살림은 울음이 터질 것만 같았다.

"몇 년 동안 유일하게 현실과 연결되는 꿈속에서 너에 대한 얘기를 많이 들었어. 넌 내가 상상했던 그대로의 모습이고, 내 딸이 너를 선택해서 기쁘구나."

살림은 침을 꼴깍 삼키면서 엘리시아에게서 시선을 떼지 못했다. 부인은 늘 동경하던 어머니의 모습이었다. 친어머니의 얼굴을 기억하지 못하는 살림은 가슴이 미어지는 것 같았다. 마치 살림의 마음을 읽은 듯 엘리시아가 얼굴을 쓰다듬어주었다.

"이제부터 너는 우리 가족이야."

다른 사람들은 엘리시아가 하는 말을 듣지 못했지만, 살림은 앞날에 서광이 비치는 걸 느꼈다.

동굴에서 카미유는 부모님에게 부상당한 엘라나에 대한 얘기를 했었다. 카미유는 담므가 엘라나를 살려줄 거라고 믿지만 확인해

야 하기 때문에 빨리 길을 나서자고 일행을 재촉했다.

"그래, 어서 여길 떠나자. 어차피 데생 기술을 사용하려면 이 끔찍한 분지에서 나가야 하니까."

두옴 선생님이 상기시켰다.

그들은 엘레아 릴 모리엔발이 화살을 쏘아대다가 쓰러진 곳에 이르렀다. 그러나 엘레아가 온데간데없었다.

불안해진 시암이 검을 뽑아들고 주위를 살폈지만 소용없었.

엘레아가 쓰러진 장소에서 시작된 핏자국이 몇 미터 떨어진 흰 바위까지 이어졌다. 바위에 기대앉은 엘레아는 아직 살아 있었다. 그들을 보면서 증오심으로 가득한 엘레아의 얼굴이 일그러졌다.

"저주받은 것들, 너희가 자유의 몸이 되었구나."

카미유 일행은 경계를 하면서 다가갔다.

엘레아는 시암의 칼에 맞아 중상을 입었지만, 뛰어난 데시나퇴르답게 몸속에서 꿈틀거리는 엄청난 힘으로 생명을 유지하고 있었다.

"엘레아, 어쩌자고 그런 미친 짓을 해서 나라를 혼란에 빠뜨려놓았단 말이오?"

알탄이 그동안 참고 참았던 말을 내뱉었다.

"그 입 닥쳐! 그렇게 잘난 척하면서 동정하는 말투는 구역질이 나니까." 엘레아가 쏘아붙였다. "나는 제국을 원했다. 제국을 이용해서 전대미문의 정복을 하고 싶었지. 하긴 당신들처럼 시시한 것에

에일란의 모험 325

만족하는 인간들이 퀜달라비르는 우리가 사는 세상의 일부에 지나지 않는다는 걸 알 리가 없겠지. 산맥 너머, 바다 너머에 우리를 기다리는 풍요로운 땅이 있단 말이다. 제국 군대를 이끌고 인간들이 사는 그 땅을 정복했다면 퀜달라비르는 가장 큰 제국이 되었을 텐데."

엘레아 릴 모리엔발이 힘을 모으려는 듯 잠시 입을 다물었다. 카미유와 눈이 마주치자 엘레아가 증오심이 가득한 눈으로 차갑게 쏘아봤다.

"네가 망쳐놨어, 이 못돼먹은 건방진 계집애!"

알탄이 상대할 가치도 없다는 얼굴로 말했다.

"가자, 더 이상 여기 있을 필요가 없어."

일행은 알탄을 따라 뒤도 돌아보지 않고 멀어져 갔다. 마지막으로 고함소리가 울려 퍼졌다.

"복수하고 말 테다! 대가를 치르게 해주겠어, 에윌란!"

엘리시아가 걸음을 멈췄다. 표정이 일그러진 엘리시아의 턱에 경련이 일었다. 단호한 얼굴로 허리춤에서 검을 뽑아든 엘리시아가 홱 돌아서자 카미유는 재빨리 팔을 잡았다.

"어디 가세요?"

엘리시아는 대답하지 않았다. 카미유는 팔에서 전해지는 힘에서 어머니의 결심이 강철보다 강하다는 걸 느꼈다. 시암이 개입했다. 엘리시아의 의도를 알아차렸던 것이다.

"그러실 필요 없어요!" 시암이 말했다. "저 여자는 이미 죽어가고 있어요."

"아니, 내가 죽이지 않으면 엘레아는 살아날 거야."

엘리시아는 담담한 목소리로 말했다.

"더 이상 위험하지 않은 여자를 상대로 죽이면 살인자가 되는 거예요!" 시암이 어떻게든 설득하려고 애를 썼다.

엘리시아가 천천히 시암을 향해 돌아서면서 눈을 응시했다.

"너는 너무 어려. 잔혹한 여자의 위협을 받는 자식을 보느니 차라리 살인자라도 되고 싶은 어머니의 마음을 이해하기에는 너무 어려. 언젠가는 이해할 날이 올 테니 내 앞을 막지 마."

엘리시아의 목소리에서 거역할 수 없는 힘을 느낀 시암은 자신도 모르게 비켜섰다.

그 순간 모두 엘레아 릴 모리엔발을 향해 돌아섰다.

카미유는 엘레아가 안간힘을 다해서 축지술을 위한 데생을 그리고 있음을 느꼈다. 그러나 카미유가 대응할 겨를이 없었다.

엘레아 릴 모리엔발은 하얀 바위에 저주의 흔적처럼 빨간 핏자국을 남기고 사라졌다. 아무도 입을 열지 않았다. 바람소리에 실려 어디선가 간간이 벌레 울음소리가 들렸다.

엘리시아는 눈을 감았다. 한참 후에야 눈을 뜨고 그녀가 중얼거렸다.

"주사위는 던져졌군. 언젠가 엘레아와 다시 싸워야 할 날이 올 거야……."

엘리시아는 가슴 한구석에 불안을 묻어둔 채 바위에서 등을 돌렸다.

"어서 가자." 엘리시아가 밝은 목소리로 말했다. "담므와 약속이 있잖아!"

에필로그

"고마워요!"

'우리를 결합시키는 것은 말로 표현할 수 없다, 어린 인간아. 우리 사이에는 말이 필요 없으니 고맙다는 말은 더욱 필요 없다. 또다시 길에서 마주치게 되어 너를 만나면 나에게는 아름다운 날이 될 것이다.'

카미유는 궨달라비르 최남단의 바다 위로 돌출해 있는 곳에 서 있었다.

그들은 축지술을 사용해서 알린 군도를 떠났다. 엘라나가 살아났다는 걸 알았을 때처럼 카미유는 담므를 어디서 기다리면 되는지 알았다.

카미유의 발밑으로 깊이를 알 수 없는 잔잔한 바다가 펼쳐 있었다. 고래의 등이 수면 위로 드러나는가 싶더니 담므가 머리를 높이 쳐들었다. 카미유와 담므의 커다란 눈이 마주치는 순간 둘 사이에 완벽한 교감이 일어났다. 멀지 않은 절벽에 올라앉은 드래곤이 꼼짝하지 않은 채로 그 장면을 지켜봤다. 일행은 카미유에게서 10여 미터 떨어진 뒤에 있고, 에드윈과 엘라나는 아래쪽 해변에 있었다. 담므는 작은 파문 하나 일으키지 않고 유유히 깊은 바닷물 속으로 사라졌다.

그 순간 드래곤이 절벽에서 낙하했다. 수면에 닿기 직전에 날개를 펼친 드래곤이 나선을 그리며 비상하다가 지는 해를 향해 곧장 날아갔다. 그들은 눈이 부셔서 날아가는 드래곤을 더 이상 바라볼 수 없었다.

에드윈과 엘라나는 오솔길을 따라 일행이 있는 곳에 이르렀다. 에드윈과 알탄이 뜨거운 포옹으로 오랫동안 재회의 기쁨을 나눴다.

"정말 이렇게 우리가 다시 만나는 날이 올 줄이야!"

에드윈이 감격했다.

이윽고 에드윈이 포옹을 풀고 엘리시아를 향해 돌아섰다. 그녀가 팔을 뻗으면서 미소를 짓자 에드윈은 손을 잡는 것으로 만족했다. 평소와 달리 에드윈의 얼굴에 강렬한 감정이 그대로 드러났다.

"내 친구." 엘리시아가 말했다. "우리 아이들을 보살펴준 것에 대해 어떻게 감사해야 할지 모르겠어요."

"나 혼자서 한 것이 아니오."

입가에 묘한 미소를 머금은 엘리시아가 이번에는 엘라나에게 한 발짝 다가섰다.

"당신에게도 고마워요. 당신이 얼마나 중요한 역할을 해줬는지 잘 알고 있어요. 당신이 없었다면 우리는 자유의 몸이 되지 못했을 거예요."

같은 피가 흐르고 있어서일까, 아니면 능력이 계속 커지고 있어서일까, 카미유는 어머니가 입 밖에 내는 말 이외의 다른 말이 들렸다. 엘라나는 자신에게만 보내는 말을 대번에 머릿속으로 감지했다.

'당신은 정말 행복한 여자예요. 에드윈은 장점이 많은 남자니까요. 당신이 그를 행복하게 해줄 것이라고 믿어요. 그가 얼마나 가치 있는 사람인지 당신이 안다면…….'

"알아요."

카미유는 깜짝 놀랐다. 마치 까다로운 기술을 요하는 무언의 대화를 오래전부터 해왔던 것처럼 엘라나가 자연스럽게 대답하는 것이 아닌가. 도대체 그림자걸음은 얼마나 많은 비밀을 감추고 있는 걸까?

엘라나가 무언의 대화를 이어갔다.

'당신은 오랜 세월 그분의 마음속에 있었어요.'

'지금은 그의 마음속에 당신이 있어요.'

'내가 원하는 걸 얻지 못하는 경우는 거의 없죠.'

엘리시아가 웃음을 터뜨리자 무언의 대화를 주고받고 있다는 걸 모르는 다른 사람들이 깜짝 놀랐다.

"당신을 믿어요, 엘라나." 엘리시아가 큰 소리로 말했다. "잘되길 빌게요."

기적같이 살아난 엘라나가 완전히 회복하길 바란다는 말이라고 생각한 비욘이 손뼉을 쳤다.

"오랜 유배 생활 끝에 극적으로 돌아오신 에윌란의 부모님! 죽음의 문턱에서 살아 돌아온 엘라나! 이 모든 걸 축하하는 뜻에서 파티를 열어야겠어요!"

밤이 되었다.

카미유 일행은 알제이트로 곧장 돌아가지 않기로 결정했다. 그들은 성공을 자축한 뒤에 제국의 수도로 돌아가겠다는 뜻을 실 아피안 황제에게 알렸다. 비욘과 마니엘은 소 한 마리를 구울 정도로 많은 장작을 패놓고 직접 성대한 음식을 준비하고 있었다. 카미유와 살림은 훨훨 타오르는 모닥불이 내려다보이는 언덕의 풀밭에 앉았다.

"모든 게 다 끝났다고 생각하니까 기분이 좋아."

살림이 말했다.

"그렇지. 아직 시작도 하지 않은 것만 빼놓고."

"시작도 하지 않은 것? 그게 뭔데?"

"우리가 같은 집에서 같은 부모님과 함께 사는 것에 익숙해져야 하는데 그것도 일종의 모험이나 다름없으니까……."

"나는 말만 들어도 행복한데……."

"살림, 짓궂기는! 내가 무슨 뜻으로 한 말인지 잘 알면서!"

"당연히 알지. 같이 산다고 설마 우리가 괴물로 변하기야 하겠어? 라이족, 츨리쉬, 흡혈귀, 식인귀, 호랑이, 고뫼르……."

"그래, 알아들었어, 살림!"

"또 있다. 카오스 용병, 배반자, 해적……."

"늑대는?"

"늑대는 재미없잖아."

살림이 시무룩해졌다.

카미유가 미소를 지어 보였다.

"진정한 모험을 원한다면 엘레아 릴 모리엔발이 말했던 것에 관심을 가질 수도 있지."

"미지의 땅을 정복하는 거?"

"못할 것도 없잖아? 엘레아는 제국이 아닌 다른 곳에 인간들이 사는 땅이 있다고 했어. 그 땅을 찾으러 떠나는 것은 흥미진진할 것 같아. 하지만 그 전에 축하할 사람이 많아서 파티부터 해야지."

"축하해줄 사람이 누구, 누구인데?"

"몇 달 사이에 커플이 되었거나 재회한 사람들. 내 부모님은 물론이고, 에드윈과 엘라나, 오빠와 시암."

"또 없어?"

살림이 눈을 반짝이면서 물었다.

"그게 다야."

"그게 다라고?"

"응, 그게 다야. 많지?"

무거운 침묵이 흘렀다. 실망한 살림은 표정 관리를 하기 힘들었다. 살림이 한숨을 내쉬자 카미유가 깔깔대고 웃었다. 카미유는 친구의 어깨를 톡톡 쳤다.

"넌 진짜 연체동물이야. 숙녀와 얘기할 때는 말만 듣지 말고 눈빛에서 마음을 읽어야지!"

살림이 깜짝 놀랐다.

"너 그 말은……."

비욘의 목소리가 들렸다.

"얘들아, 귀여운 커플! 식사 준비 다 됐다!"

"거 봐, 비욘도 알고 있는데." 카미유가 놀렸다. "내 부모님과 나랑 같이 사는 게 싫은 건 아니지?"

살림이 벌떡 일어났다.

"누나야, 내가 영원히 네 곁에 있고 싶어 한다는 걸 모르는 건 아니지? 너도 알고 있잖아, 내 마음은 절대로 변하지 않는다는 걸!"

둘은 손을 맞잡고 야영지를 향해, 미래를 향해 언덕을 급히 내려갔다.

언아더월드의 용어 해설 및 등장인물

고뫼르

30센티미터 길이에 무게가 3킬로그램이 나가는 복잡한 생활양식을 가진 양서류. 옹브르 늪지에서만 야생 상태로 서식한다. 고뫼르는 이미지네이션의 스파이럴에 접근하지 못하게 막는 정신장애 충격파를 발산한다.

고뵈르

혀로 먹이를 잡아먹는 식충 도마뱀이며, 옹브르 숲에 서식한다.

괴력거미

키가 1미터에 이르는 거미 형상의 괴물로 독침을 사용하며 몹시 공격적이다. 폴 산맥에 살며 축지술 능력이 있어서 츨리쉬들이 종종 괴력거미를 이용해서 사악한 목적을 이룬다.

궨달라비르
언아더월드에 인간들이 세운 제국. 수도는 알제이트.

그림자걸음
신체적 장점인 유연성과 민첩성을 놀라울 정도로 발달시켜서 도둑질에 능하다. 그림자걸음 길드의 행동 규칙은 몹시 엄격하다. 그러나 그림자걸음들은 자유분방하며 구속력을 거부한다.

니콜라
카미유와 살림의 국어 선생님.

담므
궨달라비르의 물을 지배하는 자이언트 고래. 그중에서도 회색 고래 담므는 알라비리인 데시나퇴르들을 능가하는 신비한 능력을 지니고 있다.

두옴 닐 에르그

재능이 뛰어나고 성격이 까다롭기로 유명한 데생 기술 분석가. 데시나퇴르들을 테스트하여 타고난 능력의 위력을 규정하고 그 능력을 최상으로 사용할 수 있게 한다. 뛰어난 사고력과 명석한 두뇌로 제국의 정치에 영향을 주는 인물이다.

라이족

알라비리 사람들이 어리석은 오합지졸이라고 부르는 인간이 아닌 악한 종족으로 우둔하고 야만적이다. 궨달라비르 북쪽에 있는 거대한 왕국에 살고 있으며 츨리쉬들의 조종을 받아 제국을 위협하고 있다.

레지옹 누아르

궨달라비르 제국의 정예군.

마니엘

알보르의 영주, 사이 힐 무란 수하의 제국 군대 병사.

마티유 불랑제

아키로 질 사이얀 참조.

막심 뒤시엘

카미유의 양아버지이며 자만심에 빠져 있는 이기적인 사업가.

메르윈 릴 아발론

궨달라비르 최고의 데시나퇴르. 메르윈은 이미지네이션의 스파이럴에 슬리쉬들이 걸어놓은 첫 번째 빗장을 파괴하는 것으로 죽음의 시대를 종식하고 제국을 탄생시키는 데 기여했다. 궨달라비르에 내려오는 수많은 전설 중 가장 중요한 인물이다.

멘타이

카오스 용병대 계급제도에서 지위가 높은 전사로 데생 능력이 있다.

명상 치료사

수도원에서 공동체 생활을 하고 있으며, 데생 기술을 이용한 치료로 기적의 의술을 행하고 있다.

불랑제 부인

마티유의 양어머니.

비욘 윌 와야르

서른두 살에 에윌란을 처음 만난 뒤 함께 모험하면서 험난한 일생을 보낸다. 허풍이 좀 심하지만 인정 많고 정의로운 금발의 기사. 비욘은 도끼를 다루는 데 있어서 타의 추종을 불허하는 달인이다.

사이 힐 무란

알보르의 영주인 사이 힐 무란은 라이족과 대치한 북쪽 평원에서 제국의 군대를 지휘하고 있다.

살림 콩도

카미유의 친구. 카메룬 출신의 쾌활한 소년. 카미유와 함께라면 세상 끝, 아니 지옥이라도 따라갈 각오가 되어 있다.

슈쇼테르

생쥐보다 조금 더 큰 설치동물. 뛰어난 데시나퇴르들은 축지술 능력이 있는 슈쇼테르를 이용하여 메시지를 전달한다.

시암 틸 일란

국경지대 요새를 지배하는 영주의 딸이자 에드윈의 여동생. 아름다운 모습과는 달리 전투할 때는 에드윈 못지않게 검술이 뛰어난 용맹한 전사이다.

시플레르

사슴 크기에 발굽이 있는 야생동물로 양과 비슷하다. 궨달라비르에 사는 알라비리 사람들이 고기와 가죽, 젖을 얻기 위해 사육한다.

식인귀

두 발 달린 육식 포유동물로 키가 3미터에 이른다. 식인귀는 반지능을 갖춘 종족으로 무리를 지어 살며 아주 공격적이다.

실 아피안

궨달라비르의 황제. 실 아피안은 에윌란의 부모와 에드윈의 친구이다. 궁전은 제국의 수도 알제이트에 있다.

아르티스 발피에르

옹디안 수도원의 명상 치료사. 소심한 성격이라서 외부인들과 가까이 지내는 것에 익숙하지 않다.

아키로 질 사이얀

마티유 불랑제의 본명. 열한 살 때 궨달라비르를 떠나서 출생에 대한 기억이 전혀 없다. 불랑제 집안의 양아들로 성장한 아키로는 현재 열여덟 살이며 파리 미술학교에서 그림에 열중하고 있다.

알라비리 사람

궨달라비르에 사는 주민.

알린족

남대양의 알린 군도에 사는 인간 해적. 수백 년 동안 궨달라비르를 약탈하면서 제국에 사는 알라비리 사람들의 항해를 방해하고 있다.

알탄 질 사이얀

궨달라비르에서 가장 강력한 데시나퇴르들로 구성된 파수병 기사단의 일원으로 에윌란과 아키로의 아버지. 제국에 대한 음모를 좌절시키려고 애쓰다 행방불명되었다.

에드윈 틸 일란

살아 있는 전설로 만인의 추앙을 받는 절대 무적의 전사. 제국의 군대 사령관이며 친위대 대장이자 정예군 레지옹 누아르의 수장 등 직함이 화려하고 많은 위업을 달성했음에도 비밀리에 활동하는 인물이다.

에르베 뒤시엘

불랑제 부부의 작고한 친구. 유명한 사진작가이자 카미유의 양아버지 막심 뒤시엘의 형이다.

에윌란 질 사이얀

카미유 뒤시엘의 본명. 보랏빛 눈의 카미유는 개성이 강한 천재 소녀이며 데생 능력이 절정에 달해 있다. 뒤시엘 부부에게 입양되어 불행하게 살고 있지만, 궨달라비르에서 강력한 데시나퇴르들로 이름 높은 알탄과 엘리시아의 딸이다. 우연히 궨달라비르 제국을 찾아오게 되고, 츨리쉬들의 위협으로부터 나라를 구해야 하는 의무가 주어진다.

엘라나 칼딘

반항적이고 독립심이 강한 젊은 그림자걸음. 엘라나는 자신이 속한 길드에서 전설적인 그림자걸음으로 찬양되는 엘룬드릴 샤리아킨의 뒤를 잇는 독보적인 존재로 인정받고 있으며 순수한 영혼을 잃지 않고 있다.

엘레아 릴 모리엔발

뛰어난 데시나퇴르지만 츨리쉬들의 공격을 받아 모든 능력이 마비된 식물인간으로 억류되어 있다가 에윌란의 도움으로 구출된다. 엘리시아와 알탄 질 사이얀만큼 강력한 파수병 기사단의 일원이지만 음흉한 인물이다. 야심에 차 있고 권력욕이 강한 데다 도덕 불감증이라서 상대하기가 몹시 까다롭다.

엘리스 밀 트루이프

알제이트 아카데미의 데시나퇴르 학생들을 위한 방대한 개론서를 저술한 것으로 유명한 데시나퇴르 교수.

엘리시아 질 사이얀

에윌란의 어머니. 미모와 지성을 겸비해서 궨달라비르의 여제가 될 뻔했지만 알탄을 선택하고 그의 아내가 되었다. 엘리시아와 알탄은 제국에 대한 음모를 좌절시키려다가 행방불명된 상태다.

이반 워우홈

알보르 지역에 사는 곡식 상인. 황무지에서 헤매는 카미유와 살림을 수레에 태워 목적지까지 데려다준다.

이아크닐

불의 존재라고도 불린다. 이아크닐은 궨달라비르의 땅속 깊은 곳에서 살고 있다. 알폴의 주민들을 집단 이동하게 만들었다.

일리안 폴림
외륜선 셴의 진주호 선주이자 항해사.

주금
키가 50여 센티미터에 이르는 새로 날지 못하지만 다리가 길고 튼튼하여 빨리 달리는 타조와 비슷하다. 궨달라비르 평원에서 땅속에 둥지를 틀고 살며, 고기는 최고급 요리로 사용된다.

초원의 호랑이
몸무게가 200킬로그램이 넘는 고양이과 동물.

츨리쉬
도마뱀과 사마귀의 잡종으로 소름이 끼칠 정도로 사악한 괴물이다. 소수가 남아 있지만 가공할 능력을 지니고 있어서 라이족을 조종하여 궨달라비르 제국을 위협하고 있다.

카르보이스트
옹디안 수도원 원장이자 명상 치료사. 카르보이스트 수도원장은 고위급 명상 치료사들과 마찬가지로 알보르 영주의 조언자로 제국의 정치에 중요한 역할을 한다.

카미유 뒤시엘
에윌란 질 사이얀 참조.

카오스 용병대
숨어서 활동하는 비밀 집단. 자기들의 규율 외에는 모든 형태의 규율을 싫어하며, 질서와 생명 파괴를 최종 목적으로 삼고 있다. 그들은 호시탐탐 제국을 위협한다.

키암 비트
활의 명사수이며 기지와 재치가 넘치는 파엘족. 키암 비트는 인간의 우둔함을 비웃지만, 알라비리 사람들에 대해 연대감을 보여준다.

투이
국경지대 요새의 치료사.

파엘족
제국과 동맹을 맺고 바라일 숲 서쪽에 살고 있다. 자유를 사랑하고 개인주의 성향이 강한 종족으로 키는 작지만 유연성과 민첩성이 뛰어난 것으로 유명하다. 용맹한 투사들이며 대대로 라이족과 앙숙 관계다.

폴 베랑

독서에 빠져 사는 노숙자로 파리 하수도와 연결된 카타콤에서 살고 있다. 공원에서 자야 하는 상황에 처한 카미유와 살림에게 잠자리를 제공하는 것으로 인연을 맺었다.

프랑수아즈 뒤시엘

카미유의 양어머니로 자기중심적이며 가식적이고 거만하다.

프랑쉬나 수사관

카미유와 살림의 실종 사건을 맡고 있는 수사반장.

한스

알보르의 영주, 사이 힐 무란 수하의 제국 군대 병사.

할 닐 브라운드

알구스 오요호의 선장.

항해사

특별한 기술을 사용하여 외륜선을 조종한다. 궨달라비르의 강, 특히 폴리마즈 강을 운항한다.

핸더 틸 일란

국경지대의 영주. 에드윈과 시암의 아버지이며 궨달라비르 제국에서 황제 다음으로 중요한 인물이다. 카리스마 넘치는 통솔력으로 국경지역을 다스리고 있다.

홀츠 킬 무이르트

알라비리인 파수병이며 엘레아 릴 모리엔발을 지지하는 동조자.

홀름

뚫고 들어갈 수 없을 정도로 울창한 정글이며, 야생 괴물과 신비한 존재들이 서식하고 있다. 노래를 부르면서 먹이를 유혹하는 식충식물도 이 정글의 이름을 따서 홀름이라고 부른다.

흡혈귀

인간의 모습과 닮은 악의적인 괴물이며, 아스타리울 고원에 살고 있다. 궨달라비르의 전설에 수없이 등장하지만 좀처럼 보기 힘들다.

옮긴이의 글

　피에르 보테로는 선풍적인 인기를 얻은 『에월란의 모험』 3부작의 성공에 힘입어 속편 『에월란의 세계』 3부작을 내놓아 에월란 시리즈를 완성한 후, 『그림자걸음, 엘라나』 3부작까지 선보이면서 판타지 소설의 대가다운 역량을 유감없이 발휘하고 있다.

　한국 독자에게 처음으로 소개하는 『에월란의 모험』은 사악한 존재들과 초능력으로 무장한 소녀가 펼치는 선악의 대결이 박진감 넘치게 전개되는 전형적인 판타지 소설이다. 따라서 세상을 구해야 하는 운명이 예정된 주인공, 모험하는 동안 재치 넘치는 농담으로 즐거움을 선사하는 주인공의 절친한 친구, 드래곤, 흡혈귀, 식인귀 같은 괴물들, 정의로운 기사, 나이 든 현자…… 등 흥미로운 인물 설정과 통쾌한 마법이 소설 곳곳에서 빛을 발한다.

무엇보다 『에월란의 모험』이 갖는 가장 큰 매력은 순간적으로 공간을 이동하는 축지술이라는 독특한 모티브와 데생 기술이라는 독창적인 초능력을 절묘하게 결합하여 끊임없이 호기심을 자극한다는 점이다.

머릿속으로 이미지를 그리는 것만으로 사물을 만들 수 있는 마법 능력이 있다면 얼마나 좋을까. 작가는 딸들을 위해 어린 시절의 꿈을 이야기해주는 마음으로 이 작품을 썼다면서 데생 기술이라는 초능력을 선택한 이유를 이렇게 밝히고 있다.

"연약한 딸에게 도끼나 검을 쥐어줄 수는 없었다. 그렇다면 기상천외한 괴물과 맞닥뜨렸을 때 딸이 어떻게 물리칠 수 있을까? 지우개로 지우는 것처럼 괴물을 없앨 수 있다면? 데생이라면 그렸다가 지울 수 있지 않은가……."

「언아더월드」「얼음 국경」「운명의 섬」 3부작으로 이뤄져 있는 『에월란의 모험』은 각 권의 제목만으로도 환상적이며 생소한 미지의 세계를 연상시킨다.

현실 세계에서는 양부모의 가정에서 불행한 생활을 하지만 또 다른 세계에서는 초능력을 지닌 중요한 인물로 변신하는 소녀와 익살꾸러기 소년을 중심으로 개성 강한 인물들이 벌이는 끈끈한 우정과 사랑, 변화무쌍한 모험담은 때로는 웃음을 자아내고, 때로는 가슴 뭉클한 감동을 선사한다. 이처럼 두 세계를 넘나들며 펼쳐지는 이야기의 에너지와 역동성은 독자로 하여금 숨가쁘게 책장을 넘기게 만든다.

끝으로, 욕심 많은 인간들의 야욕과 사악한 정신을 질타하듯 드래곤이 남기는 의미심장한 메시지를 다시 한 번 옮겨본다.

'나는 오랜 세월 동안 구름과 바람을 벗 삼아 살았다. 이 세상의 모든 대륙을 봤고, 세상만큼 큰 바다 위를 날아다녔다. 별들과 폭풍우와도 맞서 싸웠다. 나는 산이었고 새였다. 내가 물, 공기, 불, 흙을 지배했을 때 인간은 아무것도 아니었다. 나는 공기를 먹고 불을 내뿜는다. 나는 흙에서 났고, 물에서 내 영혼의 나머지 반쪽을 찾았다. 나는 드래곤이었지만 지금은 한낱 간수에 지나지 않는다. 음흉한 놈들의 거짓말에 속고, 그 교활한 것들이 놓은 함정에 빠져서 내 왕국을 잃었고, 내 영혼의 반쪽을 잃었다. 그리고 내 힘으로는 벗어날 수 없는 사악한 힘에 얽매여 있다. 소녀야, 네 힘과 고결한 정신을 꿰뚫어보고 있지만 나는 선택의 여지가 없다.'